WARRIORS

貓戰士

首部曲之V

危險小徑

A Dangerous Path

艾琳・杭特(Erin Hunter) 著
韓宜辰 譯

晨星出版

獻給真正的棘掌

特別感謝基立・鮑德卓

蕨掌：淡灰色帶深色斑點的母貓，淡綠色眼睛。
導師：暗紋。

灰掌：淡灰色毛帶深色斑點的公貓，暗藍色眼睛。
導師：塵皮。

褐掌：淡黃色的母貓。導師：蕨毛。

棘掌：深色虎斑公貓，琥珀色眼睛。導師：火心。

貓后　（懷孕或照顧幼貓的母貓）

霜毛：一身美麗的白毛、藍眼珠。

斑臉：漂亮的虎斑貓。

金花：有淡薑黃色的毛。

斑尾：淺白色的虎斑貓，是最年長的貓后。

柳皮：淺灰色的母貓，有特別的藍眼睛。

長老　（退休的戰士和退位的貓后）

獨眼：淺灰色母貓，是雷族裡最年長的貓，已經又盲又聾。

小耳：灰色公貓，耳朵很小，是雷族裡最年長的公貓。

花尾：有著可愛花紋的母貓，年輕時很漂亮。

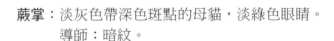

本集各族成員

雷族 *Thunderclan*

族長　**藍星**：藍灰色的母貓，口鼻附近有銀灰色的毛。

副手　**火心**：英俊的薑黃色公貓。見習生：雲掌、棘掌。

巫醫　**煤皮**：暗灰色的母貓。

戰士　（公貓，以及沒有年幼子女的母貓）

白風暴：白色的大公貓。見習生：亮掌。

暗紋：烏亮的黑灰色虎斑公貓。見習生：蕨掌。

長尾：蒼白帶有暗黑色條紋的虎斑公貓。見習生：疾掌。

鼠毛：嬌小的黑棕色的母貓。見習生：刺掌。

蕨毛：金棕色的虎斑公貓。見習生：褐掌。

塵皮：黑棕色的虎斑公貓。見習生：灰掌。

沙暴：淡薑黃色的母貓。

見習生　（六個月大以上的貓，正在接受戰士訓練）

疾掌：黑白花公貓。導師：長尾。

雲掌：白色的長毛公貓。導師：火心。

亮掌：母貓，白毛中攙雜薑黃色的毛。導師：白風暴。

刺掌：金棕色的公虎斑貓。導師：鼠毛。

風族 *Windclan*

族長　**高星**：黑白花公貓，尾巴很長。

副手　**死足**：黑色公貓，一隻前掌扭曲。

巫醫　**吠臉**：棕色公貓，尾巴很短。

戰士　**泥爪**：毛色斑駁的黑棕色公貓。

網足：暗灰色的虎斑公貓。

一鬚：棕色虎斑公貓。見習生：金雀掌。

裂耳：虎斑公貓。

流溪：淡灰色斑紋的母貓。

見習生

金雀掌：虎斑貓。導師：一鬚。

貓后　**灰足**：灰色貓后。

晨花：玳瑁貓。

影族 *Shadowclan*

族長　**虎星**：暗褐色的虎斑大公貓，前爪特別長。過去屬於雷族。

副手　**黑足**：白色大公貓，腳掌巨大而黑亮，之前是無賴貓。

巫醫　**鼻涕蟲**：矮小的灰白色公貓。

戰士　**小雲**：非常矮小的公虎斑貓。

族外的貓

大麥：個子小，肥胖的黑白公貓，住在靠近森林的一座農場上。

公主：淺棕色虎斑貓，胸口和掌上有亮白色的毛，是寵物貓。火心的妹妹。

烏掌：烏溜溜的黑色大貓，尾巴尖端是白色。之前是雷族貓，與大麥共住在農場上。

史莫奇：友善的黑白胖貓，住在森林邊緣的一棟小屋裡。

河族 *Riverclan*

族長　**曲星**：淺色的大虎斑貓，下顎變形。

副手　**豹毛**：母虎斑貓，身上有特殊的金色斑點。

巫醫　**泥毛**：長毛的淺棕色公貓。

戰士　**黑爪**：煙黑色公貓。

石毛：灰色公貓，耳朵上有戰疤。見習生：影掌。

灰紋：長毛的灰色公貓，過去隸屬於雷族。

見習生

影掌：暗灰色母貓。導師：石毛。

貓后　**霧足**：暗灰色母貓，有雙藍眼睛。

苔皮：母玳瑁貓。

長老　**灰池**：纖細的灰色母貓，有雜斑，口鼻處有疤。

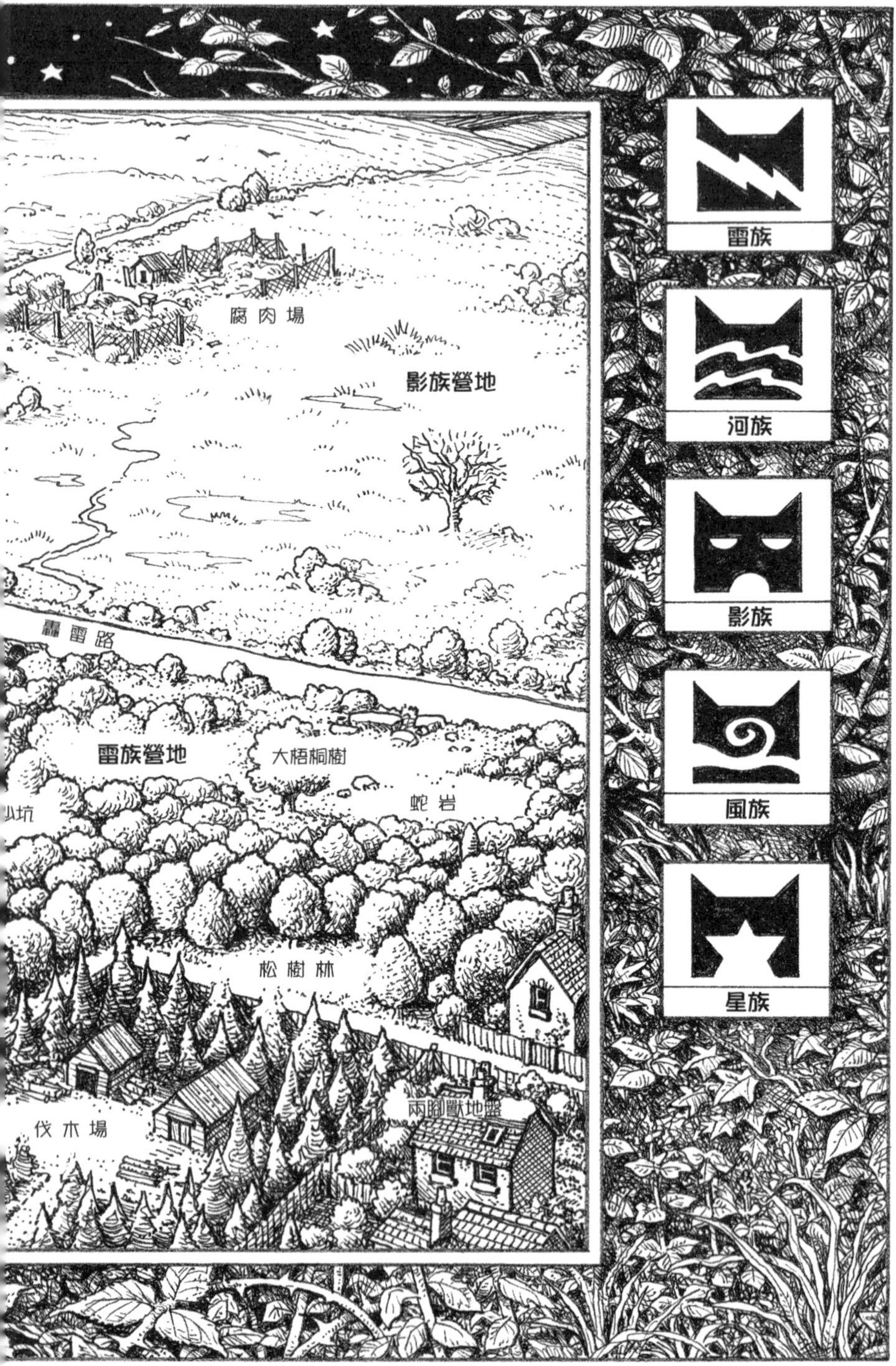
腐肉場
影族營地
轟雷路
雷族營地
大梧桐樹
蛇岩
松樹林
伐木場
兩腳獸地盤
雷族
河族
影族
風族
星族

高岩山
大麥的
農場
風族營地
四喬木
瀑布
貓頭鷹
樹
河
流
陽光岩
河族營地

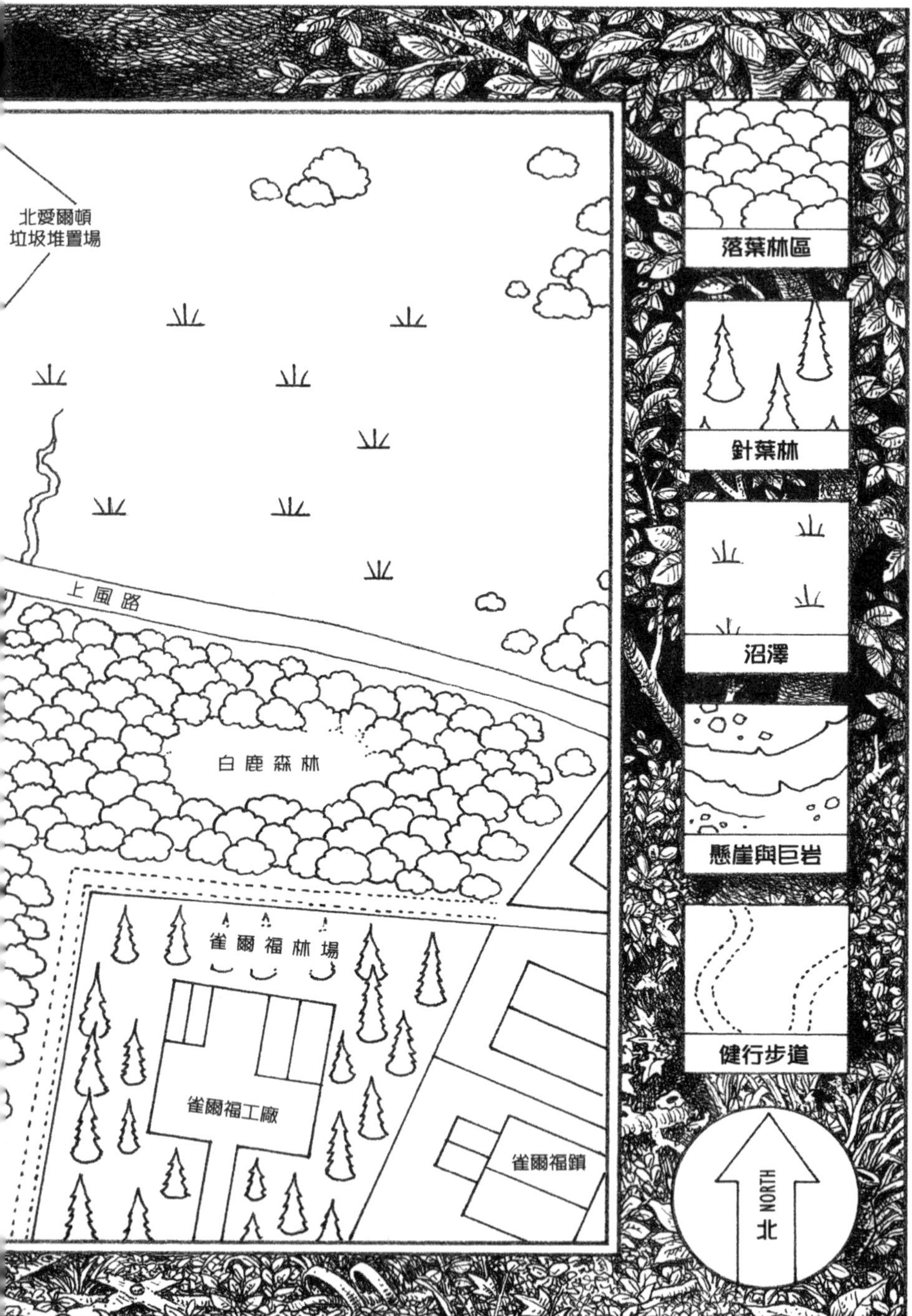
北愛爾頓
垃圾堆置場
上風路
白鹿森林
雀爾福林場
雀爾福工廠
雀爾福鎮
落葉林區
針葉林
沼澤
懸崖與巨岩
健行步道
NORTH
北

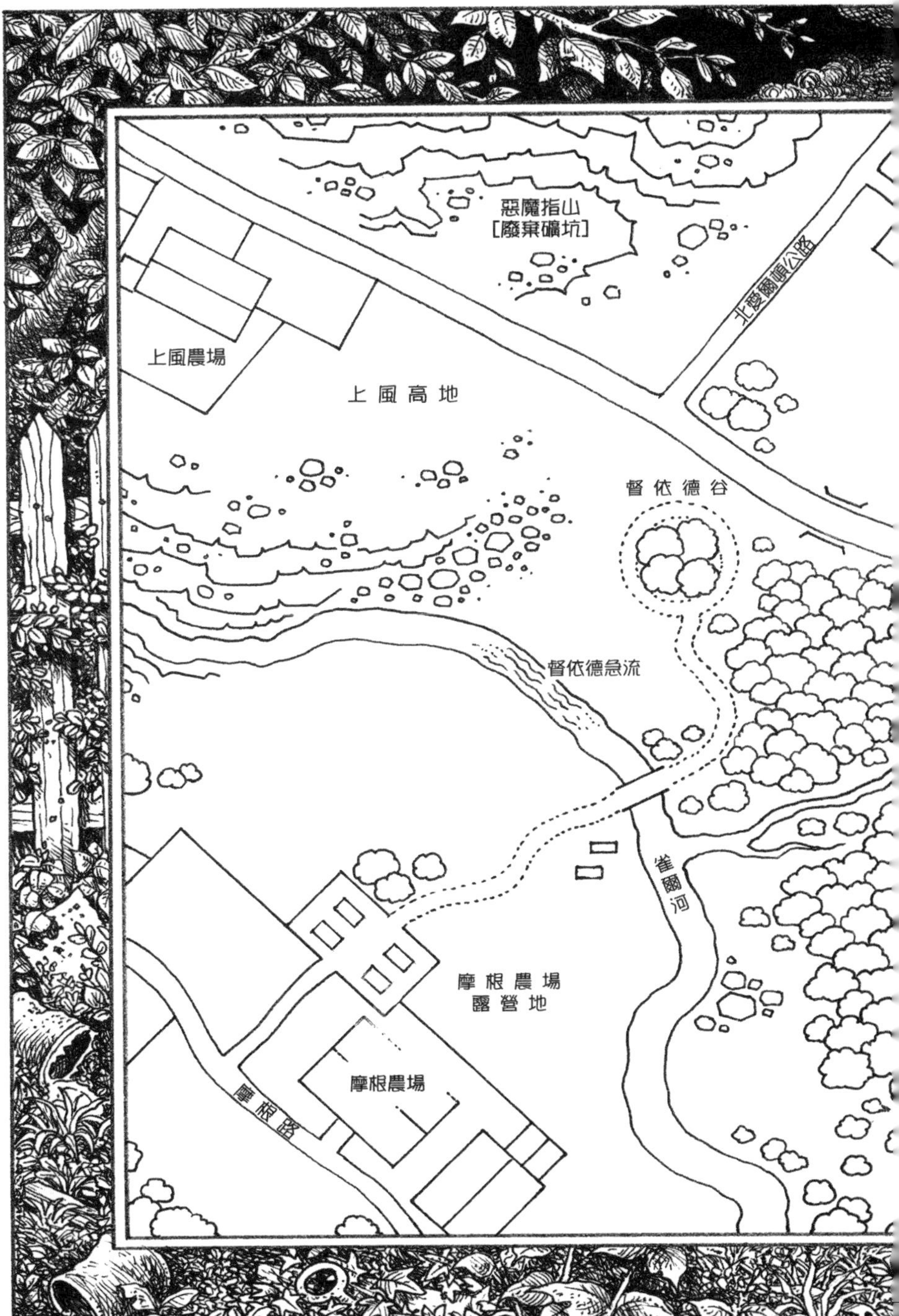

惡魔指山
[廢棄礦坑]
北麥爾頓公路
上風農場
上風高地
督依德谷
督依德急流
雀爾河
摩根農場
露營地
摩根農場
摩根路

序章

活動狗舍裡一片黑暗。首領聽見爪子刮磨的聲音，也感覺得到身旁狗兒光滑的皮毛，但牠什麼也看不到。狗的氣味充溢牠的鼻端，除了那股氣味之外，還有森林燃燒的焦味。

首領不安地在震動的地上坐下，直到活動狗舍停止跳動。外面有人的聲音，牠聽得懂裡面的幾個字。「火……注意……看緊狗。」

首領嗅到人類害怕的氣味，那裡面還混雜著剛砍下的木頭又澀又甜的味道。牠記得昨晚來過這裡，還有前天晚上和超過四隻腳掌所能數出的幾個夜晚。牠跟這群狗一起在這座院子裡搜尋，嗅聞入侵者的氣味，隨時準備把他們趕走。

首領輕聲咆哮，縮起嘴唇露出一口利齒。這群狗夥伴很健壯，牠們能跑能殺，渴望溫熱的鮮血，和獵物臨死前驚恐的氣味。但牠們卻被關了起來，吃著人類丟來的食物，服從人類的命令。

首領用有力的四隻腳站了起來，以牠那顆巨大的黑褐色頭顱猛撞大門，弄出咯咯聲響。牠提高聲音吠叫，在狹窄的空間裡叫聲顯得格外洪亮。「出去！大夥兒出去！現在出去！」

狗群裡的其他狗也加入叫喊。「出去！快跑！」

彷彿在回應牠們似的，活動狗舍的幾扇門砰地飛開。星光下，首領看到有人站在那裡，吼著發號施令。

首領第一個往下跳，跳向靠近院子中間一落堆疊起來的木頭。牠的腳掌落地時，揚起一陣煙塵，其他狗的黑棕色身體也跟著湧過來。「跟過來！跟過來！」牠們吠叫著。首領一步也不停地，沿著隔開牠們與森林的圍籬奔跑。圍籬外，燒斷了的樹幹不是東倒西歪，就是橫躺在地上。更遠處，有一排仍然完好的樹木，在微風中簌簌作響。

枝葉濃密的陰影裡，飄來充滿誘惑的快感。狗兒身上的肌肉繃緊。在那座食物豐盛的森林裡，狗群可以自由自在地奔跑，不會有人給牠們拴上鍊子，也不會有人發號施令。牠們可以隨心所欲地吃，因為牠們會是最強壯也最兇猛的一群。

「自由！」領頭的狗吠著，「追求自由！馬上自由！」

牠走上圍籬，鼻子緊貼著網格的接合處，用力把森林的氣味吸進肺腔裡。這裡面有很多牠從沒聞過的氣息，但其中一個牠卻很熟悉，那氣味比什麼都強烈，既是仇敵，也是食物。

是貓！

夜晚降臨了，一輪滿月映照出焦黑樹木上光禿禿的枝條剪影。黑暗中，狗群來回走動，夜裡只有牠們深黑的影子。腳掌輕巧地踩進塵土和木屑之間，光亮的皮毛下是起伏的肌肉。牠們的眼睛閃著光，嘴巴張開，露出利齒，垂出舌頭。

首領沿著圍籬下方嗅了嗅，尋找院子對面某個特別的地方，遠離人的夜晚居所。三個晚上前，牠發現從圍籬下方通往外面的一個狹洞，牠立刻知道，這會是狗群通往自由的路徑。

「洞。洞在哪？」牠吼著。

然後牠看到一個地方，院子裡的地上有個凹陷。一隻巨大的腳掌扒著那裡的土。牠抬起頭對牠的追隨者吠叫。「這裡。洞，洞。這裡。」

「挖大點，洞再大一點，」首領向牠們保證，「可以很快逃掉。」

拿出那精瘦強壯軀體裡的力氣，牠又開始扒土。泥土四散，洞在網格編結的圍籬下愈來愈寬、愈來愈深。其餘的狗擠動著，嗅著隨夜晚空氣飄來的森林氣味。想到將牙齒深陷進活生生獵物的溫暖身體，牠們嘴角淌下口水。

首領停止了動作，豎起雙耳聆聽是不是有人過來查看。但並沒有那人的蹤影，他的氣味也在很遠的地方。

首領壓低身體貼緊地面，鑽進洞穴。籬笆底部磨過牠的皮，狗兒用力踢動後腳推自己向前，牠終於爬到了外頭，站在森林裡。

「自由了，」牠吠著，「來吧！來吧！」

隨著每隻狗奮力鑽過，那個洞也愈來愈深。狗兒站到首領身邊，在燒得焦黑的樹木之間來回走動，把口鼻探進樹根上的洞，雙眼閃著冰冷的火焰，望著那片黑暗。

等最後一隻狗也從圍籬下方出來，首領抬起頭，發出一聲勝利的吠叫。「跑啊，大夥自由了。快跑吧！」

牠掉頭朝樹林衝去，強健的肌肉以平滑的韻律移動著。狗群在身後高叫，黝暗的身影閃過夜晚的森林。**大夥兒，大夥兒**，牠們想著，**大夥兒快跑。**

整個森林都是牠們的，牠們腦中也只有一個直覺。「殺！殺！」

第一章

火心仰頭望著站在巨岩上方的影族新族長，在不敢置信與憤怒中豎起身上的毛。他看著那隻貓龐大的頭顱左右轉動，肌肉在光鮮的毛皮下起伏，一雙琥珀色的眼睛似乎閃著勝利的光。

「虎爪！」火心不屑地說。他的宿敵—那隻貓不只一次想殺掉自己——現在成了森林裡最有權力的貓之一。

滿月高高爬升到四喬木的上方，清冷的月光照耀著聚集在下方集會的四個貓族。聽到影族族長夜星的死訊，大家全都很震驚，但卻沒有一隻貓想得到，影族的新族長竟然是雷族前任副族長虎爪。

火心身旁的暗紋興奮得全身僵硬，雙眼發亮。火心猜不透這位黑毛的族貓腦中究竟在想什麼。虎爪被逐出雷族時，曾經力邀他的老朋友一起走，但暗紋卻拒絕了。他對當初的決定後悔了嗎？

火心看到沙暴左彎右拐地繞過其他貓朝自己走來。「怎麼回事啊？」這隻淡薑黃色的母貓在火心耳邊噓聲發問，「虎爪不能領導影族啊，他是叛徒！」

火心遲疑了一會兒。他加入雷族沒多久，就發現虎爪謀殺了當時的副族長紅尾；沒想到虎爪當上了副族長後，又帶領無賴貓偷襲雷族，想謀害族長藍星，篡奪她的位置。他得到的懲罰就是被逐出雷族和森林。這對任何貓族的族長來說，都不是一件光彩的往事。

「可是影族什麼都不知道，」火心壓低聲音提醒沙暴，「其他貓族也是。」

「那你就該告訴他們啊！」

火心抬頭望了高星和曲星一眼。巨岩上，風族和河族的兩位族長一左一右地站在虎爪身邊。如果他把自己知道的事說出來，他們聽得進去嗎？影族在碎尾殘暴的領導下吃盡苦頭，之後又被惡疾入侵，只要這位新族長能讓影族再度強盛起來，他們大概不會在乎他的過去。

另一方面，火心又有一種愧疚的安心。虎爪終於在別族滿足了他權力的渴望，也許現在雷族不必再擔心他會發動攻擊了，以後火心在森林裡走動時，也不必再時時回頭、東張西望了。

雖然他努力想克制住這互相矛盾的情緒，卻也知道自己不能就這樣縱容虎爪的野心。

「火心！」他轉頭看到雲掌，那一身白色長毛的見習生正快步朝他走來，身後跟著瘦小卻結實的黑棕色戰士鼠毛。「火心，你就光站著不動，準備讓這坨狐狸屎掌控一切嗎？」

「安靜，雲掌，」火心下令，「我知道。我會——」

他的話只說了一半，虎星已開始走向巨岩前方。

「今晚我很高興能來到這裡，跟各位一起參加大集會。」大虎斑貓低沉的聲音充滿威嚴，

「我以影族新族長的身分，站在各位面前。夜星死於奪走我族多條性命的惡疾，星族已經指派我當他的繼承人。」

黑白相間的風族族長高星轉向他。「歡迎你，虎星，」說完恭敬地點點頭，「願星族與你同在。」

曲星喵聲表示贊同，新任的影族族長也愉悅地點頭回禮。

「感謝兩位族長的祝福，」虎星回答，「能跟兩位一起站在這裡是我的榮幸，只不過我寧可不是在這種情況之下。」

「等一等，」高星打斷他的話，「這裡應該有四位才對。」他凝望著下方的群貓。「雷族族長在哪兒？」

「去吧。」火心感覺被推了一下，轉頭看到白風暴也跟其他雷族戰士站在一起，「你代替藍星前來，沒忘記吧？」

火心朝他點點頭，但突然說不出話來。他隆起身上的肌肉準備跳躍，一會兒就爬到了巨岩頂端，站在其他三位族長身邊。一時間，全然陌生的視野讓他屏住了呼吸。腳下的山谷似乎離他很遙遠，月光從四棵大橡樹的枝椏間灑下來，光影在群貓身上不停地變換形狀。看到無數隻眼睛裡反映的蒼白的光，火心不禁打了個寒顫。

「火心？」高星的聲音令他抬起頭，「怎麼是你來？藍星出了什麼事？」

火心恭敬地低下頭。「我們族長在森林大火中吸進了太多濃煙，還沒有完全康復，所以不克前來。但她很快就會復原，」他急切地加了句，「情況並不嚴重。」

高星點點頭，只聽見曲星暴躁地開口：「到底要不要開始啊？簡直是浪費月光。」

不等回答，這隻淺色虎斑的河族族長就發出大集會即將開始的吼叫。等下方群貓的私語聲漸漸平息後，他才開口：「各族的貓，歡迎參加大集會。今晚我們有一位新族長，虎星。」他揮動尾巴，指了指那位體型龐大的戰士。「虎星，你可以發言了嗎？」

虎星彬彬有禮地對他點頭表示感謝，踏步上前，對聚集的貓群說話。「我站在各位面前，是出於星族的意願。夜星是高貴的戰士，但他年事已高，無力對抗病魔。他的副族長煤毛也已亡故。」

聽到他的話，火心不安地豎起全身的毛。在慈母口與星族談話後的族長都會獲得九條命，而夜星在幾個季節以前才剛當上族長。他的九條命怎麼了？在影族地盤流行的傳染疾病難道真的這麼厲害，能夠一次奪走九條命？

火心望著下方，看到影族巫醫鼻涕蟲垂著頭坐著。火心看不到他的臉，但從他弓著背的姿勢不難看出，他依舊十分悲傷。知道自己盡了全力也不能拯救族長，一定很難過吧，火心想。

「在影族最困頓的時候，星族把我帶給了他們，」虎星在巨岩頂端繼續說，「撐過那場疾病活下來的貓很少，無法替哺育中的貓后和長老狩獵，也無法自我防衛，更沒有足以擔任領導的戰士。然後星族傳遞一個預兆給鼻涕蟲，說另一位偉大的族長將出現。我在此對所有戰士祖先發誓，我將成為那位族長。」

從眼角餘光，火心注意到鼻涕蟲不安地挪動著。不知為何，提到預兆時他好像很不高興。

火心突然明白自己的任務更艱難了。如果真有預兆，那麼允許虎星當上影族族長，肯定是星族的決定，無論是火心或其他貓，都沒有權利質疑。他現在能說什麼，才不會聽起來像在反對戰士祖先們的意願呢？

「感謝星族，」虎星繼續說，「我還帶來了其他願意為這個新族狩獵與戰鬥的貓。」

火心很清楚虎星指的是誰——那群偷襲雷族的無賴貓！他在巨岩下方就看到其中一隻，那隻黃色大公貓把尾巴盤在腳掌上端坐著。上次火心看到他的時候，他正在跟斑臉戰鬥，還想衝進雷族的育兒室。諷刺的是，有些無賴貓原來就是影族貓、支持過那位暴君族長碎星，後來雷族協助被迫害的影族，把這些貓跟那位族長一起趕了出去。

高星踏前一步，帶著懷疑的眼神。「碎星的盟友就跟他一樣，都是殘暴凶狠的貓。應該讓他們回到貓族嗎？」

火心了解高星的疑慮，因為正是這群貓把風族從他們的領土上趕走，害風族差點滅亡。他猜想，不知道有多少影族戰士也同樣擔憂。畢竟，影族在那位殘忍好殺的族長領導下，吃過的苦頭並不比風族少。他很驚訝他們竟會接納這群惡棍。

「碎星的戰士們服從他，」虎星鎮靜地回答，「你們之中有誰不會為自己的族長這麼做？戰士守則說，族長的話就是法律。」他舔了舔嘴邊，繼續說道：「這些貓過去效忠碎星，現在效忠的是我。碎星的副族長黑足，現在正是我的副族長。」

高星仍一臉懷疑，但虎星堅定地迎向他的目光。「高星，你有權憎恨碎星，他曾嚴重地傷害了你們一族。但讓我提醒你一句，把他帶進雷族照顧並不是我的決定。從一開始我就極力反對，但當藍星堅持要收容他時，對族長效忠就代表我必須支持她。」

風族族長遲疑了一會兒，然後點了點頭。「沒錯。」他說。

「所以我請求你信任我，給我的戰士們一個機會，證明他們能夠遵守戰士守則，與他們對影族的忠誠。在星族的輔助下，我的第一個任務就是讓影族再度強壯起來。」虎星這樣立誓。

或許，火心滿懷希望地想，既然虎星的野心得到了滿足，他真的會成為一個偉大的族長。他剛才說應該給惡棍第二次機會，或許虎星自己也一樣。可是火心全身的毛仍然豎立著，他還是想讓虎星知道，雷族絕不會成為他的囊中物。

火心沉浸在自己的思緒裡，完全沒注意到虎星對群貓的發言已經結束了。

「火心？」高星說，「你現在要發言嗎？」

火心緊張地嚥下口水，走上前，腳下的岩石冰涼平滑。他看見下面的沙暴和其他雷族貓都滿懷期待地望著自己；那隻淡薑黃色的母貓崇敬地凝望著他。

覺得受到鼓勵的火心開始發言。他不想假裝雷族領土並沒有被最近的大火破壞，但他也不願意給別族有「雷族很虛弱」的印象。河族的副族長豹毛專心地聆聽著，火心看到她瞇起雙眼，好像在仔細評估他的每一句話。河族協助雷族從大火中脫逃，沒有誰比豹毛更清楚他們有多脆弱。

「幾個黎明之前，」火心報告，「大火從林地開始延燒，橫掃我們的領土。半尾和斑皮死了，雷族尊敬他們；我們尤其尊敬黃牙，因為她特地回到火場去找半尾。」他低下頭，幾乎無法抵擋對這隻老巫醫的回憶。「我在她窩裡找到她，臨終時我在她身旁。」

群貓中突然傳出驚慌的哀嚎。不只雷族有理由為黃牙的死悲痛，火心注意到鼻涕蟲筆直地坐著，悲傷地望向天空。他曾是黃牙的見習生，那時黃牙還是影族的巫醫，碎星也還沒把她趕出去。

「我們的新巫醫是煤皮，」火心繼續說，「藍星還因為吸入煙霧而不舒服，但她已在慢慢復原。我們的小貓都沒受傷，重建工作也已經開始了。」他並沒提到那塊燒焦的林地上食物少得可憐，也沒提到即使他們努力重建圍牆，領土仍缺少隱蔽，隨時可能被入侵。「我們必須感謝河族，」他又說，尊敬地看了曲星一眼。「在大火時，他們收容了我們。沒有他們的幫忙，我們會有更多貓傷亡。」

曲星點頭接受了他的致謝，火心忍不住又往下看了豹毛一眼。河族副族長琥珀色的目光依舊停在他身上。

稍做了深呼吸，火心轉向虎星。「星族允准了你的族長職位，這點雷族接受，」他說，「你的追隨者以前是無賴貓，成天在森林裡遊蕩，向四個貓族竊取食物，現在他們能擁有自己的族是件好事。我們相信他們會謹守戰士守則，留在自己的領土上。」他彷彿看到虎星眼中露出一絲驚訝，然後又堅定地說道：「但我們絕不容許你們以任何形式入侵雷族領土。雖然發生過那場火災，我們依然堅強，足以驅走任何闖入雷族邊界的貓。我們絕對不會害怕影族。」

幾聲贊同的吼叫從下方的雷族戰士中響起。虎星輕輕點了個頭，以只有巨岩上的貓能夠聽見的低沉嗓音說：「話說得很勇敢，火心。你不必擔心影族。」

火心希望自己能夠相信他。他低頭答禮，從巨岩退下，身上的毛也放鬆了，他發言的時間終於結束了。他聆聽高星和曲星報告他們兩族的消息——有幾位新的見習生和戰士，並警告河邊又多了幾隻兩腳獸。

集會的正式部分結束後，火心跳下岩石，回到下方的雷族戰士群裡。

「你說得很好。」白風暴說。沙暴用閃亮的眼睛凝視著火心，把臉埋向他的頸間。

火心在她臉頰上迅速舔了一下。「該走了，」他說，「去道別吧。如果有貓問起，就告訴他們雷族很好。」

空地上，聚集的貓群開始分散，四支貓族都準備離開。四處張望的火心尋找他剩下的戰士；他看到一個熟悉的藍灰色身影，於是走到山谷另一端去找她。

「嗨，霧足，」他說，「妳好嗎？灰紋怎麼樣？我今晚沒看到他。」

灰紋是火心在雷族交到的第一個朋友，他們一起受過見習生訓練；但後來灰紋與一位年輕的河族戰士銀流墜入愛河，她在生下灰紋的孩子之後死亡。後來灰紋離開雷族，跟孩子們一起去了河族，儘管已經過了幾個季節，火心仍然想念他。

「灰紋沒來。」河族貓后坐下，尾巴整齊地盤在腳上，「豹毛不讓他來。他在大火時的表現讓她很生氣，她還說他心裡其實還是效忠於雷族的。」

火心必須承認豹毛或許是對的。灰紋問過藍星能不能回雷族，但她拒絕了。「那他還好嗎？」火心再問了一遍。

「他很好，」霧足說，「孩子們也都好。他要我問問你們在大火之後過得如何。你剛才說藍星的病情不重，對嗎？」

「對，她很快就會好起來。」火心想說得更有自信些。藍星的確逐漸從吸入濃煙的影響中復原，但這幾個月來，這位雷族族長的心智卻像蒙了層霧。她開始懷疑自己的判斷，甚至質疑手下戰士的忠誠度。虎星的背叛把她嚇壞了，這讓火心忍不住擔憂：萬一她知道這位被自己驅逐的副族長如今成了影族族長，會有什麼反應。

「很高興聽到她快好了。」霧足的聲音打斷了他的思緒。

火心抽動耳朵。「曲星好嗎？」他問，想要改變話題。當初河族族長允許雷族在他們的領土暫住時，似乎顯得有些虛弱，而今晚站在虎星身邊的他，看起來又比火心印象中的更蒼老。但也許這沒什麼好大驚小怪的：這位河族族長撐過了那場將族貓趕出領土的大洪水，以及河水被兩腳獸的垃圾污染而缺乏食物的處境；而灰紋鍾愛的銀流——就是曲星的女兒——她的死更是讓他悲慟不已。

「他沒事，」霧足說，「他最近是經歷了不少事，不過我更擔心灰池。」她轉而提起那位扶養她長大的貓。「她現在看來好老好老，我擔心她不久就會加入星族了。」

火心很想舔一下這位年輕的貓后安慰她，但他不確定河族貓是不是能接受別族的貓這麼做。除了灰池自己，就只有火心知道這位虛弱的河族長老，並不是霧足和她哥哥石毛的親生母親。他們還小的時候，父親橡心就把他們帶進河族，而灰池同意照顧他們。他們真正的母親是藍星。

火心對霧足低聲說了幾句同情的話，然後向她道別。他就是覺得藍星的祕密，會為他們兩族惹來麻煩。

第二章

逐漸泛白的天際出現第一道曙光時，火心和他的戰士們回到雷族的營地。雖然火心明知會看到什麼，但當他抵達深谷頂端往下凝望這片飽受蹂躪的山谷時，仍然震驚萬分。那場大火把原本覆蓋在山谷上的金雀花和蕨叢燒得一乾二淨，營地上的泥土也裸露在外，外圍一圈燒得焦黑的棘叢殘壁，還是族貓修補營地時用樹枝撐起來的。

「還能變回從前那樣嗎？」沙暴來到火心身旁輕聲地問。

想到要將營地完全重建好還要花多少時間和力氣，一波疲憊就湧上火心的心頭。「一定可以的，」他向她保證，「我們以前也辛苦過，一定可以撐過去的。」他把臉往沙暴身上靠了靠，從她鼓勵的呼嚕聲中得到安慰，然後才帶頭走下深谷。

戰士們睡覺的樹叢還在，但用樹枝搭成的厚遮篷已被燒光，剩下零星的幾根枯枝，空隙間夾雜著小枝梗。蕨毛蜷伏在裡面，長尾坐在育兒室門口守望，塵皮則在長老窩前來回走動。

火心和其他幾位戰士一現身，蕨毛就跳起來，然後才鬆了一口氣。「是你啊，」他欣慰地說，「我們整晚都在擔心虎爪會來。」

「現在你可以放心了，」火心說，「他根本忙得沒空理我們。他現在是影族的新族長，虎星。」

蕨毛震驚得目瞪口呆。「我的星族呀！」他驚呼，「怎麼可能！」

「你說什麼？」火心轉頭看到長尾大步跑過空地，「我沒聽錯吧？」

「沒錯。」火心看得出這位虎斑戰士臉上的震驚，「虎星接管了影族。」

「他們讓他接管？」長尾說，「他們瘋了不成？」

「一點也沒瘋。」白風暴回答，走上前站到火心身邊。這位年長的戰士用腳掌扒著裸露的泥土，然後一屁股坐了下來，疲憊地嘆了口氣。剛穿過森林回來的他，濃密的白毛上沾了點點灰塵。「那場傳染病差點毀掉影族，他們亟需一位強而有力的族長。對他們而言，虎星一定像是星族賞賜的禮物。」

「聽起來正是如此，」火心心情沉重地附和，「顯然星族傳了個預兆給鼻涕蟲，說影族將會出現一位偉大的族長。」

「但虎星是叛徒啊！」蕨毛抗議。

「影族又不知道。」火心提醒他。

這時其他貓也陸續出現：亮掌和疾掌從見習生窩跑來，塵皮跟暗紋的見習生蕨掌也走上前；斑尾好奇地從育兒室裡往外張望。他們七嘴八舌地圍住火心發問，火心得提高音量才能讓大家聽見。

「大家聽好了，」他說，「我有事要宣布。」**我還得跟藍星報告**，他對自己說，要自己打起精神。「白風暴會把大集會上發生的事情告訴大家，」他繼續說，「然後我要組一支隊伍作黎明巡邏。」他遲疑地看著身邊的貓。每個戰士都累了，沒參加大集會的也都熬夜看守營地。

火心還來不及決定該派誰，塵皮就開口了：「交給我和灰掌吧。」

火心感激地點點頭。這位黑棕毛戰士對他一向不怎麼友善，對雷族卻很忠心，似乎也能接受副族長火心的權威。

「我也去。」鼠毛自告奮勇。

「還有我。」雲掌說。

聽到自己的見習生這麼說，火心發出讚賞的呼嚕聲。在妹妹的兒子被兩腳獸捉走又獲得營救的悲慘插曲之後，他很高興看到雲掌更勤奮地為雷族出力，也更投入族裡的生活。「那就由塵皮、鼠毛、雲掌和灰掌去吧，」他說，「其他人都去休息，待會兒還得作狩獵巡邏呢。」

「那你呢？」暗紋問。

火心深吸了一口氣。「我要去找藍星。」

藍星的窩在高聳岩下方，窩口的地衣簾幕也被燒光了；火心走近時，雷族的巫醫煤皮正巧走上空地。她停下來伸展身體，深灰色的毛凌亂不整。大火過後，她一直在照顧族貓，雖然一臉倦容，一雙藍眼睛仍神采奕奕。火心想起從前，勤奮的她曾是自己的見習生，後來卻被引到轟雷路旁，掉入虎爪為藍星設下的陷阱。造成這位年輕母貓的腿再也不能伸直，當不成戰士，但她為雷族服務的熱忱卻從未稍減。

火心走向她。「藍星今天怎麼樣？」他低聲問。

煤掌回頭向族長窩擔憂地看了一眼。「她昨晚沒睡，」她回答，「我給她吃了能鎮靜神經的圓柏莓，只是不知道有沒有用。」

「我必須把大集會上發生的事告訴她，」火心說，「她聽了一定不會高興。」

煤皮瞇起了眼。「發生什麼事了？」

火心盡量簡短地說完。

煤皮聽著，震驚得說不出話來，只是瞪大了那雙藍眼睛。「你想怎麼做？」火心說完後她問道。

「我也不能做什麼。何況，這對雷族可能是件好事。虎星已經得到他想要的了，運氣好的話，他可能為了整頓新族而忙得不可開交，根本沒時間理我們。」看到煤皮不太相信的神色，火心又急忙補充：「要選誰當族長是影族的事，我們只要守好邊界就行。但至少這一陣子，我認為虎星不會是太大的威脅。我比較擔心的反而是藍星對這件事的反應。」

「這只會讓她的情況更糟，」煤掌憂慮地說，「我只希望能找到對的藥草來幫助她。真希望黃牙在這裡。」

「我知道，」火心安慰地靠著煤掌身側，「放心，妳沒問題的，妳是個了不起的巫醫。」

「我不只希望她在身邊，」煤掌的聲音變成痛苦的低語，「我好想她，火心！我一直在等她說我連剛生下來的小貓都不如——至少在她讚美我時，我知道她是真心的。我需要她，火心——我需要聞到她、碰到她，還有聽到她。」

「我知道。」火心低聲說，對這隻老貓的回憶一一湧上心頭，體內突然感覺一陣空虛。自從發現黃牙像隻無賴貓那樣住在雷族領土裡開始，他跟黃牙就一直很親近。「可是她現在跟星族在一起了。」

或許她終於得到了安寧，他想。回憶起黃牙語氣中的痛苦，臨死前對兒子碎尾仍念念不忘——她一直很在乎這個殘暴的兒子，即使他長大後並不知道她是自己的生母。但最後她卻殺了他，只為了拯救收容自己的雷族不受兒子的殘暴謀害。黃牙的痛苦結束了，火心卻無法想像自己會有停止思念她的一天。

「妳很快就要去高岩山了吧？」他提醒煤皮，「去跟其他巫醫會面？我想，到時候妳會覺得跟黃牙的距離其實很近。」

「也許你說得沒錯。」煤皮不再靠著他，「我現在就可以聽見黃牙的聲音，」她說：「『妳站在那兒埋怨什麼？還有一大堆工作要做呢！』你去找藍星吧，我待會兒再去看她。」

「妳真的沒事嗎？」火心問。

「我沒事。」煤皮在他耳朵上迅速舔了一下。「火心，為了她，你要堅強起來，」她要求，「她從沒有像現在這麼需要你。」

火心看著這位巫醫一跛一跛地快步走遠後，轉身走向藍星的窩。他深深吸了一口氣，打了聲招呼，從曾經長有地衣的空隙中踏了進去。

藍星蜷伏在洞穴後方高高疊起的臥舖上，兩隻前腳收攏在身體底下。她抬著頭，卻沒看向火心，藍眼睛裡一片茫然，凝望著遠方只有她才看得到的某樣東西。她的皮毛蓬亂沒有梳洗，瘦得連肋骨都清晰可見。火心的心絞扭起來，既是替她惋惜，又不禁替全族擔憂。他們的族長衰退成一隻飽受煩惱困擾的老病貓，無力自衛，更別提照顧全族了。

「藍星？」火心遲疑地問。

剛開始他以為藍星沒聽到，於是又往窩裡走近幾步。她轉過頭，茫然的藍色目光停駐在他身上，露出困惑的表情，好像想不起他是誰。

然後她抽動耳朵，智慧又湧回雙眼。「火心？你有什麼事？」

火心恭敬地點頭。「我剛從大集會回來，藍星。恐怕有壞消息。」他停了一下。

「唔？」藍星的語氣變得煩躁，「怎麼了？」

「影族有了新族長，」火心說，直接切入正題，「就是虎爪，現在叫虎星。」

藍星跳起來，雙眼燃燒著冰冷的火燄，想到她曾是多麼優秀的貓，火心不禁瑟縮了一下。

「不可能！」她咬牙說。

「是真的。我親眼看到的。他在巨岩上，跟其他族長一起發言。」

藍星好一陣子沒吭聲。她從窩的這一頭走到那一頭，然後又走回來，尾巴來回揮動著。火心退到門口，不太肯定藍星是不是會因為他把這可怕的訊息帶回來而攻擊自己。

「影族怎麼敢這麼做？」她終於呸著說，「他們怎麼敢庇護一隻想謀殺我的貓——還讓他當上族長！」

「藍星，他們並不知道——」火心開口，但雷族族長根本沒在聽。

「其他族長呢？」她質問，「他們怎麼想？他們怎能容忍這種事？」

「他們不知道虎星對雷族做了什麼。」火心努力想讓藍星恢復一點理智。「曲星沒說什麼，而虎星把碎尾過去的手下帶回貓族，高星一開始也不太高興。」

「高星！」藍星呸著說，「現在我們知道不該信任他了。畢竟才過沒多久，他就把我們為他做的事忘得一乾二淨，你和灰紋還冒生命危險去找他們、把他們帶回家。」

火心開口抗議，但藍星視若無睹。「星族背叛我！」她繼續說，仍舊憤怒地踱步。「祂們說火會拯救雷族，但火幾乎把我們給毀了。我怎麼還能信任星族呢，尤其是現在？祂們竟然把族長的九條命賜給了那個叛徒。祂們根本不在乎我，也不在乎雷族！」

火心縮了一下。「藍星，妳——」

「不，火心，你聽好。」藍星走到他面前，憤怒得蓬起全身的毛，露出牙齒。「雷族完蛋了，虎星會率領影族毀掉我們全部——星族也不會幫忙。」

「虎星看來不太有敵意。」火心拼命想讓他的族長了解，「從他的話聽來，他好像只在乎怎麼領導那個新族。」

藍星發出刺耳的嘎嘎怪笑。「如果你相信他，火心，那你就是個蠢蛋。虎星在落葉季來臨之前就會發動攻擊了，你好好記住我的話吧。但他會發現我們全都蓄勢以待，即使我們全都戰死，也要跟那幾隻影族貓同歸於盡。」

她急切地來回走動，火心畏懼地望著她。

「加強巡邏，」她下令，「看守領土，派幾隻貓去巡邏靠近影族的邊界。」

「要做那些事，我們的戰士數量根本不夠，」火心抗議，「重建營地的額外工作把大家都累壞了，現在只能勉強維持慣例的巡邏。」

「你在質疑我的命令嗎？」藍星轉過身來面對他，要脅地縮起嘴唇，並懷疑地瞇起雙眼。「還是你也想背叛我？」

「不，藍星！妳得相信我。」火心全身肌肉都緊繃起來，準備在藍星揮擊時低頭閃開。這位老族長突然鬆懈下來。「我知道，火心。你一直很忠心，不像其他的貓。」彷彿發怒讓她感到疲累似地，她一跛一跛地走回臥鋪。

「派遣巡邏隊，」她下令，趴進柔軟的苔蘚和滿天星裡，「從現在開始，在影族把我們全都變成烏鴉食物以前。」

「是，藍星。」火心知道爭辯是沒有用的了，於是低頭退出了族長窩。藍星的目光又定在某個看不見的東西上。火心不知道她是不是正望著未來，看著自己這一族逐漸崩毀。

第三章

火心睜開眼睛，對著陽光眨了眨。沒了那厚厚一層掩蔽窩口的樹葉，他對直射進戰士窩的陽光仍不太習慣。打了個呵欠，他伸直身體，甩開黏在身上的幾塊苔蘚。

他身旁的沙暴仍在熟睡，再過去一點兒是蜷伏著的塵皮和暗紋。火心走到外面的空地。今天是在大集會上發現虎星成為新任族長的第三天，四周仍然沒有任何跡象顯示會發生藍星所擔憂的攻擊。雷族利用這段時間重建營地，雖然距離完全建好還需要不少時間，但看到一片成蔭的蕨牆又長回營地周圍，藤蔓穩穩地與樹枝交纏，遮蔽了哺育中的貓后和小貓，火心還是覺得很高興。

他走向新鮮獵物堆，由白風暴率領的黎明巡邏隊正好回來。火心停下腳步等候這位白毛戰士。

「看到影族了嗎？」

白風暴搖搖頭。「什麼都沒有，」他說，

「只有他們邊界上一貫的氣味記號。不過，另外有一件事……」

火心的耳朵動了動。「什麼？」

「我們在距離蛇岩不遠處發現一塊被踏平了的樹叢，上面全是鴿子毛。」

「鴿子毛？」火心重複著，「我好幾天沒看到鴿子了。難道是其他族在我們的領地上狩獵嗎？」

「我想不是。那裡到處是狗臭味。」白風暴厭惡地皺起鼻子，「還有狗糞。」

「哦，是狗啊。」火心輕蔑地揮了揮尾巴，「大家都知道兩腳獸就喜歡把狗帶進森林，讓牠們跑來跑去追逐松鼠，然後再把牠們帶回家。」他發出好笑的呼嚕聲。「唯一不尋常的，是這隻狗竟然真的抓到了東西。」

但火心很驚訝白風暴仍一臉嚴肅。

「不管怎樣，我認為你該告訴巡邏隊保持警覺。」白風暴說。

「好。」火心對這位年長戰士極為尊敬，雖然不至於忽視他的建言，但私底下卻認為那隻狗現在大概離他們很遠，而且已被關在兩腳獸家中的某處。狗雖然吵鬧又討厭，但他還有更重要的事情要擔憂。

火心跟著白風暴走到新鮮獵物堆，他開始煩惱起食物存量的問題。白風暴的見習生亮掌跟雲掌也在這支巡邏隊裡，他們已經在獵物堆旁了。

「看看這個！」火心走上前時，雲掌一面抱怨，一面用腳掌翻起一隻田鼠，「根本不夠塞牙縫嘛！」

「獵物是很少，」火心提醒他，注意到獵物堆上只剩幾塊食物了，「從大火中活下來的動物找不到多少東西吃。」

「我們得再去狩獵才行，」雲掌說，一口咬下田鼠，「我吃完就走。」

「你可以跟我一起去，」火心邊說邊替自己挑了隻畫眉鳥，「我待會兒要帶一支巡邏隊出發。」

「不要，我等不及了，」雲掌又咬了一口，滿嘴食物地說：「我餓得可以把你一口吃掉。亮掌，妳要不要跟我一起去？」

正大口吃著老鼠肉的亮掌朝她的導師望了一眼請求批准。看到白風暴點頭，她馬上跳了起來。「等你吃完，我們隨時可以走。」她說。

「好吧。」火心說。雲掌並沒有像亮掌那樣徵求導師批准，讓火心有點不高興；但雷族的確需要食物，而這兩位見習生都是優秀的獵者。「別離營地太遠。」他警告。

「但最好的獵物都在比較遠的地方，因為那裡才沒失火啊，」雲掌反駁，「我們不會有事啦，火心，」他滿口擔保：「我們會先替長老狩獵。」

他大口把最後一點田鼠肉吞下，就朝營地出口疾衝而去，亮掌跑在他身後。

「離兩腳獸的家遠一點！」火心在他們後頭大喊，想起雲掌曾經過於熱中探訪兩腳獸，後來還被兩腳獸帶回位於風族另一邊營地旁的巢穴，付出慘痛的代價。綠葉季逐漸進入尾聲，飢餓的禿葉季即將來臨，火心希望他這位見習生不會又想重蹈覆轍。

「見習生，哼！」白風暴看著兩位年輕的貓跳著走遠，一邊發出呼嚕聲，「黎明巡邏剛結束，現在又狩獵去了。真希望我也有那種精力。」他從新鮮獵物堆拖出一隻八哥鳥，趴伏下來開始吃。

火心吃完他的畫眉鳥，看到沙暴從戰士窩裡走出來。陽光照在她一身淡薑黃色的皮毛上，火心欣賞著她走動時全身皮毛波動的樣子。「妳要不要跟我一起去狩獵？」他等她走近時問。

「看來我們很需要，」沙暴回答，打量著獵物堆上所剩無幾的食物，「走吧，我等抓到東西以後再吃。」

火心四處張望想找其他貓加入，他發現長尾一面喊著疾掌，一面走向見習生窩。「嘿，長尾！」這兩隻貓走過空地時，他對他們喊道：「跟我們一起做狩獵巡邏吧。」

長尾遲疑了，似乎不太肯定這算不算副族長下達的命令。「我們正要去訓練場，」他解釋，「疾掌需要練習他的防禦動作。」

「你們可以待會兒再去。」這次火心清楚表達自己是在下令，「族裡現在最需要食物。」

長尾急躁地揮了揮尾巴，但沒吭聲。疾掌顯然興致高昂，雙眼亮閃閃地。火心發覺，這位黑白夾雜的年輕見習生幾乎長得跟他的導師一樣高大，很快就能成為戰士了。

我得跟藍星談談他的戰士命名儀式，火心想，**雲掌也是，還有亮掌和刺掌。族裡需要更多戰士。**

火心讓白風暴享受應得的休息，率領這支狩獵小隊離開營地，走上深谷，到達頂端後，再轉彎朝陽光岩出發。除了盡力執行藍星要他加強巡邏的命令，他還命令所有狩獵巡邏隊一併執行巡守邊界的任務，對別族的氣味或任何敵蹤都要提高警覺。他更警告他們要嚴密防守鄰接影族的邊界，但私底下他也決定不該忽略河族。

河族與雷族間的關係令他不安。隨著曲星年事漸高，副族長豹毛的權力也將愈來愈大。火心預料，河族在大火之夜援助雷族，豹毛一定會要求回報。

火心一馬當先地往河邊走去，他注意到植物已經在焦黑的土壤冒出了頭，新生的蕨葉逐漸舒展，綠色的捲鬚也在地上蔓延。森林開始恢復生氣，但隨著禿葉季的來臨，植物的生長又會減緩。火心忍不住擔心雷族即將面臨另一個寒冷而困窘的禿葉季。

他們抵達陽光岩後，長尾讓疾掌走進岩石間的一個小溝。「你可以練習聆聽老鼠和田鼠的聲音，」他告訴他的見習生，「看看你能不能比別人先抓到。」

火心讚賞地看著他們。這位暗黑色條紋的虎斑戰士是位勤懇的導師，他和疾掌之間也建立了堅固的情誼。

火心從面對河流的岩石旁繞過，那兒逃過大火威脅的草葉更多。不久他就看到一隻老鼠在脆弱的草梗間行走，老鼠直起上半身，啃咬起前掌間捧著的一顆種籽，火心迅捷地一撲而上，給牠致命的一擊。

「幹得好！」沙暴低聲說著朝他走來。

「妳要嗎？」火心問，邊用一隻腳掌把獵物朝她推過去，「妳還沒吃呢。」

「不，謝了，」沙暴尖刻地說，「要吃我自己會捉。」

她閃身跑進一棵榛樹的影子裡。火心望著她的背影，不知道自己是不是惹她生氣了，他開始扒泥土把獵物埋起來，等著稍後再取。

「你最好多注意一下那傢伙，」一個聲音在他身後響起，「一不小心她就會把你的耳朵扒下來喲！」

火心一跳轉身。他的老友灰紋就站在河族與雷族的邊界上，在更靠近河流的下坡處。水光在他厚厚的灰皮上閃耀。

「灰紋！」火心喊，「你嚇了我一跳！」

灰紋甩了甩身體，水珠四散飛到空中。「我看到你從河的另一邊過來，」他說，「真沒想到會看到你替沙暴捉獵物。她對你來說與眾不同哦？」

「你在說什麼啊。」火心抗議，突然感覺全身的毛都在發熱發痛，好像有一大堆螞蟻在裡面爬。「我和沙暴只是普通朋友。」

灰紋發出取笑的呼嚕聲。「哦，當然囉，你愛怎麼說都行。」他爬上山坡，低頭親暱地在火心肩上一撞。「你真幸運，火心。她真的很不一樣。」

火心張開嘴，然後又閉上了。反正不管他怎麼說，都無法說服灰紋——何況，搞不好他說得沒錯。或許沙暴的角色漸漸超越了朋友。「不管那個了，」他說，換了個話題，「說說你過得如何。河族有什麼新鮮事？」

灰紋黃色眼睛裡的笑意開始消失。「沒什麼，大家都在談論虎星。」灰紋還是雷族戰士的時候，虎星的居心叵測以及他謀殺了雷族前任副族長紅尾的事，他和火心是唯一知情的。

「我不知道該怎麼看待這件事，」火心承認，「虎星既然得到他想要的，也許會有些改變。不能否認，他會是一位好族長——他勇敢堅強、善鬥能獵，而且熟悉戰士守則。」

「但誰都不能信任他，」灰紋咆哮，「如果你完全不遵循戰士守則，光是熟悉又有什麼用？」

「要不要相信他已經不是我們能決定的了，」火心說。「他現在加入另一族了；鼻涕蟲報告過，有個預言說星族會派給他們一位新的族長。星族一定知道影族需要一位強大的戰士，好在傳染病肆虐後讓他們再次壯大起來。」

灰紋一臉不信。「星族派他去的？」他反駁，「等刺蝟會飛了，我才信。」

火心忍不住同意，要相信虎星絕不是那麼簡單的事。讓這個新族重振聲威可能會花去他一兩個季節，但之後……想到一位兇狠的戰士當了強大貓族的首領，火心從耳朵到尾巴末梢打了個冷顫。他沒辦法相信虎星會安於森林裡的寧靜生活，並尊重其他三族的權利。他遲早會想擴張地盤，而雷族就是他的第一個目標。

「如果我是你，」灰紋的話反映了他的想法，「我會對邊界嚴加防範。」

「對，我——」火心開口，但他的話只說了一半。他看到沙暴朝他們走來，一隻小兔子在她嘴邊搖晃。她踩過石子地，把獵物放在火心腳邊。彷彿已經忘了剛才的不愉快，帶著一臉放鬆多了的神情，對河族戰士點點頭。

「嗨，灰紋，」她說，「孩子們都好吧？」

「都很好，謝謝，」灰紋回答，眼裡充滿驕傲，「他們就快當見習生啦。」

「你會當他們其中一位的導師嗎？」火心問。

出乎他意料的是，灰紋竟然不太肯定。「我不知道，」他說，「如果是由曲星決定的話，或許會……但他最近除了睡覺，都不太管事。現在族裡大半的事都由豹毛決定，而她永遠都不會原諒我害白爪死掉的事。我想她大概會讓其他戰士當孩子們的導師吧。」

他垂下頭。火心明白他仍對那位河族戰士的死感到愧疚，當時那位戰士與巡邏隊對一小群雷族戰士展開攻擊，後來卻失足掉進峽谷裡喪生。

「那就難了。」火心說，一面安慰地靠向灰紋身邊。

「但她這麼做並不難理解，」沙暴溫和地說，「豹毛是想確保這些孩子長大後，會全心全意地效忠河族。」

灰紋猛地轉向她，全身的毛豎直。「我會這麼做的呀！我不想要我的孩子在成長過程中，一直在兩個貓族之間猶豫不決。」他的眼裡蒙上陰影，「那種感受我很清楚。」

朋友的痛苦淹沒了火心。大火過後，灰紋表現出他在新族裡有多不快活，而現在情況顯然沒改善多少。火心想說：「回家吧！」但他知道自己沒有權利讓灰紋在雷族住下，何況藍星已經一口回絕了。

「跟曲星說說看，」他建議，「你親自去問他孩子的事。」

「盡量在豹毛面前留下好印象，」沙暴也說，「別讓她抓到你闖進雷族領土。」

灰紋瑟縮了一下。「也許你們說得對，我該回去了。再見，沙暴、火心。」

「想辦法來參加下次大集會啊。」火心勸他。

灰紋揮了揮尾巴表示聽到，順著山坡往下走。在距離河邊還有一半路程的地方，他又轉身，喊著：「你們在那邊等一下！」然後往下衝到水邊。好一陣子他像塊石頭似地坐著，動也不動地凝視淺灘。

「現在他又想幹嘛？」沙暴咕噥著。

火心還來不及回答，灰紋的爪子驟然往前伸。一隻銀色的魚破水而出，落上河岸，在地上翻騰扭動。灰紋揮出一掌把魚打死，將魚拖回火心和沙暴站著觀望的上坡。

「來，」他把魚放下，「我知道大火過後，食物一定很稀少。這個應該能幫一點忙。」

「謝謝，」火心說，又崇拜地補上一句，「剛才那招真厲害。」

灰紋發出滿意的呼嚕聲。「是霧足教我的。」

「我們很歡迎你提供食物，」沙暴告訴他，「但是如果豹毛發現你替別族獵食，她一定會不高興的。」

「就讓豹毛不高興好了，」灰紋咆哮，「如果她有意見，我就提醒她上個新葉季大洪水的時候，我和火心是怎麼替河族獵食的。」

他轉身跳著回到河邊。看著這位朋友縱身躍進河裡，身手矯健地游向對岸，火心感到一陣心痛。他願意放棄一切換得灰紋回到雷族，但他不得不承認，要雷族再次接納這位灰毛戰士似乎不太可能。

狩獵巡邏隊回營地的途中，火心一直努力叼緊那條滑不溜丟的魚，魚身上的陌生氣味湧上他的鼻端，讓他口水直流。他踏進營地，看到新鮮獵物堆已經比原來高了一些，雲掌和亮掌也回來了，正準備跟鼠毛和刺掌再出去一次。

「我們已經讓長老吃過了，火心！」雲掌蹦蹦跳跳地跑上深谷，又轉頭大喊。

「那煤皮呢？」火心喊了回去。

「還沒！」

火心看著這個年輕的同伴衝出視線，然後轉身回到新鮮獵物堆旁。灰紋捕的魚可以打動煤皮吧，他想。他懷疑這位年輕的巫醫並沒有吃多少，不只因為難過黃牙的死，也因為她一直忙著照顧吸入濃煙的病貓和族長藍星。

「你餓不餓，火心？」沙暴邊問，邊把自己捕得的最後一塊食物放上獵物堆。她最終還是要等他們把獵物都帶回營地才肯吃，覬覦的目光落向那堆獵物。「你願意的話，我們可以一起吃。」

「好。」距離火心今早吃下的那隻畫眉鳥，好像已經過了很久很久了，「我先把這個拿去給煤皮。」

「不要太久哦。」沙暴說。

火心用嘴叼起那條魚，走向煤皮的窩。火災發生前，這個窩與營地有條茂密的蕨葉隧道相隔，現在地上只露出幾根焦黑的枝梗，火心可以清楚看到通往窩口的岩石裂縫。

他在窩外停下腳步，放下獵物，喊著：「煤皮！」

不久，這位年輕巫醫就從裂縫口探出頭來。「幹嘛？噢，是你啊，火心。」

她走出窩來到他身邊，一身的毛亂糟糟的，眼神中沒有以往的活潑，反倒是一臉的困惑和苦惱。火心猜她還在思念黃牙。

「真高興你來了，」她說，「我有件事要告訴你。」

「先吃點東西吧，」火心催促她，「看，灰紋替我們抓了條魚呢。」

「謝謝你，火心，」煤皮說，「但這是急事。星族昨晚託了個夢給我。」

不知怎麼地，她說話的語氣讓火心感到不安。他仍然不習慣自己的前任見習生已成為真正的巫醫，在沒有伴侶或孩子的情形下獨居，並且透過與星族的戰士靈魂交流，跟其他巫醫祕密聚會，團結一氣。

「什麼樣的夢？」他問。他曾不只一次作過這種夢，夢裡會警告他即將發生的事。這種夢境使他比大部分的族貓更能理解煤皮現在必定也夾雜著敬畏與混亂的感受。

「我也不大肯定。」煤皮困惑地眨眨眼，「我想我站在森林裡，聽見龐然大物衝過林間的聲音，卻看不到那是什麼。我還聽到有聲音在喊——那聲音粗啞，說的也不是我們的話。但我卻可以聽懂牠們在說什麼……」

她的聲音愈來愈小，目光凝視著遠方，眼中蒙上烏雲，前腳掌在地上磨蹭。

「牠們說什麼？」火心問。

煤皮打了個寒顫。「真的很怪異，牠們喊的是：『大夥兒，大夥兒』和『殺，殺。』」

火心不禁感到失望。他原本以為會是星族給的暗示，告訴他該如何應付所有的狀況——例如虎星重現、藍星生病和大火過後的災情。「妳知道那是什麼意思嗎？」他問。

煤皮搖搖頭，眼裡餘悸猶存，彷彿正望著一個火心看不到的巨大威脅。「還不清楚。也許等我去了高岩山後，星族會透露更多。但火心，這一定是壞事，我很確定。」

「好像我們要擔心的事還不夠多似的，」火心咕噥，然後對煤皮說，「我不知道我能怎麼做，除非知道更多細節。我需要具體點的消息。妳確定夢裡說的就是這些嗎？」

煤皮圓睜著憂傷的藍眼睛，點點頭。火心在她耳朵上安慰地舔了一下。「別擔心，煤皮。如果是跟影族有關的警訊，我們已經嚴加戒備了。等妳掌握更多細節再告訴我。」

惱怒的吼聲從他身後響起，他嚇了一跳。「火心，你準備花上一整天嗎？」

他往四周張望，看到沙暴就在燒焦的蕨葉隧道口等他。「我得走了。」他對煤皮說。

「可是——」

「我會好好想一想，好不好？」火心打斷她的話，咕嚕嚕直叫的肚子正催促他去找沙暴，「有其他夢再告訴我。」

煤皮的耳朵不高興地抽動著。「火心，這是來自星族的訊息，不是我毛裡插進了小樹根，也不是有塊難嚼的食物哽在我喉嚨裡。這可能影響全族啊。我們必須想出來那是什麼意思。」

「那這點妳比我行多了。」火心說，一面退出煤皮的窩，一面轉頭說出最後幾個字。

他跳著穿過空地朝沙暴走去，匆匆想了一下那個夢。聽起來並不像是別族發動攻擊，而他實在想不出來，除此之外還會有什麼威脅。當他在沙暴為他留的田鼠身上一口咬下時，煤皮的夢已被他拋出腦海了。

第四章

火心吃力地呼吸，腰窩上下起伏，臉頰被爪子刮過的地方也熱辣辣地發痛。他搖搖晃晃地站起身，亮掌退後了幾步。

「我沒傷到你吧？」這位黃白相間的見習生擔心地問。

「沒有，我沒事。」火心喘氣，「這一招是白風暴教你的嗎？快得我根本來不及看清楚，幹得好。」

他盡可能平穩地走到訓練坑的另一頭，來到疾掌、刺掌和雲掌站著觀看的地方。他正在評量見習生們的打鬥技巧，他們全都與他旗鼓相當。他們都有成為勇猛戰士的潛力。

「幸好你們跟我是同一族的，我可不想在打鬥時遇上你們，」火心說，「我已經跟你們的導師談過，他們認為你們已經準備好了，所以我要去問問藍星，看你們能不能獲准成為戰士。」

亮掌、刺掌和疾掌交換了一個興奮的眼

神，雲掌故意裝出漠不關心的樣子，但眼中也閃著期待的光芒。

「好啦，」火心繼續說，「回營地的路上可以狩獵，先確定長老和貓后都能吃飽，然後你們就可以吃了。」

「只要還有東西剩下的話。」疾掌說。

火心瞥了他一眼。疾掌有時候會講幾句從他導師長尾——曾是虎爪的親密盟友——那裡學來的不滿嘀咕，不過這次他似乎只是開玩笑。四隻年輕的貓兒縱身一跳，一溜煙衝出了訓練坑。火心聽到亮掌對雲掌喊道：「我打賭我捕到的獵物比你多！」

距離他上次那樣無憂無慮的生活似乎已經過了好久好久，火心緩緩跟在後頭，一面回想著。身上扛著副族長的重任，有時候讓他覺得自己簡直比長老還老。雷族逐漸恢復了元氣，已能找到食物，並開始重建被摧毀的營地，但每位戰士都是身兼數職。火心從黎明忙到日落，每晚回到窩裡時也都還有沒完成的工作。**這樣的情形還能維持多久？**他自問，**等禿葉季來臨，情況不會轉好，只會更辛苦。**樹上沒被燒掉的幾片葉子已經開始轉紅發黃，火心在山谷頂端停下腳步，雖然有耀眼的陽光，他依然感覺有陣陰冷的風吹亂身上的毛。

他輕快地走回營地，在入口處站了一會兒，往四周張望。負責重建工作的暗紋已經開始修補戰士窩上的樹枝缺口，塵皮和另外兩個年輕見習生蕨掌和灰掌則在一旁幫忙。

營地另一邊，火心看到煤皮叼著幾束藥草，往長老窩走去。

空地中央，金花的兩個孩子正在跟斑尾的孩子玩，兩位貓后坐在育兒室門邊觀看。柳皮也在那裡，小心翼翼地守護著她那窩更年幼的小貓，免得被那幾個玩得很興奮的大孩子們弄傷。

火心的目光落向金花的長子小棘。那副強健有力的身軀和暗棕色的皮毛有股令人心神不寧的熟悉；看過這隻小貓的，都不會懷疑虎星是他的生父。這念頭總讓火心感到不安，而他也盡量不去想。照理說，他也該對那孩子的姐姐小褐有心防才對，不過雖然是同一個父親，她卻幸運地擁有與父親完全不同的相貌。火心也知道，把小棘父親的錯怪在他頭上其實並不公平。

然而火心仍舊無法抹滅記憶中那隻小貓緊抓著燃燒的樹枝，在他趕到時恐懼哀嚎的情景。他也忘不了在拯救小棘的同時，黃牙已被大火困在窩裡。是他犧牲了黃牙，才救回虎星兒子的命？

突然，一聲淒厲的尖叫從那群小貓中傳出。小棘撞倒了小雪，用爪子把他按在地上。喊聲發自那隻結實的白色小貓，但他似乎並不想自衛。

火心向小棘衝過去，把他從手下敗將的上方撞倒。「夠了！」他咆哮，「你以為自己在做什麼？」

這隻深色虎斑紋的小貓站了起來，琥珀色的雙眼滿是震驚和憤慨。

「說啊？」火心逼問。

小棘抖掉身上的塵土。「沒什麼，火心。我們只是在玩。」

「只是在玩？那斑尾的孩子怎會叫成那樣？」

小棘琥珀色眼中的光采消失了，他聳聳肩。「我怎麼知道？他反正沒辦法好好玩。」

「小棘！」說話的是金花，她來到孩子身邊站定，「要我跟你說幾次？如果有人尖叫，你就要放手。還有，別對火心這麼無禮，他是副族長。」

小棘的目光落向火心，然後又轉開。「對不起。」他含糊地說。

「哼，下次最好不要再犯。」火心罵道。

小棘從他身前走過，來到仍躺在地上的小雪身邊。斑尾正在他雪白的毛上用力舔著。

「來，起來吧，」她說，「你沒有受傷。」

「對啊，起來嘛，小雪。」小棘說，舌頭舔過這隻小貓的耳朵，「我不是故意的。起來玩嘛，這次你來當族長。」

小棘的姐姐小褐就坐在幾條尾巴外，尾巴盤在腳上。「他不好玩，」她說，「從來也想不出什麼好遊戲。」

「小褐！」金花輕輕扒了她一下，「不要這麼壞心眼。真不知道你們兩個今天是怎麼回事。」

小雪仍然蜷伏在地上，直到被母親推著才站起來。

「也許該讓煤皮檢查一下。」火心建議這隻淡色虎斑貓后，「確保他沒有受傷。」

斑尾轉過頭瞪著副族長。「我的孩子一點問題也沒有！」她咆哮，「你是說我沒有好好照顧他嗎？」她轉身背對火心，催促小雪趕緊進育兒室。

「她非常保護這個孩子，」金花解釋，「我想任誰對待獨生子女都是如此。」她憐愛地對自己的兩個孩子眨眨眼，他們現在又在地上扭打起來。

火心走去坐在她身邊，剛才那樣兇巴巴地對小棘說話，他自己也覺得有些不安。「妳有沒有告訴他們，他們的父親現在是影族的族長了？」他悄悄地問。

金花迅速看了他一眼。「不，還沒，」她坦承，「他們只會拿來自我吹噓，然後其他貓就會把剩下的事告訴他們。」

「他們遲早會知道的。」火心說。

這隻黃毛貓后勤奮地清潔起自己胸前的毛。「我看到你看他們的神情了，」她終於開口，「尤其是看小棘的時候。他長得像虎星並不是他的錯，但其他貓也那樣看他。」她深思著，舔了舔腳掌，然後把它放到耳朵上方。「我要我的孩子快樂地長大，不要因為一件發生在他們出生前的事而感到愧疚。如果虎星能成為偉大的族長，或許我的期待會更容易實現。或許他們最後甚至會以他為傲。」

火心不安地抽動耳朵，無法想像她為什麼那麼樂觀。

「你知道嗎？他們都很尊敬你，」金花繼續說，「尤其在你把小棘從火裡救出來以後。」

火心不知道該說什麼。他更懊悔對小棘表現出的敵意，然而不管多麼努力，他都無法不在這隻年輕小貓身上，看到他殘忍父親的影子。

「我認為應該由你來告訴他們虎星的事。」金花說，熱切的目光轉向他。「畢竟，你是副族長。由你來說的話，他們比較能夠接受——而我知道你會把真相告訴他們。」

「你……你認為我應該現在告訴他們嗎？」火心結結巴巴地問。金花說話的語氣好像是在向他提出挑戰。

「不，不是現在，」金花鎮靜地回答，「等你準備好，也等你認為他們準備好的時候，」她又說，「但別拖太久。」

火心點點頭。「好的，金花，」他答應，「我會盡量不讓他們覺得有壓力。」

金花還沒回答，小棘就衝到他母親面前，小褐緊跟在後。「我們能不能去見長老？」他問，眼睛亮閃閃地，「獨眼答應我們，要說一個很棒的故事！」

金花發出寵愛的呼嚕聲。「當然可以，」她說，「從新鮮獵物堆上帶點吃的去給她——這樣才有禮貌。還有，別忘了要在日落前回來。」

「會的！」小褐說。她疾衝過營地，又回頭大喊：「我要去抓老鼠給獨眼！」

「看，」金花轉向火心說，「如果你看得出這兩個孩子有什麼不對，就告訴我吧，因為我可看不出來。」

她顯然無意聽他回答，起身輪流甩了甩每隻腳掌，然後退回了育兒室。火心看著她走遠。不知怎地，他已經惹得斑尾和金花都不高興了；金花雖然信任他，卻顯然不能原諒他對小棘矛盾的情感——而他在解決這件事上一點進展也沒有。

他嘆口氣，站了起來，才發覺該是派遣傍晚巡邏隊的時候了。他掉頭離開育兒室，卻看到蕨毛在附近徘徊，好像有什麼話想說。

「有什麼問題嗎？」他問這位年輕戰士。

「我不知道，」蕨毛回答，「我只是看到剛才斑尾的孩子和——」

「你不是要說我對小棘太兇了吧？」

「不，火心，當然不是。不過……嗯，我認為小雪可能有點問題。」

火心知道這位金棕毛的公貓絕不會無中生有。「繼續說。」他鼓勵。

「我一直在注意他。」蕨毛解釋。他的前腳磨蹭著地面，臉上帶著不好意思的表情，「我……我有點希望藍星會選我當他的導師，而且我想多認識他一點。我認為他是有點問題，他不跟其他小貓玩，別人對他說話時，他也沒什麼反應。你也知道小貓是怎樣的，火心——對什麼都好奇——但小雪卻不是那樣。我認為煤皮應該幫他檢查一下。」

「我也這麼建議過斑尾，結果耳朵差點被扯下來。」

蕨毛聳聳肩。「或許斑尾不願意承認她的孩子有問題。」

火心想了想。跟其他小貓相比，小雪的確有些遲緩而且不太有反應。他比金花的孩子年長許多，但發育程度卻天差地遠。「這件事交給我吧，」他說，「我去跟煤皮談談。她應該有辦法既替小雪做檢查，又不會讓斑尾不高興。」

「謝謝你，火心。」蕨毛聽來頗為欣慰。

「同時，」火心說，「你來率領傍晚的巡邏隊，好嗎？叫鼠毛和斑臉一起去。」

蕨毛直起身體。「當然好，火心，」他回答，「我現在就去找他們。」

他尾巴翹得筆直，踏步走過營地。他走了有幾隻狐狸身長那麼遠，卻又被火心叫了回來。

「對了，蕨毛，」他說，很高興總算能透露一個好消息。「等小雪準備好，我會跟藍星談談讓你當他導師的事。」

在去找煤皮之前，火心先去看了藍星，告訴她見習生的評量結果。族長坐在她窩外一塊有陽光的地方，火心滿心希望她能像昔日那樣振作，但她對他眨眼時，藍色的眼睛裡卻帶著疲憊的神色，身邊還有塊只吃了一半的食物。

「怎麼，火心？」他走近時她問道，「我能幫你什麼忙？」

「我有好消息，藍星。」火心故作歡欣地說：「我今天評量了那四位較年長的見習生，他們的表現都很好。我認為可以讓他們當戰士了。」

「年長的見習生？」藍星的眼睛蒙上一層困惑，「那就是蕨掌，和……煤掌嗎？」

火心的心往下沉。藍星甚至不記得哪些貓是見習生！「不，藍星，」他耐著性子說，「是雲掌、亮掌、疾掌和刺掌。」

藍星移動了一下身體。「我就是說他們。」她斥責，「你要他們當戰士？先……先提示我一下，他們的導師是誰？」

「我是雲掌的導師，」火心開口，盡量想隱藏他語氣裡的驚慌，「其他導師還有長尾……」

「長尾，」藍星插嘴，「哦，對了……他是虎爪的朋友。我們何必給他見習生呢？反正他又不值得信任。」

「虎爪離開時，長尾選擇留在雷族。」火心提醒她。

藍星不悅地哼了一聲。「這並不表示我們可以信任他，」她重複，「這些傢伙我們一個也不能信任。他們都是叛徒，只會訓練出更多叛徒。我絕不會讓他們的見習生當上戰士！」她停頓了一下，火心錯愕地望著她，然後她又說：「除了你以外，火心。只有你對我忠心耿耿，雲掌可以當戰士，其他的免談。」

火心不知道該說什麼。之前雲掌越軌跑去跟兩腳獸住，後來即使全族似乎都很高興他又回來了，但如果只有他的見習生當上戰士，其他見習生卻沒有，火心不難預料會有什麼麻煩。何況，單讓雲掌得到一項其他人也同樣有資格獲得的榮譽，對他也不是什麼好事。

火心與逐漸高漲的緊張感奮鬥，忽然驚覺這表示沒有一位見習生能當上戰士。雖然雷族迫切需要他們，但他知道跟在這種情緒下的藍星沒有道理可講。

「呃……謝謝，藍星，」他總算說得出話來，一面往後退，「不過或許我們可以再等一等，多訓練總是好的。」

他逃了出去，留下藍星帶著同樣昏茫的眼神凝望他。

第五章

火心去找煤皮時，太陽已逐漸西沉，在空地上投下長長的影子。煤皮待在她的巫醫窩裡，正在檢查藥草存量。火心就坐在窩口外跟她說話。

「斑尾的孩子？」煤皮一等火心說完蕨毛的疑慮就開口，瞇著眼睛深思，「嗯，我明白他的意思。我會去看看。」

「妳得小心斑尾，」火心警告她，「我建議她找妳檢查小雪時，她差點把我的耳朵給扯下來。」

「這我倒不驚訝，」煤皮說，「哪隻貓后會認為自己的孩子不夠完美呢！交給我吧，火心，別擔心。但不急著現在去做，」她又說，把貯藏好的圓柏莓拍打成更整齊的一堆。「現在去吵他們已經太晚了，明天我還得去高岩山呢。」

「這麼快？」火心很驚訝。他沒想到時間過得這麼快。

「明天晚上就是新月了，其他巫醫都會在那裡。星族會給我完整的力量。」煤皮遲疑了一下，又補了一句：「黃牙應該跟我一起去的，好把受過完整巫醫訓練的我介紹給星族。現在沒有她，我只好自己去參加儀式了。」她邊說邊睜大雙眼，眼神顯得遙遠。火心感到她正從自己身邊移開，進入一個影子與夢的國度，而他無法追隨。

「妳需要帶一位戰士去，」他說，「上次藍星想去高岩山，風族就不肯讓她通過他們的領土。」

煤皮鎮靜地望著他。「我倒想看看哪個巡邏隊膽敢阻止巫醫，星族永遠不會原諒這種事。」她表情一變，眼裡閃著頑皮的光采。「如果你願意，可以一直跟我到四喬木，不過就看你能不能跟沙暴分開一陣子了。」

火心一陣困窘。「妳在說什麼我可不懂。」他含糊地說。但他記得上次煤皮要告訴自己她作的夢時，他卻跑去跟沙暴一起吃東西。想來這位巫醫對自己就這樣被打發掉感到不公平。「沙暴不需要我也能率領黎明巡邏隊，」他大聲說，「我陪妳到四喬木。」

第二天的黎明，既潮濕又瀰漫著霧氣。火心和煤皮走向四喬木時，霧氣的捲鬚也蔓延進了樹林，黏答答的白雲不僅讓他們的腳步聲變得沉悶，還在他們身上留下成串的水珠。一片寂靜中，火心頭頂上方突然傳來小鳥的驚叫聲，嚇得他跳了起來。他有點擔心他們會在這片詭異又有些陌生的林子裡迷路。

但當他們跨越小溪，開始爬上通往四喬木的山坡時，霧氣便開始消散了。他們來到山谷頂端，置身在耀眼的陽光底下，四棵巨大的橡樹就在他們的正前方。隨著落葉季的接近，樹葉已轉成一片金黃。

煤皮用力呼出一口氣，把身上的溼氣甩掉。「感覺真好！我正在想，搞不好得用聞的才到得了高岩山呢。這裡我只來過一次，還是跟黃牙一起來的。」

火心也很享受溫暖的陽光照在身上的感覺。他盡情地伸展身體，張開嘴嘗了嘗空氣，希望能嗅出獵物的氣息。

沒想到湧上鼻端的，卻是其他貓的氣味。**是影族！**他想，一面四下張望，全身的肌肉都繃緊了。不久，他看到影族的巫醫鼻涕蟲從影族領土那邊走上山谷，身邊還跟著另一隻貓，火心這才放鬆下來。他們不是有敵意的戰士，星族將巫醫提升到超越貓族對立的層次。

「看來妳不需要單獨過去了。」他對煤皮說。

他們等著影族貓走上前。他們愈走愈近，火心認出另一隻貓。那是小雲，這隻小虎斑公貓差點在影族最近爆發的傳染病中喪生。他和另一位戰士白喉曾請求雷族庇護，卻被藍星回絕，而煤皮則偷偷收留並照顧他們，直到他們有體力跋涉回自己的家園。

後來過沒多久，白喉就死了。那時虎星和一群無賴貓正在攻擊雷族的巡邏隊，白喉想逃離現場，卻在轟雷路上被一隻怪獸壓死，讓火心又經歷了一次驚嚇。現在看到小雲強壯又健康，他覺得很欣慰。

「哈囉，你們好！」鼻涕蟲高興地跟雷族貓打招呼，「真巧啊，煤皮。今天可是旅行的好天氣。」

小雲恭敬地對火心點頭，然後走去跟煤皮碰了碰鼻子。

「真高興看到你又站起來了。」她說。

「一切都要感謝妳。」小雲回答，語氣中帶著一絲驕傲。她又說：「我現在是鼻涕蟲的見習生了喔。」

「恭喜！」煤皮發出呼嚕聲。

「這也要感謝妳，」小雲興奮地說下去，「我們生病時，多虧妳知道該怎麼做，還讓我們把藥草帶回去影族——那些藥真的很有效！我想做更多這樣的事。」

「她真的很有天份，」鼻涕蟲說，「把藥草帶回來給我們需要很大的勇氣。我只覺得遺憾，白喉沒跟他一起回來。」

「沒有嗎？」火心問，抓住機會探聽影族貓對這位年輕戰士的遭遇知道多少。

小雲悲傷地搖搖頭。「他不肯跟我一起回營地。那時我們身上雖然帶了藥草，他還是很怕會再得病。」好像那份記憶仍讓她很痛苦似地，她眨了眨眼。「幾天後，我們在轟雷路旁發現他的屍體。」

「真是遺憾。」火心說。他在想要不要把白喉的死因告訴他，但又認為對小雲揭露他們的新族長原來得為這位朋友的死負不少責任，對他的打擊可能太大。顯然白喉也跟無賴貓廝混了一小段時間，只是付出了性命作為代價。

煤皮把臉往小雲身上靠了靠，安慰他。然後她在溫暖的草地上坐好，用尾巴示意這個見習生坐在她身邊，開口詢問他受訓的事。

「現在情況好些了嗎？」火心謹慎地問鼻涕蟲。他很想警告這位巫醫要提防虎星，但若想隱瞞發生在雷族的事，就實在沒什麼話可說。

「看來是這樣，」鼻涕蟲聽起來也一樣有所保留。「好幾個月來，見習生們第一次得到適當的訓練，而我們的肚子也一直是飽的。」

「那真是好消息，」火心說，一面強迫自己補上一句，「那些無賴貓呢？」

鼻涕蟲皺起眉頭。「不是每個人都喜歡他們加入，」他承認，「我自己就不是很高興。但到目前為止他們還沒惹出什麼麻煩——誰都不能否認，他們的確是強壯的戰士。」

「那麼或許虎星會如同預兆所說的，成為偉大的族長。」火心說。

巫醫定定地注視著他。「雷族會讓這麼強壯的貓離開，似乎有點奇怪。」

火心深吸了一口氣。或許他該利用這個機會，把關於虎星的真相告訴鼻涕蟲。「說來話長。」他開口。

「不，火心。」鼻涕蟲打斷了他的話，「我並沒有要你把雷族的祕密全部說出來。」他挪動身體靠近火心，腳掌蹭著地面在火心身邊伏下。「不論雷族發生什麼，我只確定一件事，」他柔聲說，「星族的確派了虎星給我們。」

「你是指那個預兆嗎？」

「其實還有別的，」鼻涕蟲斜眼看著火心，「我們的前任族長從未被星族接受。」他坦承：「夜星當上族長時，星族並沒有賜給他九條命。」

「什麼？」火心不敢置信地瞪著這位巫醫。如果夜星只有一條命，那就解釋得了那場疾病為何會這麼快奪走他的命。火心又找回自己的聲音。「他為什麼沒得到九條命？」

「星族沒有解釋，」鼻涕蟲說，「不知道是不是因為碎尾仍然活著，而星族仍認定他是族長。等我們得知碎尾死了，夜星已經病入膏肓，無法走到月亮石去接受九條命了。自從虎星來了以後，我就想也許他就是星族一直以來屬意的族長人選，而不是夜星。」

「那影族仍接納夜星當族長？」火心問。

「影族從頭到尾都不知道他並沒有獲得九條命，」鼻涕蟲供稱，「夜星是隻高貴的貓，對本族也忠心耿耿，我們決定隱瞞星族拒絕授與他九條命的事。不然還能怎麼辨呢？沒有其他人能勝任族長的職務了。如果說出實話，全族都會驚慌失措的。」

鼻涕蟲述說這段經過時，語氣帶著某種寬慰。火心猜想，終於能說出這個祕密，這位巫醫一定覺得很欣慰。

「全族都以為這場病嚴重得一下子奪走了夜星的九條命，」鼻涕蟲繼續說，「大家都很害怕——非常害怕。他們從沒這麼迫切需要一位強大的族長。」

因此他們才二話不說就接受了虎星，巫醫說完後，火心暗自在心底加了這一句。但鼻涕蟲沒必要說出他對這位新族長的懷疑。「虎星有沒有提過要攻擊雷族？」火心遲疑地問。

鼻涕蟲發出好笑的呼嚕聲。「你真以為我會回答嗎？就算他有任何計畫，我說出來就成了叛徒。據我所知，你沒什麼好擔心的，但你要不要相信我是你的事。」

火心發現自己相信他——至少，他相信鼻涕蟲對虎星可能在盤算的計畫一無所知。至於這位巫醫的話究竟對不對，那又是另一回事。

「火心！」那是煤皮的聲音。她已經站起來，目光越過山谷望著另一邊的沼澤地。巫醫必須穿越那一片風族的領土，才能抵達高岩山參加儀式。「你和鼻涕蟲準備像兩個長老似地，在這裡聊上一整天嗎？」

煤皮的腳掌不耐煩地在草地上磨蹭。站在她身邊的小雲仰起頭，眼裡閃著熱切的光。

「好啦，」鼻涕蟲說著站起身，朝他們走去，「我們有的是時間嘛。高岩山又不會跑掉。」

四隻貓繞過山谷頂端，來到迎風的沼澤地邊緣。煤皮停下腳步，跟火心碰了碰鼻子。「這邊我自己來就行了，」她說，「謝謝你陪我走了這麼遠的一段路。我明天晚上就回去。」

「保重哦。」火心回答。

他以前也曾站在這裡向煤皮道別過，那是她第一次面對神祕的月亮石。想到她穿過地底隧道，走向那塊燦爛的水晶，靜默地與星族交流，他全身就一陣發抖。他沒說什麼，只在這隻灰毛母貓的耳朵上迅速地舔了舔道別，站著看她一跛一跛地跟著兩隻影族貓穿越那片沼澤地。

第六章

森林裡一片漆黑。這是個沒有月光的夜晚，火心抬起頭，除了模糊的樹影掩映天際外，什麼都看不到。樹木比他記得的還高，將他團團圍住。藤叢和長春藤在他腳旁糾結。

「斑葉！」他說，「斑葉，妳在哪裡？」

在腦海的某處，火心知道自己在作夢。他在戰士窩裡躺下時，曾希望自己會在睡夢中見到斑葉。火心剛來雷族時，斑葉還是巫醫，後來卻死在追隨碎尾的一隻惡棍貓手中。她常出現在火心的夢裡，讓他能再次在她溫柔的智慧中找到解決眾多苦惱的辦法。

但現在，儘管他在漆黑的森林中愈找愈焦急，卻還是找不到她。「斑葉！」他又喊。在最近的幾場夢裡，這並不是第一次看不見她。上次他只聽到她的聲音，奮力摒除心中那股驚慌，她似乎離他愈來愈遠了。「斑葉，別離開我！」他哀求著。

一股沉重的力量從他背後壓過來。火心在

森林的地面上扭動著想要掙脫。另一隻貓的氣味湧上他的鼻端，他睜開眼睛，發現自己在苔蘚床上亂扭，塵皮正在拍打他的肩膀。

「你是怎麼搞的？」塵皮低吼，「幹嘛那樣子大吼大叫的，害大家都沒辦法睡。」

「別管他。」沙暴從她的臥鋪裡抬起頭，眨著惺忪的睡眼，「他只是在作夢啦，這又不是他的錯。」

「妳當然會這麼說。」塵皮冷笑著轉身，穿過垂下的樹枝走了出去。

火心坐起來，抖一抖身上的幾塊苔蘚。從頭頂上焦黑的樹枝往外望去，他看見太陽已經升起，白風暴一定早就帶著黎明巡邏隊出發了，窩裡沒有其他戰士還在睡大頭覺。

夢裡的黑暗逐漸消失，但他仍舊無法釋懷。森林為什麼會變得那麼黑、那麼嚇人？斑葉為什麼沒來找他，就算只有氣味或聲音也好？

「你沒事吧？」沙暴問，綠色的眼睛裡滿是擔憂。

火心抖了抖身體。「我很好，」他說，「走，一起去打獵吧。」

這天天氣很好，儘管空氣中帶有些許落葉季的涼意，看到野草和蕨葉隨著漸漸恢復生氣的森林茂盛起來，火心還是很開心。要是好天氣能持續下去就好了！那麼草木就會繼續生長，獵物也都會回到森林裡來。

火心帶頭走上深谷，穿過森林走向大松林。自從發生火災以後，多數雷族貓都避免走到最接近伐木場的這塊領土，因為這裡破壞得最嚴重。大火從這裡延燒，把整片森林夷為灰燼，只剩幾節樹幹稀稀落落地立著。火心正在想這裡還可不可能有獵物時，他和沙暴已經走到了大松林邊緣。他猜自己大概要失望了。

松林也是一片凌亂，被燒得只剩下細枝殘幹，已倒和未倒的樹木橫七豎八地混在一起。幾根殘留的樹枝在微風裡不安地搖擺，地面一片焦黑，也沒有鳥兒的聲音。

「這裡不必找了，」沙暴說，「我們去——」

她的話只說了一半，另一隻貓就出現在樹林裡。一個夾雜著虎斑的白色小小身軀緊張地走在火災殘骸之間。火心認出那是他的妹妹公主，吃了一驚。

就在同一時間，她也看到他，並朝他跳過來，喊著：「火心！火心！」

「那是誰啊？」沙暴呸了一口，「她會把從這裡到四喬木的獵物全都嚇跑的。」

火心還來不及回答，他妹妹就已經走到他面前。像是根本不想停下來似地不斷發出呼嚕聲，緊貼著火心的臉亂舔。「火心，你還活著！」她說，「我看到大火時真是嚇壞了！我以為你和雲掌都死了。」

「嗯，我沒事。」火心侷促地說。他迅速舔了公主一下算是回應，然後退開一步，機敏地意識到沙暴正盯著自己。「雲掌也很好。」

他看了沙暴一眼，發現這位黃毛戰士的臉上帶著不屑的表情，還蓬起全身的毛。「是寵物貓，」她咆哮，「她全身都是寵物貓的氣味。」

公主驚恐地看了她一眼，移到火心身旁。「火心，她……她是你的朋友嗎？」她結結巴巴地問。

「對，她是沙暴。沙暴，這是我妹妹公主，也是雲掌的母親。」

沙暴退開幾步，但放平了頸後的毛。「雲掌的母親？」她重複著，「所以你們還一直保持連絡？」她瞪了火心一眼，顯然在猜關於雲掌跑去找兩腳獸的事，他到底對公主說了多少。

「雲掌過得非常好，」火心說，「對不對？」他迎向沙暴的目光，暗自希望她不會透露那位任性的見習生幹做過的荒唐事。

「他很會打獵，」沙暴坦承，「有成為一流戰士的本錢。」

公主並沒發覺沙暴語帶保留，眼中閃著驕傲的光說：「有火心當他的導師，我知道他一定會成為一名好戰士。」

「但妳還沒告訴我，妳來這裡做什麼？」火心問，急著想改變話題，「這裡距離妳的兩腳獸巢穴很遠呢。」

「我是來找你的。我非得知道你和雲掌怎麼樣了，」公主解釋，「我從花園裡看到大火，然後你又沒來看我，我就想——」

「對不起，」火心說，「我本來要去看妳的，但大火過後有好多事情要忙。我們得重建營地，還有森林裡剩餘的獵物也不多；我當上副族長後，責任也更重了。」

「你是副族長？整個雷族的副族長嗎？火心，那真是太棒了！」

公主的凝視讓火心窘得全身發燙。

沙暴乾咳了一聲。「還要去抓獵物呢，火心……」

「哦，妳說得對，」火心說，「公主，妳走了這麼遠真是勇敢，但妳該回去了。森林裡可能會有危險，更何況妳對這裡又不熟。」

「沒錯，我知道，可是我——」

一陣怪獸的怒吼打斷了她的話，同時間火心的鼻端也充滿了一股刺鼻的臭味。怒吼聲愈來愈大，接著一隻怪獸就從林間衝出，沿著車痕累累的小徑奔來。

火心和沙暴直覺地趴在一截焦黑的樹幹旁等怪獸通過。沒想到公主只是坐在原地，好奇地凝望著。

「趴下！」沙暴發出噓聲。

公主一臉困惑，但服從地趴在火心身旁。

怪獸沒有走過去，反而停了下來。怒吼聲突然中止，怪獸身上的一個部位打了開來，只見三隻兩腳獸從怪獸肚子裡跳出來。

火心與沙暴互看了一眼，將身體壓得更貼近地面。看到兩腳獸和牠們的怪獸，公主可能覺得沒什麼，但對火心而言，牠們離得太近了，而樹叢也不夠茂密，無法提供完整的掩護。火心所有的直覺都叫他立刻逃跑，但好奇心卻把他牢牢釘在原地。

兩腳獸身上是成套的深藍色皮毛。牠們沒帶兩腳獸小孩，也沒帶狗，跟大多數來到森林的兩腳獸都不一樣。牠們在燒焦的林間散開，大吼大叫，一面用力踩踏，激起了一陣煙塵。其中一個在距離三隻貓藏身處不到一隻狐狸身長的地方走過，沙暴低下頭，強忍著不瞥上一眼。

「牠們在做什麼？」火心小聲地問。

「把所有的獵物嚇跑，」沙暴噓聲說著，一面吐出嘴裡的灰塵，「老實說，火心，誰關心兩腳獸在做什麼？牠們全都是瘋子。」

「我不知道……」火心直覺這些兩腳獸是有目的的，雖然他並不明白是會什麼。牠們用腳掌指指點點、互相吼叫，似乎在暗示牠們是故意穿過森林的。

另一隻兩腳獸用力地踏著步伐前進。牠撿了一段樹枝，在坑洞和燒焦的樹叢間戳刺，那模樣簡直就像在找尋獵物，只不過牠發出的噪音大得能把最耳背的兔子都嚇跑。

「妳知道這是在幹嘛嗎？」火心問公主。

「我不是很確定，」公主回答，「我懂一點牠們的話，但這些並不是我家那些人會用的詞語。我想牠們是在找人，但不知道是在找誰。」

火心繼續觀察，看到兩腳獸把那段樹枝丟在地上，動作顯得有些頹喪。牠又吼了一聲，另外兩隻兩腳獸從樹林裡出來，三個身影往回走，然後又爬進怪獸肚子裡。怒吼聲再次響起，怪獸猛地開跑，消失在樹林中。

「哇！」沙暴坐起來，仔細地舔起滿是灰塵的毛，「感謝星族，牠們走啦！」

火心也站了起來，目光仍定定地注視著怪獸消失的地方。吼聲已經離開了，刺鼻的氣味也淡了許多。「我不喜歡這樣。」他說。

「拜託哦，火心！」沙暴走到他身邊，推了一下，「你管兩腳獸做什麼？牠們就是這樣怪里怪氣的嘛。」

「不，或許在我們看來是很怪，但我認為牠知道自己在做什麼，」火心回答，「通常牠們會帶小孩或狗來森林——但這幾隻兩腳獸卻沒有。如果公主沒說錯，牠們真是在尋找什麼的話，那牠們並沒有找到。我想知道牠們在找什麼。」他停了一下，才又開口：「何況，森林這一帶通常不會有兩腳獸出現。牠們離雷族營地太近了，我不喜歡。」

沙暴不耐的表情軟化了，她把臉靠在火心的肩上安慰他。「你可以叫巡邏隊提高警覺。」她提醒他。

「對，」火心認真地點點頭，「我會的。」

他向公主道別，奮力把高漲的憂慮拋在腦後。森林裡正在發生一件他弄不懂的事，而他禁不住擔憂那表示雷族會有危險了。

火心和沙暴抄捷徑切過大松林的轉角，來到小溪和陽光岩。燒焦的樹林到處不見獵物的蹤影，兩腳獸弄出的噪音更讓獵物不敢出現。

「我們沿著河族邊界往上走到四喬木吧，」火心決定，「那邊可能還抓得到一點東西。」

當陽光岩映入眼簾，一個熟悉的聲音呼喊著自己的名字，火心陡然停下腳步。抬起頭，他看到灰紋站在最近的一塊岩石上方；這位灰毛戰士快步奔下，朝他跑了過來。

「火心！我正希望能遇見你呢。」

「你該慶幸沒被巡邏隊看到吧，」沙暴低吼，「你是河族的戰士，竟然在我們的地盤過得挺自在的嘛！」

「少來了，沙暴，」灰紋說，不懷惡意地推了推她，「我是灰紋耶，妳忘啦？」

「我記得可清楚呢。」沙暴回嘴。她坐了下來，舔了舔一隻腳掌，然後開始洗臉。

「出了什麼事，灰紋？」火心問，猜想這位老朋友絕不會毫無理由地闖入雷族的領土。

「也不算是狀況啦，」這位灰毛戰士說，「至少我希望不是。只是我認為這件事應該讓你知道。」

「那就快說呀。」沙暴說。

灰紋對她揮了揮尾巴。「昨天曲星有訪客，」他告訴火心，瞇起了一雙琥珀色的眼睛。「是虎星。」

「什麼？他去幹什麼？」火心結巴起來。

灰紋搖搖頭。「我不知道。但曲星現在很虛弱，全族都知道他只剩下最後一條命。虎星只跟他談了一下，倒是跟豹毛說了好半天。」

提到那位河族副族長，火心更擔心了。她和虎星有什麼好談的？一幕幕影族和河族結盟的景象從他腦中閃過，而雷族卻被困在這兩族中間。接著他試著告訴自己，一切都是多慮，他沒有理由認定那兩隻貓在盤算任何事。

「兩族族長也不是沒互相拜訪過，」他澄清，「如果曲星快死了，虎星可能是想致上最後的敬意。」

「可能吧。」灰紋嗤之以鼻，「那他何必跟豹毛談那麼久？我設法靠近他們偷聽，只聽到虎星說什麼還會再來我們營地。」

「他就只說這些？」火心問。

「我只聽到這些，」灰紋不好意思地低下頭，「豹毛就看到了，叫我離她遠點。」

「或許虎星只想多認識她一些，」火心猜測，「畢竟，等曲星一死，她就會當上族長。」

聽到另一隻貓叫著自己的名字，他轉過身，看到霧足正從河裡爬出來。

「噢，我的星族呀！」沙暴喊，「全河族的貓都要到我們這裡來嗎？」

「火心！」霧足喘著氣，甩了甩身體，飛濺的水珠灑在沙暴的腳掌上，她不悅地跳開。

「火心，你有沒有看到灰池？」

「灰池？」火心唸著，想起那位被霧足當成生母的長老。這位脾氣暴躁的河族貓后曾經告訴他有關那兩隻她視如己出的雷族小貓的身世，對這點火心現在仍滿懷感激；他已經好久沒見到她了。「灰池來這裡做什麼？」

「我不知道，」霧足從河邊走上坡，神情滿是焦慮，「我在營地裡找不到她。她最近身體衰弱，神智不清，我很怕她完全不知道自己在做什麼，還到處亂走。」

「她不會在這裡的，」灰紋反駁，「她沒力氣游過河。」

「那她會去哪裡？」霧足提高聲音，轉成了哀嚎，「營地附近我能想得到的地方都找遍了，可是都沒看到她。何況，現在河水不深，要游泳過河也不是太難。」

火心迅速思考著。如果灰池有辦法過河進入雷族的領土，就有必要盡快找到她。他的族貓對可能遭到入侵已經夠擔憂了，他不願去想如果她被像暗紋那樣好鬥的貓發現了會怎麼樣。

「好，」他說，「我會沿著邊界往四喬木走，看看能不能找到她。沙暴，妳回營地把這件事告訴其他族貓，提醒他們如果看到灰池，不要攻擊她。」

沙暴翻了個白眼。「好吧，」她邊說邊站起身來，「不過我會在路上狩獵。也該有誰替族裡捕些新鮮的獵物吧。」她翹高尾巴，大步走進樹林。

霧足感激地對火心點頭。「謝謝你，」她說，「我不會忘記你的。對了，火心——你帶灰池回來時如果需要進入河族的領土，可以對任何看到你的貓說我同意你進來。」

火心點頭道謝。如果他在對岸又被豹毛帶頭的河族巡邏隊發現，不難想像會發生什麼事。

「走吧，霧足，」灰紋鼓勵地說，「我跟妳一起游回去。」霧足的鼻子短暫地在這位灰毛戰士的身上貼了一下，然後兩隻河族貓就走下河岸往河裡去了。

灰紋敏捷地回頭道了聲再見，然後跟在霧足身後一躍，跳進水裡。火心看著他們矯健地游到對岸，才往上游朝四喬木走去。

他沿著邊界，邊走邊翻新氣味記號，最後來到距離四喬木不遠的地方。他簡直不敢相信一位步搖體衰的長老能走這麼遠，但就在他低頭望著河邊布滿石頭的山坡時，看到河族貓前往四喬木時會走的那條兩腳獸橋上，有個瘦弱的灰色身形正一跛一跛緩緩地走著。

灰池！

火心張開嘴想要喊她，但很快又閉上。這隻老貓已經過了橋，正搖搖晃晃地沿著河邊走。他擔心如果她聽見陌生貓呼叫自己，可能腳一滑就摔死了。於是他開始往下坡走，小心翼翼地以狩獵伏姿縮在岩石背後，這樣她就不會被他嚇到了。

不久，他看到灰池離開河邊，準備爬上通往四喬木的陡坡，頓時鬆了一口氣。她的爪子無力地抓著大石頭，火心想不出她究竟要去哪裡。她是不是以為現在是滿月，要去參加大集會？

火心直起身，再次張嘴準備出聲，但立刻又把她的名字給吞回肚子裡，迅速閃進最靠近他的岩石躲起來。另一隻貓出現了，從四喬木那邊自信滿滿地走過來。那肌肉結實的龐大身軀和一身深色的虎斑毛絕對不會認錯。

是虎星！

第七章

火心從岩石後頭往外望。虎星看到灰池，轉而朝她走去。這隻深色的虎斑貓一走近，灰池就驚訝得往後退並摔了一跤，勉強掙扎才站起來面對虎星。影族族長走上前說了些什麼，可是火心距離他們太遠，聽不清楚。

他貼緊地面、躡手躡腳地爬近，拿出所有的狩獵本事隱藏，以免被發現。幸運的是，風正往他這邊吹，所以虎星不太可能聞到他的氣味。除非必要，火心並不想和這位影族族長見面。運氣好的話，虎星應該是正準備再次拜訪豹毛，那他就會幫助灰池回到河族營地。

火心爬得更近了，在草地上把身體壓低，躲進另一塊幾乎與那兩隻貓等高的岩石掩蔽下。灰紋曾說虎星前一天才去拜訪過河族，他為什麼這麼快就回來？

「別假裝你不認得我。」火心差點沒聽出那顫抖的聲音是灰池的。「我知道你是誰，錯不了。你是橡心。」

火心身體一僵。橡心是霧足和石毛的生父，藍星棄養他們時，是橡心把他們帶回河族的。橡心在火心加入雷族之前死於一場戰鬥，但他長得跟虎星是有一點像——都是有深色皮毛的大型公貓。

高度警戒的火心抬高頭，從藏身的岩石上方窺視。灰池蜷伏在裸岩外一片稀疏的草地上，抬頭凝望著虎星，虎星則在幾個尾巴外的上坡處高高站著。

「我有好幾個月沒看到你了，」灰池繼續說，「你都躲到哪裡去啦？」

虎星瞇起雙眼望著她。火心等著虎星告訴這隻年老的母貓說她認錯人了，卻聽到虎星說「噢……這裡待一陣子，那裡待一陣子啊」，當下他覺得全身的血液都變冰冷了。

他到底在玩什麼把戲？火心非常納悶。

「你至少該來看看我，」灰池抱怨，「難道你不想知道孩子們過得好不好嗎？」

這隻大公貓的耳朵豎了起來，琥珀色的眼睛燃起感興趣的亮光。「什麼孩子？」

「還『什麼孩子』咧！」灰池嘶啞地笑了起來，「好像你不知道似的！就是你要我照顧的那兩隻雷族小貓啊！」

火心僵在原地。灰池剛剛把藍星埋藏得最深的祕密說出來了！

虎星的肌肉繃緊，望著灰池的目光更加熱切，身上的每條肌肉都顯示明顯的興趣。他把頭往前一探，輕聲說了幾句話，聲音低得火心完全聽不到。

「幾個季節以前，」灰池回答，聲音有些困惑，「別告訴我你已經忘了。你……不，橡心不會問這個的。」她搖搖晃晃地往前走了幾步，想湊近去看清楚虎星。

「你不是橡心！」她喊。

「別管那個了，」虎星安撫她，「妳還是可以把一切告訴我。什麼雷族的孩子？誰是孩子真正的母親？」

火心離他們很近，近到可以看見灰池眼裡的茫然。她歪著頭，困惑地盯著這位影族族長。「他們倆好漂亮喔，」她含糊地說，「現在他們是出色的戰士了。」

虎星一頭探到她面前，嚇得她住了口。「告訴我他們是誰的孩子，臭烏鴉的食物！」他逼問，開始失去耐心。

火心又驚又懼，看著慌亂的灰池往後退了一步。她腳下一滑，一骨碌滾下陡坡，重重地落在草地的一塊石頭上，躺在那裡，再也不動了。

火心既驚慌又憤怒。虎星走到灰池靜止的身體旁嗅了嗅，火心站起來奔過山坡，但他還沒趕到，這位影族族長就一個轉身，往四喬木和影族的方向走了，根本沒看到他的宿敵。

火心跑到灰池身旁，低頭看她。她小小的灰色頭顱上，撞到岩石的部位淌下一線血絲；一雙眼睛無神地瞪著天空。這隻母貓死了。

火心低下頭。「再見，灰池，」他柔聲說，「星族會尊敬妳的。」

他沉默而悲痛地站著，希望自己能多了解灰池一些。她刻薄的言談和高貴的心，都讓他想起黃牙。他永遠感激她，因為這位河族貓后與他，一個別族的戰士，分享了她藏在內心深處的祕密。

兩隻貓弄出的聲響打斷火心悲傷的思緒，他抬起頭看到霧足和灰紋正從河邊朝自己奔來。

看到長老死了，霧足發出一聲絕望的悲鳴，撲向草地，把頭埋在灰池身上。

就在那一刻，火心決定隱瞞虎星的事。只要提到這位影族族長，關於藍星孩子身世的真相就有暴露的危險，火心知道灰池不願看到這種結果，因為她甚至連自己族裡的貓都不肯透露。

「怎麼回事？」灰紋問。

他看了那具靜止不動的灰色身軀一眼，暗自祈求星族原諒他只說出部分事實。

「我看到灰池在爬坡，」他回答，「她滑了下來，但是我來不及救她。對不起。」

「這不是你的錯，火心。」霧足抬頭看著他，藍色的眼睛裡滿是悲傷，「我一直擔心會發生這種事。」

她低下頭再次碰觸灰池的身體，火心感覺胸口溢滿同情。當霧足和石毛被親生母親藍星棄養的時候，是灰池收容了他們。要是沒有灰池，他們早就死了。他們在灰池的哺育和撫養下成為見習生，向來只知道她這麼一位母親，她為他們付出一切。

「來吧，霧足，」灰紋輕輕地推了推他的朋友，「我們把她帶回營地去。」

「我來幫忙。」火心自告奮勇。

霧足坐了起來。「不，」她說，「你做的已經夠多了，火心。謝謝你，這件事該由她本族的貓來做。」

她小心翼翼地叼起灰池的後頸，灰紋則咬住這位長老的身體。他們帶著她走下山坡，往兩腳獸橋走去。灰池的四肢在他們中間癱軟地垂下，尾巴拖在塵土上。

看著他們到達對岸，火心才轉過身，心煩意亂地走回雷族的領土和營地。虎星已經知道有兩位河族戰士來自雷族！火心猜不透虎星知道這件事後會怎麼做，但他很清楚——清楚得就像知道太陽第二天一定會升起那樣——這位影族族長絕對會利用這件事。他的心情很沉重，覺得事情最後對藍星和整個雷族一定會是場災難。

⚡⚡⚡

火心在回家的途中停下來狩獵，抵達深谷頂端時他的嘴裡已緊緊啣著一隻兔子。他俯視著營地入口，看到金花帶著孩子來到深谷底部，兩個孩子在岩石間互相追逐，假裝要襲擊亮掌，亮掌把尾巴朝他們一揮，一下就跳開了。火心走下深谷，放下兔子繼續觀察。小棘跑上前，把一隻老鼠放在他腳邊。

「你看，火心！」他得意地喊著，「這是我自己抓到的哦！」

「他的第一隻獵物。」金花用溺愛的眼神看著她的兒子補充說。

小棘琥珀色的眼睛燃燒著興奮。「媽媽說我會成為跟爸爸一樣棒的獵人。」他對火心說。

火心覺得肚子裡湧上一股不安。他瞇起眼睛，銳利地瞥了金花一眼。金花的目光仍停駐在兒子身上，但從她抽動的尾巴末稍，火心看得出來她知道他正在看她。

「火心？」小棘一臉迷惘，「我可以把我抓的老鼠拿去給長老嗎？」

火心生氣地抖了抖身體。這孩子年紀這麼小，就能抓到老鼠，真的很了不起，應該得到幾句讚美才對，然而火心卻忍不住想起俯身向著灰池軟垂屍體的虎星。他極力克制自己，不要把憤怒出在無辜的小棘身上。

「嗯，當然可以，」他說，「你能抓到老鼠真的很厲害。看看獨眼要不要好了，說不定她覺得這隻老鼠可以換一個故事哦。」

小棘的雙眼亮了起來。「好主意！」他喊著。他一口咬住老鼠，拖著老鼠走下深谷，往營地入口走去。姐姐小褐蹦蹦跳跳地跟在他身後。

金花惡狠狠地瞪著火心，他知道她看出自己那些讚美說得多勉強。她冷淡地說：「火心，我告訴過你，我絕不會對孩子們說任何關於他們父親的壞話。我們效忠雷族——大家都是。」

她轉身，尾巴從火心臉上揮過，然後大步走回營地。

火心撿起自己的那隻兔子跟了過去，他決定要將這隻獵物送給煤皮，同時跟她談談小棘的事。對於該如何對待這隻小貓，她或許能出點主意。巫醫在高岩山集會的那天，這隻灰毛母貓很晚才一跛一跛地回到營地，火心知道她很累了，但月亮石的光芒似乎仍在她眼中閃爍著。

火心穿過新長出的金雀花隧道走上空地，看到煤皮跟斑尾坐在育兒室外。這位巫醫正在觀察小雪，小雪在距離他母親幾條尾巴外的地上，拍打著什麼東西。

很好，火心想，**現在我們應該能知道小雪到底有沒有問題了**。他朝兩隻母貓走去，把兔子放在煤皮身旁。「這是給妳的，」他說，「妳回來後覺得怎麼樣？」

煤皮轉頭看他，一雙藍眼透著平靜。「我很好，」她發出呼嚕聲，「謝謝你的兔子。斑尾和我正在談小雪的事呢。」

「有什麼好談的。」斑尾隆起雙肩嘀咕著。她的語氣暴躁，但煤皮身上有種新的力量，火心猜想，這隻年長的母貓不敢不跟她交談。

煤皮點點頭。「請你叫他過來好嗎？」她問。

斑尾哼了一聲，喊著：「小雪！小雪，過來！」

她邊說邊揮動尾巴示意。小雪站了起來，放下正在把玩的一球苔蘚，來到他母親身邊。斑尾低下頭，在他耳朵上舔了舔。

「很好，」煤皮說，「火心，現在你到那邊去，再把他叫過去，好嗎？」她朝幾條狐狸尾巴外的地方點點頭，然後壓低聲音說：「別做動作，出聲音就好。」

火心雖然很困惑，還是照做了。這一次，小雪雖然直直望著他，卻毫無動作。火心甚至叫了三、四次，他都沒有反應。

其他幾隻走向新鮮獵物堆的貓也停下腳步，看看發生了什麼事。藍星——火心猜想，大概是被這些聲音吵醒了——也從窩裡出來，坐在高聳岩下方觀看。正踱步走回長老窩的花尾，在斑尾身邊停下，對她說了幾句話。斑尾不耐煩地回答，可惜火心離得太遠，聽不見她們倆究竟說了什麼。花尾不理會暴躁的斑尾，坐在煤皮身邊凝神觀看。

火心繼續呼叫小雪，直到斑尾推了那孩子一下，朝他的方向點點頭，小貓才走了過來。

「幹得好。」火心說，小雪茫然地看著他，於是火心又稱讚了他幾次。

他領著小雪回到他母親和煤皮身邊。現在他也開始懷疑可能是哪裡出問題了，因此當煤皮轉身面對斑尾說「對不起，斑尾——小雪聽不見」的時候，他並不驚訝。

斑尾的腳掌在身前的地上磨蹭著，臉上的表情混合了悲痛和憤怒。「我知道他聽不見！」

她生氣地回嘴，「我是他媽媽呀。你們以為我會不知道？」

「藍眼珠的白貓通常有聽不見的問題，」花尾對火心說，「我記得我第一窩有一隻也是這樣……」她嘆了口氣。

「後來他怎麼了？」火心問，一面慶幸同樣擁有白毛和藍眼的雲掌聽力正常。

「誰也不知道，」花尾難過地告訴他，「他三個月大的時候就失蹤了。我們想他可能是被狐狸給抓走了。」

斑尾擔心地把小雪拉近自己，想保護他。「狐狸別想抓走這孩子！」她信誓旦旦地說，「我會照顧他。」

「我知道妳會，」藍星說著走向他們，「但恐怕他當不成戰士了。」

火心注意到，今天藍星的狀況還算正常，她的語氣同情但很堅定，雙眼也很清澈。

「他為什麼不能當戰士？」斑尾問，「他其他方面都沒問題，是個健康、強壯的孩子。如果妳比手勢告訴他該怎麼做，他能做得很好。」

「那樣還不夠，」藍星告訴她，「導師沒辦法用手勢教導他打鬥或狩獵，戰鬥時他也聽不見命令；如果他無法聆聽別人，也聽不見自己的腳步聲，該怎麼捕捉獵物呢？」

斑尾跳起來，全身的毛都豎直了。火心以為她會朝藍星撲過去，但她只是轉過身，推著小雪站起來，然後雙雙消失在育兒室裡。

「她看起來很不高興。」花尾發表意見。

「不然還能怎麼樣？」煤皮問，「她愈來愈老了，這可能是她的最後一個孩子，可是她剛剛才知道這孩子當不成戰士。」

「煤皮，妳得跟她談談，」藍星下令，「讓她明白必須以全族的需要為優先。」

「是，當然了，藍星，」煤皮說完恭敬地對族長點頭，「但我想最好先讓她跟小雪單獨相處一陣子，等她能夠接受全族都知道小雪聽不見的事後再說。」

藍星咕噥著表示同意，便走回窩裡去了。火心忍不住失望的情緒。以前藍星一定會親自去找斑尾談，或許還會替小雪在族裡安排可能的出路。她那份憐憫和理解都到哪裡去了？火心實在不懂。他豎起寒毛，恍然大悟：原來族長對這隻聽不見的小貓或小貓的母親，一點也不關心。

第八章

太陽升上樹梢時，火心和巡邏隊正逐步接近蛇岩。蛇岩是位在河對面另一邊的領土，大火並沒有燒到這麼遠，這裡的樹叢仍然茂密蔥綠，只不過葉子也開始掉了。

「等等，」火心對刺掌說，這位見習生正往蛇岩那邊衝過去，「別忘了這裡有毒蛇出沒。」

刺掌連忙煞住。「對不起，火心。」

自從藍星拒絕讓他們當戰士後，火心就決定花時間輪流與見習生們相處，包括在每次出巡時讓至少一位參與，藉以表示雷族仍然重視他們。疾掌沉著臉，看來對這樣的延遲很不滿，但刺掌似乎並不介意多等一陣子，以取得完整的戰士資格。

刺掌的導師鼠毛走到他身邊。「說說看你聞到了什麼。」

刺掌站著仰起頭，張開嘴，吸了口氣。

「老鼠！」他幾乎立刻就說了出來，舌頭在嘴邊舔了一圈。

「對，但我們現在並不是在狩獵，」鼠毛提醒他，「還有呢？」

「轟雷路——在那邊。」刺掌用尾巴指了指，「還有狗。」

正從地上一個小坑裡舔水喝的火心，聽到這話豎直了耳朵。他嘗了嘗空氣，發現刺掌說得沒錯，這裡的確有一股濃烈的狗味，而且還很新。

「這就怪了，」他說，「除非兩腳獸很早就起床，否則這氣味應該很舊才對。再新也不過是昨晚。」

他想起白風暴曾經報告過，在蛇岩附近發現被踐踏的樹叢和散落的鴿子毛。那時候這裡就有狗味，但那氣味不可能留得這麼久。

「我們最好在四周多看看。」他說。

火心命令刺掌不要離開他的導師，一面派遣其他貓進入樹林，他自己則躡手躡腳地接近蛇岩。他還沒走到，鼠毛就呼叫他回頭。

「來看看這個！」

火心繞過一株藤叢，來到這位黑棕毛戰士身邊，低頭看著一小塊陡峭的空地。空地上有一池發綠的死水，積了不少落葉，碎蕨葉的刺鼻氣味湧上火心的嗅腺。鴿子毛散落得到處都是，還有幾撮可能是松鼠或兔子的毛。刺掌在一坨狗糞上嗅了嗅，噁心地呼了口氣跳開。

火心強迫自己記住這幅景象裡的每個細節。兩腳獸的狗通常不會在森林裡待太久，久到留下這麼多腳印，或者踐踏樹叢，把剩下的獵物都給嚇跑，使森林臭得像個狐狸洞。現在親眼看到這幅景象，他知道肯定有事情發生了。

「你覺得呢？」鼠毛問。

「我不知道。」火心遲疑著不願表現出自己的擔憂，「看來森林裡有隻狗脫離了兩腳獸，到處亂跑。」

那些兩腳獸要找的就是狗？他突然想起自己跟沙暴在大松林狩獵那天，從怪獸肚子裡出來的那三隻兩腳獸。但那邊距離這裡很遠，而且在雷族領土的另外一邊。

「我們該怎麼辦？」刺掌尖聲問，臉上露出不尋常的認真表情。

「我會跟藍星報告，」火心決定，「如果有狗在我們領土閒逛，我們必須想個對策。或許可以想辦法把牠引出去。」

這隻狗顯然奪取了雷族本來就很稀少的獵物，火心不願去想如果狗遇上雷族的某位戰士，會有什麼後果。

火心轉身離開空地，帶頭往營地走，卻覺得身邊的森林已經很不對勁、顯得敵意重重。他熟知每一棵樹和每一塊石頭，然而森林深處卻有某種東西——不像是氣味，也不像聲音，比較像是幾乎聽不見的回音——他卻聽不懂。只是一隻狗嗎？還是藍星恐懼的事真的出現了？星族還為雷族佈下了什麼別的災難呢？

巡邏隊快抵達營地時，火心聞到身後有雷族貓的氣味。他轉過身，看到白風暴、亮掌和雲掌踩過林地上的焦黑殘枝走來。他們全都帶著新鮮獵物。

「狩獵得很不錯囉？」他們走上前時，火心問。

白風暴放下他口中叼的兔子。「還不錯，」他回答，「但我們得走到四喬木才獵得到東西。」

「就算是這樣，這隻兔子看起來還是又美又肥啊，」火心讚賞地說，「幹得好。」他稱讚亮掌和雲掌，他們正拖著松鼠過來。

「我們發現了一件事，我想最好讓你知道，」白風暴說，「先回營地去吧。」

白毛戰士再度叼起那隻兔子，跟在火心後頭走下深谷。等他們把新鮮獵物放上獵物堆，火心派兩位見習生把食物送去給長老後，火心自己也拿了一塊食物，蹲伏在白風暴身邊，開始吃了起來。鼠毛從獵物堆上挑了隻畫眉鳥，也過來跟他們一起吃。

「你們看到什麼？」火心問，吞下的幾口田鼠肉讓他的饑餓感稍稍減輕了些。

火心發現白風暴的表情變得陰沉，用不著這位白毛戰士開口，他也猜得出答案。「我們看到更多散落的獵物，」白風暴說，「幾撮兔子毛，還有更多狗味。這次距離四喬木不遠，就在河族邊界附近。」

「氣味很新嗎？」

「昨天的吧，我想。」

火心點點頭，焦慮使他的四隻腳刺痛著，顯然那隻狗跑得比他當初以為得還遠。他吞下最後一口田鼠肉，把他們黎明巡邏隊早上發現的事說給白風暴聽。

「整個地方都很臭，」鼠毛把埋在大餐的頭抬起來，「我們領土裡有隻狗，對不對？牠還獵殺我們的食物？」

「對，我想是的。」火心轉向白風暴，「上次你說你們第一次發現那些氣味時，我還希望那隻狗早就跟兩腳獸回家了。但顯然沒有。」

「我們得想辦法把牠趕出去。」白風暴嚴肅地說。

「對，我要去跟藍星報告這件事，她可能會想開會。」

火心離開白風暴和鼠毛，穿過營地往高聳岩走去。隨著正午來臨，營地裡的生活在他周圍平靜地展開：灰掌和疾掌在見習生窩外打鬧；戰士窩旁，霜毛和斑臉正在聊天，前一晚上負責守夜的他們，現在還一臉的疲倦；空地中央，斑尾正腳掌和尾巴並用地對她的孩子比劃，蕨毛則在一旁觀看。想到營地若被那隻迷途的狗發現，會帶來一場怎樣的浩劫，恐懼就深深刺進火心的心裡。

火心還沒走到藍星的窩，蕨毛就站起來走向他。「火心，我可以跟你談談嗎？」

火心停下腳步。「不會太久的話就可以。我得去找藍星。」

「是斑尾的事，」蕨毛解釋著，「我很擔心她。她認為小雪應該當見習生，所以正在想辦法教他。她認為如果藍星看到小雪能夠學會，就不得不讓他當戰士。」

火心凝神看著那對母子，發現他們確實不是在玩——至少斑尾不是。她正在示範狩獵伏姿給小雪看。小雪看來玩得很高興，他滾來滾去，還用腳掌拍打母親，但卻完全沒照著母親的樣子做。

望著他們，火心覺得更加悲哀。「這樣也好，」不久後，他嘆了口氣，「如果斑尾能夠明白小雪沒辦法學，或許她能接受他永遠不會成為戰士的事實。」

「也許吧。」蕨毛的語氣並不怎麼肯定，「反正，我想再觀察他們一陣子，看看我能不能幫上什麼忙。」

火心讚許地看著他。蕨毛當上戰士才沒幾個月，卻已有老貓的嚴肅風範。他可以收見習生了，火心也相信他會是一位優秀的導師——有耐心又負責任。但不是小雪的導師。火心知道這隻聽不見的小貓永遠不可能有導師、永遠不能去參加大集會，也永遠不會了解成為戰士並為全族服務的無上樂趣。

不過，只要還沒有小貓需要導師，讓蕨毛注意一下小雪也好。「沒關係，只要別影響到你的戰士職務就行了，」火心說，「如果你還想到什麼再告訴我，我會去跟煤皮說。」

「謝了，火心。」蕨毛說。他在地上坐定，四腳整齊地收在身下，繼續觀察斑尾和小雪。

火心有些猶豫，既替那隻聽不見的小貓和他的母親感到難過，同時也替蕨毛難過，他想成為導師的希望這次要落空了。他轉身走開，去找藍星。

族長躺在她窩裡深處的臥鋪上。陽光照不進來，她看來就像個灰色的影子。但剩下的松鼠殘骸顯示她已經吃過。火心在入口處稍停時，還看到她轉過頭舔自己背部。這個例行動作激勵了火心。

他用爪子刮著地想引起她的注意，然後等她一轉過頭就開口：「藍星，我可以進來嗎？我有事情報告。」

「我看不會是什麼好事吧。」藍星酸溜溜地說。聽到她的語氣，火心畏縮了，不過沒多久族長的態度又軟化：「好吧，火心，進來說說你在想什麼。」

「我們認為森林裡有隻狗在亂闖。」火心描述白風暴第一次在蛇岩附近發現散落的獵物、他的巡邏隊今早看到的一切，還有白風暴在四喬木附近找到的兔子殘骸。

藍星靜靜地坐著，瞪著牆壁直到火心說完。然後她突然轉過頭面對他。「四喬木附近？在哪裡？」

「白風暴說，在靠近河族邊界那裡。」

藍星發出一聲咆哮，把爪子插進地面。「現在——我全明白了！」她啐了一口，「是風族在我們領土上狩獵。」

火心呆望著她。「對不起，藍星，我不懂妳的意思。」

「那你就是個笨蛋！」藍星大吼，隨後又突然安靜下來，「不，火心，你是優秀又高貴的戰士，想像不到其他人的背叛行為，這也不是你的錯。」

她說這話是什麼意思？火心想，**難道她忘了當初把虎星叛族的事告訴她的人是我嗎？**

他的思緒在腦海裡翻騰。他發覺藍星今天的狀況並不好，她雙眼直視，全身的毛豎起，好像一排排敵人就在眼前——或許在迷亂的她看來，情況的確如此。

「可是藍星，」火心反駁，「我們在每個有獵物遺留的地方都發現狗味，沒有理由認為這是別族幹的呀。」

「老鼠腦！」藍星咬牙切齒地罵道，尾巴左右用力揮動，「狗才不會那樣呢。牠們跟兩腳獸一起來，然後兩腳獸又會把牠們帶走。有誰聽說過狗會在森林裡亂闖的？」

「以前沒發生過，並不表示現在就不會發生啊，」火心慌亂地說，「你為什麼認定是風族？」

「難道你看不出來嗎？」藍星的聲音狂怒而緊繃，「風族戰士要獵兔子，兔子一定在四喬木那裡跑過了河族邊界，因為那地方的河族領土很狹窄。風族貓追獵物追過了兩族邊界，一直來到雷族領土，才抓到兔子並把牠給殺了。」她說得信誓旦旦，好像她親眼目睹似的。「實在太明顯了，連小貓咪都看得出來。」她的腳掌又開始磨蹭，「哼，風族最好給我小心點！」

火心的心一沉，聽起來藍星似乎有攻擊風族的計畫。**我們承受不起更多麻煩了呀！**他慌張地想，腦中忽然蹦出一幅景象：虎星前去拜訪曲星和豹毛。在河族和影族可能結盟的情形下，他們現在最該避免的就是跟風族打仗。

「藍星，妳說得可能沒錯，」他婉轉地承認，「但我們不該在沒有確實的證據下就責怪風族。也很可能是河族幹的，不是嗎？」

「胡說！」藍星語帶輕蔑，「河族的貓絕不會跨越邊界追逐獵物。他們對戰士守則熟悉得很。難道你忘了火災時他們幫助過我們？如果不是河族，我們早就都被燒死或淹死了。」

是的，但豹毛可不會讓我們輕易忘了這回事，火心對自己說。他禁不住想，河族可能認為幾隻兔子不過是回報他們那次幫忙的序幕而已。

火心搖搖頭想釐清思緒。怪罪河族並沒有意義，他清楚知道自己聞到的氣味。造成那些四散的獵物是狗，而他必須讓藍星明白這點。「藍星，我真的認為——」他開口。

藍星尾巴一揮，不讓他再說下去。「不！」她堅持，「是你，火心，上次大集會後是你告訴我，說高星歡迎虎星成為影族族長的。」

「是歡迎得很勉強！」火心想要抗辯，但藍星毫不理睬。

「難道你忘了風族戰士曾阻止我去高岩山這件事嗎？還有你帶雲掌回家時，他們也攻擊過你？之前你和灰紋還將他們從放逐中帶回家園。雷族曾幫助過他們，但他們一點感激之心都沒有！高星現在還跟星族聯合起來對付我！他跟我最大的敵人結盟，還要和他手下的戰士入侵我們領土。他讓戰士之名蒙羞；他……」藍星的眼神變得狂野，突然好像說不出話來似地哽住。

火心戒心大起，開始退出藍星的窩。「藍星，別這樣，」他哀求，「妳生病了，這樣對妳不好。我去找煤皮來。」

但他還來不及離開，空地上就傳出一聲響亮的嚎叫。那是許多族貓在驚恐中發出的吶喊，火心猛地轉身，衝了出去。

空地中央幾乎空無一物，耀眼的陽光照著遮篷，曾經枝葉繁茂的遮篷在那場大火中被燒得已成枯架。幾隻貓蜷縮在焦黑蕨牆旁枝葉稀疏的隱蔽角落，火心瞥見金花和柳皮正在趕孩子進育兒室，蕨毛推著兩位長老走向他們的窩，邊走邊催他們動作快一點。

待在空地邊緣的族貓全都望向天空，圓睜的眼睛滿是恐懼。火心抬起頭，聽見拍翅聲，同時看到有隻老鷹在樹梢盤旋，粗嘎的叫聲迴盪在空中。就在這時，他也發覺有隻貓並沒有躲起來，小雪還在空地中央打滾玩耍。

「小雪！」斑尾驚慌地喊。

斑尾從育兒室後方的貓后廁所走出來，一明白發生了什麼事，立刻朝孩子衝過去。就在同一時間，那隻老鷹朝空地俯衝而下。殘酷的鷹爪一把抓起小雪的背，小雪發出尖叫，巨大的翅膀拍動起來，火心急衝上前，但斑尾比他更快。老鷹飛起來時，她跳了上去，爪子抓上小白貓的毛。

兩隻貓在老鷹爪下搖晃，過了一段痛苦的時間，火心朝空中撲去，但他們已經飛得太高了。然後老鷹鬆開抓住小貓的一隻腳，用爪子朝斑尾的臉上猛揮；母貓鬆手掉了下來，重重落在地上。少了她，老鷹迅速飛升到樹梢的高度，往四喬木的方向飛走了。小雪驚恐的尖叫聲也逐漸遠去。

「不！」斑尾仰起頭，發出絕望的嚎叫，「我的孩子！噢，我的孩子！」

蕨毛衝過火心身邊，從營地圍牆還沒開始重建的地方跳出去，消失在森林裡。即使火心很清楚追過去也沒有用，他還是轉過身，目光迎上距離最近的那隻貓。「疾掌，快跟過去。」

疾掌顯然也很清楚這麼做於事無補，他張嘴想抗議，又閉上嘴，追在蕨毛身後。飽受驚嚇的其他貓慢慢走回空地，在斑尾身邊前前後後地圍成一圈。

「他聽不見，」沙暴喃喃自語，用鼻子碰了碰火心的臉頰，「他聽不見老鷹的聲音，也聽不見我們的警告。」

「都是我的錯！」斑尾哀號，「我沒有陪在他身邊……現在他走了。老鷹應該把我抓走才對啊！」

沙暴走向這隻虎斑貓后，挨著她的身體安慰她，煤皮也走上前，在她的耳朵上輕輕舔了一下。「到我窩裡來吧，」她溫柔地說，「我們會照顧妳的，我們不會拋棄妳。」

但斑尾拒絕這些安慰。「他走了，一切都是我的錯。」她哀哭著。

「這不是妳的錯。」藍星說。

火心轉頭看到族長正走過來。這隻肩膀寬闊的灰色母貓看來堅強而絕決，比所有被這場悲劇嚇到的族貓更像戰士。

「這不是妳的錯，」她重複，「有誰聽過老鷹膽敢俯衝下來，在眾多貓兒在場時從營地中央奪走小貓？這是星族發出的預兆，我不能再否認這個事實了。」藍星凝視著聚集在身邊的那些受驚的族貓，聲音因為憤怒而發抖。「星族對雷族宣戰了！」

第九章

雷族貓全都驚恐地瞪著藍星，她卻轉身大步走回窩裡。火心才跟在她身後跨出一步，藍星就頭也不回地斥責：「少來煩我！」聽起來彷彿充滿了恨意，火心不由得停下腳步。

現在該怎麼辦？火心自言自語。他看得出全族已經漸漸陷入慌亂，先是受到老鷹襲擊，再加上藍星對這件事的詮釋，讓大家都變得心驚膽顫，連火心的四隻腳也開始發抖了。但他把畏懼推到一旁，跳上了高聳岩。

「各位！」他喊道，「大家過來集合。」

聽到他說話的族貓緩慢而沉默地在岩石下方聚集，其中幾隻仍恐懼地仰望天空，彷彿那隻老鷹還會再回來。火心注意到蕨掌緊靠著塵皮，長尾則伏在地上，彷彿星族立刻就要降下災難之火。

然後火心看到了雲掌。這位見習生迷惑地望著四周。「到底在搞什麼啊？」他對亮掌說，「大家都知道星族不過是說給小貓聽的神話，祂們又不會真的對我們怎麼樣。」

亮掌滿臉驚嚇地望著他。「雲掌，才不是咧！」她喊道。「拜託哦！」雲掌的尾巴溫柔地在她身上掃過，「妳不會真的相信那堆薊子毛吧？」他坐下來仔細清理腳掌，顯然並不在意這件事。一陣冰冷的恐懼使火心體內的血液迅速冷卻，他瞪著這位見習生。火心早知道雲掌毫不尊重戰士守則，但沒想到他竟然連星族也不信。

空地的另一邊，煤皮和斑臉正溫柔地引導斑尾走向煤皮的窩。煤皮停了下來，對斑臉迅速說了幾句，又一跛一跛地走回高聳岩。

「我想你可能需要我，火心，」她說，「但盡量快一些，我還得去照顧斑尾。」

火心點點頭。「雷族貓啊，」他提高音量說，「誰都不能不承認，我們剛才目睹了一件可怕的事。但我們必須審慎地看待這場悲劇。煤皮，藍星的話是對的嗎？這是不是表示星族已經離棄我們了？」

從她坐著的岩石腳下，煤皮口齒清晰地開口。「不，」她說，「星族並沒有給我任何暗示。我們的領土自從大火後就暴露在外，老鷹會看到獵物並不奇怪。」

「那麼我們失去小雪只是一場意外了？」火心提問。

「只是意外，」煤皮重複，「跟星族一點關係也沒有。」

火心看到大家放鬆許多，煤皮肯定的答覆安撫了他們。對於小雪被抓走的事，大家仍然震驚和悲痛，但驚慌狂亂的眼神已經逐漸平復下來。

但隨著欣慰而來的卻是擔憂。一旦雷族從驚嚇中恢復，大家就會開始質疑藍星的反應為什麼這麼誇張，到了要對他們在星族的戰士祖先宣戰的地步。「謝謝妳，煤皮。」火心說。

煤皮揮動尾巴，一跛一跛地迅速走回自己的窩。

火心在高聳岩頂端跨前一步，凝視下方仰望的臉。「我還有一件事要告訴大家——」他開口。既然藍星堅持是風族殺死兔子，他並不確定自己是不是該表示意見，但為了全族的安全著想，他又不該沉默。「我們認為有隻狗闖進了雷族的領土，雖然還沒親眼看到，但在蛇岩和四喬木附近都已聞到了狗的氣味。」

貓群中響起一片憂慮的低語，沙暴大喊出聲：「會不會是風族領土外那座農場裡的狗呢？也許是其中一隻。」

「也許吧。」火心同意，想起他和沙暴在尋找雲掌時，曾追逐他們的那幾隻兇暴的動物。「在那隻狗走掉之前，」他繼續說，「我們全都要提高警覺。沒有導師陪同，見習生不得外出；要巡邏的貓都會多一項新的任務，也就是尋找這隻狗的蹤跡——氣味、腳印、吃剩的食物……」

「還有糞便，」鼠毛補充，「那個骯髒的動物從沒想過要把糞便埋起來。」

「對，」火心說，「如果誰看到這些東西，就立刻向我報告。我們必須找出狗在哪裡。」

他盡量藏起自己愈來愈大的恐慌感來發號施令，卻甩不掉那種森林在偷窺他、並藏匿著一位可怕敵人的感覺。虎星雖是個威脅，至少他知道這位敵人會展開攻擊，那是種很踏實的憂心；但這隻潛藏在某處的狗卻不一樣，看不到也無法預測。

火心解散族貓後跳下高聳岩，走向煤皮的窩。半路上他看到蕨毛跛著腳走回營地，身後跟著疾掌。這位金棕毛戰士為了追逐老鷹，從荊棘和樹叢間硬擠出去，所以被扯掉了幾撮毛；從他低垂的頭和沮喪的神情來看，火心已經知道答案了，但他還是等候蕨毛走上前對自己報告。

「抱歉，火心。我們設法追上去，但還是追丟了。」

「你已經盡力了，」火心回答，把頭往這位年輕戰士的肩上靠了靠，「這也沒辦法。」

「本來就是浪費時間和體力嘛。」疾掌低吼，但他的眼神洩漏出沒救回小貓的失望。

「斑尾呢？」蕨毛問。

「跟煤皮在一起。我正要去看她。你們倆都去吃點東西，然後休息一下吧。」

看到這兩隻貓乖乖聽命後，他才繼續走向煤皮的窩。沙暴來到他身旁，他們一起走向巫醫窩外的空地，看到斑臉伏在躺著的斑尾身邊，溫柔地舔著她。

這時煤皮從岩石裂縫中出現，嘴裡叼著一片摺好的樹葉。她坐在斑尾身前。「罌粟籽，」她說，「吃下去，斑尾，這玩意兒能讓妳休息。」

一開始火心還以為斑尾沒聽到她說話，接著只見斑尾半坐著起身，轉過頭，緩緩舔光樹葉裡的罌粟籽。

「我再也不能生小孩了，」她聲音沙啞地說，「我就要去當長老了。」

「他們都會歡迎妳的。」沙暴低聲地說，並在這隻年長的貓身邊趴下。罌粟籽開始發揮作用，斑尾的頭慢慢垂下來，進入沉睡。火心敬佩地看著沙暴；她是技巧高超的戰士，他也親身體驗過她的伶牙俐齒，但她還有溫柔的一面。

聽到煤皮清喉嚨的聲音，沉浸在思緒中的火心清醒過來，看到這位巫醫已經走過來坐在自己身邊。從她看自己的眼神，火心知道她一定說了什麼話，而且正在等他回答。

「對不起——妳剛說什麼？」他說。

「如果你不是忙得沒空聽，」煤皮冷淡地說，「我剛才說，今晚我會跟斑尾一起過夜。」

「好主意，謝謝。」火心想起自己在跟全族說明有狗闖入森林時，煤皮就已經跟斑尾在一起了，「還有件事妳得知道，我想請妳再替藍星檢查一下。」

「哦？她怎麼了？」

火心把森林中有狗闖入的跡象，以及藍星如何認定這是風族入侵雷族領土、並竊取獵物的事告訴煤皮，同時壓低聲音不讓沙暴聽見。「她頭腦很不清楚，」他最後說：「否則她不會那樣對星族宣戰。再過幾個晚上就是大集會了，要是她在別族面前指控風族，那怎麼辦？」

「等一等，」煤皮說，「你說的是我們族長耶。就算你不同意，也應該尊重她的意見。」

「這跟同不同意無關啊！」火心抗議，「她的猜測一點證據也沒有。」他的音量提高了，伏在斑尾身邊的沙暴豎起了耳朵，於是他又壓低聲音繼續說：「藍星是偉大的族長，這點大家都知道。可是現在……煤皮，我沒辦法相信她的判斷，更何況她的話並不合理。」

「你還是應該盡量去了解她，至少對她表現一點同情，她比任何貓都需要同情。」

有幾個心跳的時間，火心對煤皮大感憤怒，曾是他見習生的她現在竟然這樣對自己說話。煤皮不必替藍星的決定辯護，也不必設法隱藏心裡的困惑，好讓藍星能受到族貓信任，更不需要在別族面前替藍星編藉口，以防其他貓猜到雷族深藏的弱點。

「妳以為我沒試過嗎？」他反駁，「如果我再多點同情心，身上的毛就要掉光了！」

「我看你的毛好得很啊。」煤皮打量著他說。

「聽我說……」火心再次壓抑內心的惱怒，「藍星錯過了上次的大集會。如果下次她還不去，森林裡的每隻貓都會知道有事情不對勁。妳能不能給她吃點什麼，讓她頭腦清楚些？」

「我盡量，但藥草的療效是有限的。你要知道，她已經從那場大火的影響中復原了，這問題是更早之前就發生了，早在她發現虎星叛族時就已經種下了因。她又老又累，認為自己已經喪失包括星族在內的所有信仰。」

「尤其是星族，」火心同意，「而且如果她——」

他說到一半，發現沙暴已經離開斑尾，朝自己走來。「祕密都說完了？」她的語氣很冷漠。她朝斑尾那邊揮了揮尾巴，說道：「她睡著了。煤皮，她就交給妳了。」

「謝謝妳的幫忙，沙暴。」

兩隻母貓的態度客氣得很，但火心總覺得她們不必花多少力氣就能伸出爪子對付對方。他想了一下，決定自己沒時間去擔憂這種無謂的爭執。

「那我們去吃東西吧。」他說。

「吃完就得休息，」沙暴告訴他，「你從黎明起就忙個不停。」

她推了火心一下，把他趕向大空地。火心被推沒幾步，煤皮就在他身後大喊。「叫人送點吃的給我和斑尾。我是說，如果你有空的話。」

「我當然有空。」空氣在緊張的氣氛中變冷，火心完全一頭霧水。「我立刻就去。」

「很好。」煤皮隨便點了個頭，火心感覺她藍色的目光，隨著自己一路穿過空地。

第十章

銀毛星群在清澈的天空中閃爍，一輪滿月高掛。火心蜷伏在山谷頂端，從這裡可以往下走到四喬木。四棵大橡樹下方積滿了落葉，落葉季的初次降霜凍得葉子閃閃發光。黑色的貓影在黯淡的微光中前後移動。

這次藍星堅持率領族貓參加大集會。火心躊躇著，不知道這究竟是好是壞。他現在的確不必再替她編藉口，卻感到憂心忡忡，擔心她會說出什麼話來。雷族的麻煩愈來愈多，要在敵對的貓族面前表現得堅強也愈來愈困難；當他不得不承認自己已無法相信族長的判斷時，心中的憂慮更是雪上加霜。

他朝藍星走去，刻意離開身邊的雲掌和鼠毛，以免被他們聽見。「藍星，」他低聲說，「妳會怎麼——」

彷彿沒聽到他說話似地，藍星用尾巴示意雷族貓起身，從樹叢間奔進山谷。火心不得不跟過去。離開營地前，藍星不肯談論即將到來的大集會，現在連最後一個機會也消失了。

山谷裡的貓不如火心想像得多，他也發現那全是風族和影族的貓。高星和虎星並肩坐在巨岩下方，藍星逕自從他們身邊走過，尾巴僵直得彷彿要迎向敵人。看到他們，她連頰鬚也沒動一下，就跳上巨岩坐定，一身灰藍色的毛皮在月光下微微發光。

火心深吸了口氣，想壓住身體裡逐漸高漲的恐懼。藍星堅信高星是敵人，現在又看到他正與自己最畏懼的叛徒虎星交頭接耳，只會讓她更確信自己的判斷。

火心繼續觀察，看到高星靠向虎星說了幾句話，虎星輕蔑地揮了一下尾巴。火心想悄悄爬近些，聽聽他們在說什麼，但還來不及動身，肩上就被友善地推了一下。他轉過頭，看到是風族的戰士一鬚。

「你好啊，」一鬚說，「還記得這位是誰嗎？」

他把一隻年輕的貓兒推向前。這隻虎斑貓有著明亮的雙眼，興奮得豎直了耳朵。「他是晨花的孩子，」一鬚解釋，「現在是我的見習生了——金雀掌。他現在長大很多吧？」

「晨花的孩子，對了！上次大集會時我看過你。」火心還是很難相信，眼前這位肌肉健壯的見習生竟是當初那個毛茸茸的小傢伙：他和灰紋帶風族回家時，曾經叼著他穿越轟雷路。

「媽媽跟我說過你的事，火心，」金雀掌害羞地說，「包括你怎麼叼著我之類的。」

「哦，真高興我現在不用叼你啦，」火心回答，「如果你再長大些，就可以加入獅族囉！」

金雀掌發出快樂的咕嚕聲。火心深深感到自己對這兩隻貓的感情，這段深厚的友誼來自好久以前的旅程，儘管中間經過種種衝突和爭執，卻能維持到現在。

「就快開會了，」一鬚繼續說，「卻還沒看到河族貓。」

他才剛說完，空地另一邊的樹叢裡就傳出聲響。一群河族貓走了出來，魚貫地走上空地，豹毛驕傲地走在最前方。

「曲星呢？」一鬚大聲說出他的疑惑。

「聽說他生病了。」火心說，看到豹毛取代曲星族長的位置，他並不感到驚訝。從半個月前灰紋在河邊告訴他的話看來，他並不認為河族族長會有體力來參加大集會。

豹毛直直走向巨岩下方，對坐著的高星和虎星禮貌地點點頭，然後在他們身邊坐下。

火心離他們太遠，聽不見他們在說什麼；不久，一位熟悉的灰毛戰士跳過空地來到他身旁，讓他分了神。

「灰紋！」火心發出歡迎的喵叫，「我以為他們不准你來參加大集會呢。」

「原本是不准的，」灰紋回答，一面跟他的朋友碰了碰鼻子，「但石毛說應該讓我有證明忠誠的機會。」

「石毛？」火心重複道。他注意到藍星的兩個孩子，石毛和霧足，都在追隨豹毛前來的那群貓裡。「這跟他有什麼關係？」

「石毛是我們新的副族長，」灰紋邊說邊皺起眉頭，「噢，對了，你還不知道呢，曲星在兩個晚上前過世，豹星現在已經是我們的族長了。」

火心沉默了一會兒，想到那隻威嚴的老貓曾經幫助過遭受火災攻擊的雷族。雖然他對曲星過世的消息並不驚訝，卻不禁感到焦慮。豹星會是能幹的族長，這對河族是好事，只是她對雷族一點好感也沒有。

「她去月亮石跟星族交談雖然還不到一天，卻已經開始整頓河族了，」灰紋拉長臉繼續說。「監管見習生訓練、派出更多巡邏隊，還——」他忽然住口，腳掌在地上不安地磨蹭。

「灰紋！」朋友毫不掩飾的煩亂神情令火心一驚。「怎麼回事？」

灰紋的黃眼睛裡滿是痛苦，抬頭望著他的朋友。「火心，有件事你一定要知道，」他很快瞥了瞥四周，確保沒有其他河族貓在偷聽。「火災之後，豹星就在盤算把陽光岩搶過來。」

「我……我覺得你不該把這件事告訴我。」火心結結巴巴地說，驚慌地望著朋友。介於雷族和河族邊界上的陽光岩向來是備受爭議的領土，橡心和雷族的前任副族長紅尾都在爭奪陽光岩的戰鬥中死亡。灰紋把新任族長的計畫告訴火心，是完全違反戰士守則的背叛行為。

「我知道，火心。」灰紋不敢正視火心，這麼做的壓力使他的聲音發抖。「我試著要當河族的忠誠戰士——誰也不會比我更努力了！」他沮喪得拉高音調，但又費了好大的力氣控制住自己，壓低聲音繼續：「但是豹星計畫攻擊雷族，我不能坐視不管。如果真的打起來，我不知道該怎麼辦。」

火心靠近他，想安慰這位灰毛戰士。自從灰紋涉水過河的那一刻起，他就知道這位朋友遲早得面對與自己生長的雷族對戰的嚴厲考驗。只是那一天似乎突然逼近了。

「什麼時候會展開攻擊？」他問。

灰紋搖搖頭。「我不知道。就算豹星已經做出決定，她也不會告訴我。我是從其他戰士那邊聽到的。如果你想知道的話，我看看能不能探聽出什麼來。」

想到能在河族有個間諜，火心高興了一下；但他立刻明白灰紋這麼做，是在冒非常可怕的危險。他不願讓朋友陷入這種險境，也不願再讓他已經分成兩半的忠誠之心上增加痛苦。除非雷族比豹星先發動攻擊——但火心並不想這麼做——否則他們就只能臨機應變。

「不，這樣太危險了，」火心回答，「我很感激你的提醒，但這事如果被豹星發現，她會嚴厲處罰你的。我會叫所有的狩獵巡邏隊注意陽光岩那邊的河族氣味，並確保我們在那裡的氣味記號夠強烈。」

這時，巨岩頂端的吼叫聲打斷了他們。火心轉頭看到其他三位族長都來到藍星身邊，等著召開大集會，但藍星仍不肯正眼看虎星一眼。群貓逐漸安靜下來，虎星對豹星點點頭，示意她先行開口。於是這隻金黃色的虎斑貓站上了巨岩前端，望著下方。

「我們的前任族長曲星已加入了星族，」豹星宣布，「他是高貴的族長，我們全族都為他哀悼。我現在是河族的族長，石毛是我的副手。昨晚我去了高岩山，並從星族那邊獲得了九條命。」

「恭喜，」虎星說，高星也說：「我們大家都會想念曲星的。但願星族保佑，讓河族在妳的領導下繁榮昌盛。」

豹星向他們道謝，滿懷期待地望著藍星，但雷族族長卻只是低頭望著山谷。她一臉驕傲的神情，火心順著她的目光看去，發現她正望著石毛。她眼中對兒子的讚佩表露無遺，火心則嚇壞了；想起虎星知道有兩隻雷族小貓曾被河族收養時，他的心都涼了。火心也注意到虎星正盯著藍星，高大的虎斑貓一副若有所思的表情。猜出這對小貓的母親是誰，會花他多少力氣？

「我還有一件族務消息要報告，」豹星說，顯然決定不再等藍星開口了，「我們有位長老，灰池，也過世了。」

火心豎起耳朵。不知道霧足和灰紋是怎麼把灰池的死稟告他們族長的，也不知道自己有沒有在她的屍身上留下氣味。豹星可能會以這點來指控雷族殺了這隻老貓，只為了讓河族有理由發動攻擊。

但豹星只是繼續說：「她是勇敢的戰士，也是許多小貓的母親。」她停頓一下，對霧足和石毛投以同情的一眼。「河族為她哀悼。」她的話說完了。

火心鬆了口氣，但在虎星上前時又緊張起來。這位影族族長會不會宣稱他知道灰池那兩個孩子的事呢？

幸好，虎星完全沒提到那個祕密，只說影族有幾隻小貓成了見習生，以及剛出生一窩貓仔的消息——這些細節顯示影族已經開始恢復生氣，但絲毫未露出對別族的敵意。

火心再度燃起希望，或許真的不必一直擔心虎星會造成威脅。把他忘掉會讓大家都鬆口氣，並把注意力放在森林裡那條狗可能帶來的危險上。然後火心又想起正是這位影族族長對灰池那麼兇狠，才讓她提前走向死亡，於是所有的懷疑又都回到他的心頭。

虎星結束發言，高星往他所在的位置移動，但藍星卻一頭搶在這位風族族長前面。「我先說。」她低吼，嚴厲地瞪了高星一眼。

她大步走向巨岩前方。「各族的貓兒們，」她開口，聲音冰冷憤怒，「我要說偷竊的消息。風族戰士在雷族的地盤狩獵有段時間了。」

火心的心一緊，整片山谷爆出憤怒的嚎叫。風族貓站了起來，憤怒地否認這項指控。雲掌匆匆繞過兩位高大的戰士，在火心身旁停下，圓睜的藍眼睛裡滿是震驚和興奮。「風族！」他說，「她在說什麼啊？」

「安靜！」火心斥責。他看了一鬚一眼，擔心他可能聽到雲掌脫口而出的話，但這位虎斑戰士只是站著對藍星挑釁地大吼。

「拿出證據！」他喊，全身的毛豎直，「證明風族連一隻老鼠都會偷！」

「我有證據。」藍星的雙眼燃燒著冰冷的火燄，「我們的巡邏隊在距離這裡不遠處，發現散落的兔子殘骸。」

「這也算證據？」高星跳上前，與藍星面對面，「妳在領土裡看到風族貓了嗎？你們巡邏隊聞到風族的氣味了？」

「我不需要看到或聞到小偷才知道他們做了什麼事，」藍星回嘴，「大家都知道只有風族會獵兔子。」

火心全身繃緊，直覺地伸出爪子。

「這些話都是老鼠屎。」高星堅稱，一身黑白相間的毛全都蓬了起來，他縮起嘴唇作勢咆哮，「風族也有獵物失蹤，我們在領土裡同樣發現了兔子殘骸，而這一季的兔子比以往少了很多。我指控妳，藍星，妳讓妳的戰士到我們的領土狩獵，還刻意誣賴，想要掩飾你們的偷竊行為！」

「這比較有可能，」虎星也開了口，琥珀色的眼睛閃著光，「大家都知道火災之後，雷族領土裡的獵物變少了。藍星，妳的族貓正在挨餓，而妳有幾位戰士對風族領土很熟悉。」

火心感到這位影族族長正看著自己，知道虎星指的就是他和灰紋。

藍星猛地轉身面對這位影族族長。「安靜！」她咬牙切齒地說，「離我和我們雷族遠一點，這件事和你無關。」

「這件事跟森林裡的每隻貓都有關，」虎星鎮靜地回答，「大集會應該是和平的。如果激怒了星族，我們都會遭殃的。」

「星族！」藍星一口啐了回去，「星族已經離棄我們了，有必要的話我會對抗到底。我只關心怎麼餵飽我的族貓，絕不會坐視其他族偷竊我們的獵物。」

她的話幾乎被下方的貓群所發出的驚喊聲給淹沒了。火心忍不住往天上看，想看看星族會不會在憤怒中派雲朵來遮蔽月光、中止大集會，就像之前發生過的那樣。但天空依舊晴朗無雲。難道星族接受了藍星的宣戰？

灰紋推了他一下。「藍星怎麼啦？她真想跟風族打嗎？對星族宣戰又是怎麼一回事？」

「我不知道她想要怎麼樣。」火心咕噥著。

「我覺得兔子的事她說得對，誰要理這個在大集會上必須和平的愚蠢傳統啊？」雲掌說，「說真的，星族不過是幾個族長編出來的，好讓其他貓乖乖聽話。」

火心不滿地瞪了他的見習生一眼，但這不是檢討他對戰士祖先態度的時候。火心的心怦怦亂跳，彷彿就要走上戰場。現在藍星的瘋狂——和雷族的弱點——都已經瞞不住了。高星氣得毛髮直豎，到目前為止，豹星並沒有加入爭吵，臉上卻露出準備在肥美多汁的獵物身上咬一口的表情。

山谷裡的聲響逐漸平息後，高星開口了。「藍星，我向星族發誓，風族沒有一隻貓在你們的領土上狩獵。」他的尾巴左右揮動，「但如果妳堅持要打，我們隨時奉陪。」他從巨岩邊退下，轉身背對藍星，顯然拒絕再替自己辯護。

藍星還沒出言回敬，豹星就走上前。「火災的確可怕而不幸，」她說，「森林裡的每隻貓都清楚這點，但最近蒙受其害的並不只有你們雷族。你們森林裡的獵物會繁衍得跟以往一樣茂盛，但侵入我們地盤的兩腳獸卻絲毫沒有離開的跡象。上個禿葉季，河水中了毒，吃魚的貓都生病了。誰能保證同樣的事不會再發生呢？我無法替風族的需要發言，但河族卻比雷族更迫切需要好的狩獵場。」

幾隻河族貓吼叫著同意，火心因為憂慮而豎起毛。他看了灰紋一眼，想起這位朋友有關陽光岩的警告。河族這位新族長想要擴張領土，而最好的方向就是河對岸雷族的地盤。河族與風族之間有峽谷相隔，其他邊界則都有兩腳獸的農場。

但藍星並沒聽出豹星隱含的威脅，在這位河族族長說完後，親切地對她點頭。「沒錯，豹星，」她說，「河族的確經歷過苦難。然而你們的貓個個強壯而高貴，我知道你們一定能夠化險為夷。」

豹星震驚地站著——這樣也好，火心想。以前的藍星絕不會錯過豹星話裡不祥的暗示。

虎星朝雷族族長踏出一步。「在妳威脅風族之前最好三思，藍星，」他警告，「森林裡再也不會有和平了，如果妳——」

藍星露出牙齒對他咆哮，全身的毛都在憤怒中豎立。「你少對我說和平！」她咬著牙說，「我早就叫你少管閒事，除非你要跟那邊那個小偷結盟。」

火心看到高星大步走向藍星，想來這位風族族長就快忍不住，要朝她喉嚨撲擊了。「如果妳想要打，我就成全妳，」他吼，不等藍星回答就跳下巨岩。

虎星與豹星互看了一眼，也都跟著下去，現在巨岩上只剩下藍星。火心又望了望天空，簡直不敢相信完全沒有任何徵兆，顯示星族看到這場大集會已充滿了敵意。難道這表示星族希望貓族互戰？

藍星爬下岩石，火心四周張望著找其他雷族戰士。「雲掌，」他匆忙下令，「把我們的戰士找來，愈多愈好，叫大家都到巨岩下方。藍星需要他們護送。」

見習生點點頭，閃進了貓群。火心看到石毛擠過貓群朝灰紋走來。

「好了嗎？」這位河族副族長說，「豹星想要快點離開。」

「馬上就來，」灰紋邊說邊跳起來，顫抖地加了一句，「再見，火心。」

「再見。」火心回答。他還有好多話想說，但卻再一次面對了朋友已屬於另一族的事實，而下次見面，很可能是在戰場上。

在兩隻河族貓轉身走開之前，火心絞盡腦汁想找出適切的話對石毛說。「恭喜，」他終於結結巴巴地開口，「很高興聽到豹星選你當副族長。你知道，雷族並不想惹麻煩。」

石毛迎向他的目光。「我也不想啊，」他說，「但有時候麻煩自己會找上門。」

火心看著他們走向空地邊緣，發現另外有隻貓也正專心地看著這位河族副族長時，心頭一驚。是虎星！

火心不知道他那若有所思的表情會是什麼意思。影族族長是在觀察未來的盟友嗎？還是他懷疑這隻公貓就是灰池對他提過的、出身雷族的其中一隻小貓？畢竟，石毛和霧足由灰池扶養長大是大家都知道的事。那麼虎星過不了多久就會發現他們真正的母親是誰了，因為石毛和霧足長得跟藍星很像。

火心想得入神，過了好一陣子才注意到暗紋坐在虎星身旁的陰影裡。他告訴自己，虎星的老朋友在大集會上找他是很自然的事，但他並不樂見這一幕。他也還不確定暗紋效忠雷族。

他站起來，穿過貓群朝他們走去。逐漸接近時，他聽到虎星對這位同伴說：「我的孩子都好嗎？」

「都很好，」這位雷族戰士熱心地回答，「長得又高又壯了——尤其是小棘。」

「暗紋！」火心打斷他的話，「難道你沒發現大集會已經結束了嗎？藍星想馬上離開。」

「別緊張啦，火心。」暗紋用無禮的語氣慢條斯理地說，「我這就來。」

「去吧，暗紋，不該讓副族長等你。」虎星說。他對火心點點頭，琥珀色的眼神謹慎地不露出一絲敵意。

火心穿過空地去找藍星，暗紋就跟在他身後。雷族的其他戰士都圍在藍星身旁，把風族敵視的目光和怨言擋在外面。藍星藍色的雙眼仍充滿挑釁的目光，火心心中一沉，體認到兩族之間的戰爭已經不遠了。

第十一章

太陽逐漸升上樹梢，火心從戰士窩走出來，抖落身上的枯葉，深深吸進一口清新的空氣。他伸長兩隻前腳，好好地伸了個懶腰。

經過前一晚的大集會，看到營地上的生活一切如常，讓火心非常驚訝。灰掌和雲掌忙著用樹枝修補外牆；金花和柳皮在育兒室外看著她們的孩子，亮掌也停下來跟他們一起玩；白風暴叼了滿嘴的新鮮獵物走上空地。火心可以感覺出空氣裡的緊張氣氛，但到目前為止，他對遭到攻擊的擔憂並沒有成真。

他四下張望，想找率領黎明巡邏隊的沙暴，但她似乎還沒有回來。她沒有參加大集會，火心急著想把發生的事告訴她。

「火心！」

是藍星的聲音。火心轉身看到族長從她的窩那邊小跑步橫越空地。

「是，藍星，有什麼事？」

藍星把頭一偏。「到我窩裡來，我有事要

找你。」

火心跟在她身後，注意到她的腳步不穩，尾巴不斷地抽動，一副隨時要打仗的模樣，但眼前並沒有敵人。

這隻藍灰色母貓走到窩口，在自己的臥鋪坐下，面對火心。「昨晚你也聽到高星那個偽君子的話了，」她嘶嘶地說，「他不承認手下的貓偷竊我們的獵物，所以雷族只剩下一個辦法：我們必須發動攻擊！」

火心目瞪口呆地望著她。「可是，藍星，」他結結巴巴地說，「不能這樣啊！我們還不夠強大。」他不禁想到，如果藍星當時同意拔擢那幾位見習生，現在他們就會多出四位戰士了；但他不敢對她提起這件事。「我們沒辦法再承受戰士傷亡了。」

藍星充滿敵意地盯著他。「你是說，雷族虛弱得無法自衛嗎？」

「不能把自衛跟發動攻擊混為一談，」火心慌亂地說，「何況，也沒有證據證明是風族偷走——」

藍星露出牙齒。她豎起毛，站直，威脅地朝火心跨出一步。「你在質疑我？」她咆哮。

火心努力不讓自己退縮。「我不想要有無謂的傷亡，」他用沉重的聲音說，「所有跡象都顯示，森林裡有隻迷途的狗，也是那隻狗在搶我們的兔子吃。」

「我說過狗不會單獨亂闖！牠們都是跟兩腳獸一起走的。」

「那狗的氣味是從哪兒來的？」

「住嘴！」藍星揮出一掌，差點就擊中火心的鼻子。他強迫自己站穩腳步，「我們今晚就出發，在黎明時攻擊風族。」

火心的心猛地一跳。身為戰士，為自己的族而戰是一件光榮的事，但他過去從未見過如此不公平的戰爭。他不想在沒有正當理由的情況下，讓雷族或風族流血。

「火心，聽見我的話了嗎？」藍星質問，「由你來選戰士，發號施令。他們必須在月落時分前準備好。」她的眼睛是兩簇藍色火焰，火心幾乎覺得自己會像被大火毀掉的森林那樣，燒成灰燼。

「是，藍星，不過──」他開口。

「你怕風族嗎？」老族長不屑地說，「還是你對星族卑躬屈膝慣了，不願反抗祂們，不願為雷族的權利而戰？」她走到窩的另一頭，轉過身又走回來，把臉探到這位副族長面前。「沒想到在眾多的戰士裡，竟然是你讓我失望。你這樣質疑我的命令，我怎麼能相信你會盡全力奮戰呢？」她咬著牙說，「火心，你讓我別無選擇了。我要親自率領這場攻擊。」

火心想要反對。藍星有一把年紀了，體力也大不如前，她只剩最後一條命，而且無法清楚地思考。但是看到她大發雷霆的模樣，這些話火心一句也不敢提，只是恭敬地點點頭。「那就照妳的意思去做，藍星。」

「那就照我說的話去做。」她惡狠狠的目光一直隨火心出了窩外，「你會跟我們一起去，但是別忘了，我會盯著你。」她在他身後吼道。

火心來到外頭的空地上，全身顫抖，彷彿剛從冰冷的水裡爬出來。他的任務是選擇攻擊風族的戰士，把藍星的命令告訴他們，以便大家能在月落時分一過就動身。然而他身上的每根毛都在抗議這件事。偷兔子的是一隻狗，不是風族。攻擊無辜的風族絕對不可能是星族的意願！藍星徹頭徹尾地錯了。

火心發現四條腿自動把他帶到煤皮的窩前。或許她會有好建議。巫醫的智慧和她與星族的特殊聯繫，她或許可以比他更清楚該怎麼做。但他抵達煤皮窩前的空地，呼喊她的名字時，卻沒有任何回音。火心從岩石裂縫間探頭一看，窩裡是空的，只有一堆藥草整齊地疊在一邊。

火心走出蕨葉隧道，現在他不確定該怎麼辦才好。他看到刺掌帶著一團要給長老鋪床的苔蘚經過，這位見習生一看到副族長，便放下嘴裡的東西說：「火心，煤皮去採藥草了。」

「在哪裡？」火心問。如果她在營地附近，他可以去找她。

但刺掌聳聳肩。「不知道，抱歉。」他叼起苔蘚繼續往前走。

火心在原地站了好一會兒，覺得又恐懼又困惑。他不能問其他族貓該怎麼做，因為副族長本來就不該質疑族長的命令；而即使他很想告訴沙暴，他也不能跟她說，因為戰士守則也要求她服從族長。現在只剩下一個希望了。

他緩緩走回戰士窩，半路上遇見正從裡面出來的斑臉。「我要去補個眠。」面對她詢問的眼光，火心解釋：「這樣晚上巡邏時才有體力。」他實在沒辦法告訴她今晚真正的計畫。

斑臉用同情的溫柔眼神看著他。「你看起來的確很累，」她說，「火心，你太拼了。」

她在他耳朵上迅速舔了一下，然後走向新鮮獵物堆。火心欣慰地看到窩裡沒有其他貓，這樣他就不必回答其他問題了。他縮進苔蘚和蕨葉裡面。只要能睡一下，他就可能見到斑葉，尋求她的指引。

然後他想到了之前那個夢，他在黑暗又恐怖的森林裡尋找斑葉，卻什麼也沒找到。
「噢，斑葉，來找我吧，」他小聲地說，「我需要妳。我必須知道星族要我怎麼做。」

⚡⚡⚡

火心發現自己站在風族領土的邊界，眼前是一片光禿禿的沼澤地。一陣強風吹皺了野草，拂過他身上的毛。沼澤地四周有一股神祕的光，將地平線和火心身後的地面都藏了起來。他回過頭，本以為會看到四喬木那幾棵橡樹，儘管他並不記得自己曾經走過森林；但身後除了一片淡黃色的光芒之外，什麼都沒有。沒有貓的蹤影。

「斑葉？」他不確定地開口。

沒有回答，但他覺得似乎嗅到了每次她現身前都會出現的甜香氣味。他緊繃著身體，抬起頭，張開嘴，吸入這股他鍾愛的氣味。

「斑葉！」他重複，「請過來——我好需要妳。」

一陣突來的溫暖爬上他全身。一個輕柔的聲音低語著，「我在這裡，火心。」火心這才發現斑葉就在他身後不遠處，只要轉過頭就能看見，但他卻動也不能動，彷彿被冰冷的大嘴緊緊咬住，只能望著前方迎風的沼澤地。

他僵直地站著，漸漸感覺到附近不只有斑葉。另一股氣味飄了過來，熟悉得令他傷心。

「黃牙！」他輕聲說，「是妳嗎？」

一陣微弱的氣息拂亂了火心的毛，他感覺自己聽到黃牙粗啞的呼嚕聲。「噢，黃牙！」他喊道，「我好想念妳。妳好嗎？妳有沒有看到煤皮表現得很棒？」

他一口氣說了一大堆，能跟這位老朋友相聚，他實在很高興。但他卻沒有聽到回答，只覺得那呼嚕聲似乎更大了。

然後斑葉的聲音輕柔地在他耳邊響起：「火心，我帶你來這裡是有原因的。看看這個地方，記住它。這裡將不會有戰鬥，也不會有流血。」

「那就告訴我該如何阻止。」火心哀求著，知道她指的是藍星計畫襲擊風族的事。

但接下來卻沒有聲音了，只有一聲輕輕的嘆息；嘆息逐漸消失在風聲裡。緊抓住火心的麻痺感也放開了他，他轉過身，但斑葉和黃牙已經不見了。他深吸了一口氣，慌亂地想嗅出她倆最後的一絲氣味，但空氣裡什麼都沒有。

「斑葉！」他哀號，「黃牙！別走！」

光線起了變化，轉成落葉季早晨的陽光，火心眼前的沼澤地也變成天邊參差不齊的樹枝叢，在大火摧殘後遮蔽著戰士窩。他側躺在苔蘚上，大口喘氣。

「火心？」一個擔憂的聲音從他身邊響起，他轉頭看到沙暴。她舔了舔他耳邊的毛。「你沒事吧？」

「對——對，我沒事。」火心支撐著坐起身，抽動雙耳把黏在上面的苔蘚抖掉。「只是作了個夢罷了。」

「我一直在找你，」沙暴繼續說，「黎明巡邏時沒發現可疑的事。鼠毛把發生在大集會上的事告訴我了。新鮮獵物堆幾乎空了，我想我們應該去打獵。」

「我不能去，現在不行，沙暴。我還有事情要做。但如果妳能帶一支巡邏隊出去，那就太好了。」

沙暴看著他，眼裡的同情漸漸消失。「哦，既然你這麼忙，那就算了。」她聽起來有些受傷，但火心不知道該怎麼解釋，「我去找斑臉和蕨毛一起去。」她站起來，大步走了出去，也沒回頭看他。

火心舔了舔腳掌，在臉上摩搓著，仍想捕捉夢裡珍貴的回憶。**將不會有打鬥，也不會有流血**，他暗自重複著。斑葉是想叫他不要擔心，星族有辦法阻止這場戰鬥嗎？還是她的意思是，確保不會發生流血事件必須靠他想辦法？

火心很乾脆地不管這件事，把它交給星族去安排。如果他的族長下了命令，他又能怎樣？但如果他服從藍星，不就違背了星族的意願？甚至，不也違背了他對雷族應做之事的直覺嗎？

火心下定決心，無論他該怎麼做，雷族絕對不能跟風族打仗。

第十二章

火心快步走出營地，希望不會被其他貓看見，問他要去哪裡。戰士守則說，族長的命令應該毫無異議地接受，而到目前為止，火心也一直遵守這點，從沒想過自己會不服從藍星。可是現在他卻必須挑戰這項命令，否則就只能看著自己這族覆滅。要避免戰爭，他能想出的唯一辦法就是讓高星和藍星見面，談談兩族領土裡獵物遭竊的證據。火心很確定，一旦藍星明白風族也遭遇跟雷族一樣的困境時，她就會取消攻擊計畫。

如果藍星發覺他跑去找高星，卻沒有事先徵求同意，不知道她會怎麼處置自己；只希望她最後會明白這全是為了雷族好。

火心在金雀花隧道口望了營地最後一眼。他看著亮掌獨自在見習生窩外練習狩獵伏姿，她輕巧地靠近一片枯葉，然後跳著撲上，枯葉被壓在她伸長的腳掌下。

「漂亮！」火心喊。

亮掌抬起頭，雙眼發光。「謝謝，火心！」

火心對她點點頭，然後轉身走進金雀花隧道。與亮掌的短暫交談更堅定了他的決心，因為這位勤奮學習的年輕見習生代表了族裡的希望。火心很清楚，他絕不能讓這一切毀於一旦。

正午時分，火心已經走到通往四喬木的那條小溪，決定停下來休息一會兒。困惑又焦慮的他忘了在離開營地前先吃點東西，樹叢間的聲響使他想起自己有多餓。他才剛壓低身體擺出狩獵伏姿，就發覺那並不是獵物發出的聲響。他瞥見一個熟悉的暗黑身影，聞到雷族貓的氣味。

火心感到奇怪，在一叢蕨葉後方壓低了身體。他並沒有派巡邏隊往這個方向走，為什麼還會有族裡的貓到這裡來呢？接著樹叢分開，暗紋走了出來，回頭尖聲喊著：「跟我來。跟緊一點行不行？」

兩個小身影從藤葉中出現。火心驚訝地睜大雙眼，認出那是金花的兩個孩子。小棘躍上空地，拍擊著一片落葉，小褐則緩緩從後頭跟上。

「我好累哦。腳好痛。」這隻虎斑小貓抱怨著。

「什麼，像你這麼強壯的小貓也會累？」暗紋說，「別傻了，就快到啦。」

快到哪裡了？火心警戒地想，**你在這裡做什麼，又要把這兩個孩子帶到哪兒？**他以為會看到他們跟金花在一起──她的孩子從來沒離育兒室這麼遠吧？──但她並沒有出現。

小棘跑到姐姐身邊，推了她一下。「快嘛──妳不會失望的！」他催促著。

兩隻小貓匆忙跟在暗紋身後，來到河水較淺、能讓他們通過的地方，只見河水在他們腳下打轉，他們驚慌又興奮地尖叫著。到了對岸，暗紋不僅偏離往四喬木的路，還走上另一條在林間蜿蜒的狹窄小徑。火心氣得全身顫抖，他很清楚這條小徑通往哪個地方。暗紋要帶這兩隻小貓到影族邊界去。

火心必須等他們爬上河邊的山坡，才敢從蕨叢裡現身，繼續跟蹤。等他趕過去時，他們已經接近邊界了，影族濃烈的氣味湧上火心的鼻頭，他看到兩隻小貓也停下來嗅著空氣。

「嘖！這什麼味道啊？」小褐尖叫著。

「是狐狸嗎？」小棘問。

「不，這是影族的氣味，」暗紋回答，「走吧，我們就快到了。」他領著兩隻小貓越過邊界，小褐邊走邊抱怨腳上全沾上了這可怕的氣味。

愈來愈生氣的火心躲進雷族這邊的山楂樹叢，他可以躲在那裡觀察而不被看見。

暗紋在不遠處停下腳步，兩隻小貓撲通一聲癱倒在草地上，卻又立刻被蕨叢裡的響聲驚得一骨碌跳了起來。又有一隻貓走上空地。

出現的是虎星。火心僵在原地，雖然他其實並不驚訝。他早就猜到暗紋若想討好虎星，就會把虎星的孩子帶去見他。但影族族長出現得如此突然，表示這場會面是早就安排好的。

火心在想金花知不知道這件事。她並沒有跟孩子們在一起，所以或許她根本不知道暗紋把他們帶了出來，可能還以為他們不見了。她一定急死了，火心想。他繃緊身上的肌肉，隨時準備撲上去與暗紋對質，但他仍待在藏身處，看清楚會發生什麼事。

虎星走上前，深色虎斑毛皮下的肌肉如波浪般起伏，最後在兩隻小貓面前站定。他打量了他們一陣子，然後才低下頭，與他們碰了碰鼻子，先跟小棘，然後跟小褐。兩隻小貓過去雖然沒見過體型這麼大的貓，但都勇敢地站著，在他的目光下毫不畏縮。

「你們知道我是誰嗎？」虎星問。

「暗紋說要帶我們來見我們的父親。」小棘說。

「你是我們的父親嗎？」小褐問，「你聞起來跟我們有點像。」

虎星點點頭。「我是。」

「這是虎星，是影族的族長。」暗紋這麼說時，兩隻小貓互換了一個眼神。

他們睜大雙眼，小棘吸了口氣。「哇！你真的是族長？」

虎星點頭承認，小棘興奮地說：「我們為什麼不能過去跟你在一起，住在你那一族呢？你的窩一定很棒。」

虎星搖搖頭。「現在你們的家是在母親住的地方，」他告訴他們，「但那並不表示我就不以你們為傲。」他對暗紋說：「他們看起來優秀又健壯，什麼時候會當見習生啊？」

「再過一個月吧。」暗紋回答，「可惜我已經有見習生了，否則我可以教其中一個。」

一股憤怒衝上心頭，火心把爪子插進地裡。**由藍星和我來決定誰是導師，不是暗紋你！**他差點就噓聲說出這句話，**我們無論如何也不會選你**，他暗自補上一句。

虎星的目光又轉回小貓身上。「你們會狩獵嗎？」他問，「會打架嗎？想不想當優秀的戰士？」

兩隻小貓連連點頭。「我要成為族裡最棒的戰士！」小棘誇口說。

小褐也不甘示弱。「那我就要當最棒的獵人！」

「好，很好。」虎星在兩隻小貓頭上各舔了一下。

火心忍不住想起灰紋，想起他朋友離開自己出生的雷族，以便能跟他深愛的孩子們在一起。虎星是不是也在忍受與小棘和小褐分離的痛苦呢？

然後火心全身的血液一下子變得冰冷，因為他聽到小棘問：「請問，虎星，為什麼你是影族族長，而我們母親卻是雷族的？」。

「他們不知道？」虎星問暗紋。這位戰士搖了搖頭，「哦，那麼，」虎星說著轉頭看著兩隻小貓，「這故事很長，坐下來讓我告訴你們吧。」

火心知道他必須在這一刻打斷他們。他最不想要的就是讓虎星把他離開雷族的虛假消息告訴這兩隻小貓。可以很確定的是，虎星絕不會承認他曾是殺手和叛徒。

火心踏出山楂樹叢。「你好啊，虎星，」他說，「你離營地很遠哦。你也是，暗紋。」他的語氣轉為嚴厲。「你和這兩隻小貓在這裡做什麼？」

他愈走愈近，滿足地發現自己讓虎星和暗紋驚得目瞪口呆。他們倆驚訝得叫了出來，兩隻小貓則跑過草地來見他。

「這是我們的父親！」小褐興奮地宣布，「我們從營地出發，走了好遠來這裡見他。」

「為什麼沒人告訴我們，他是影族的族長？」小棘尖聲問道。

火心不想回答這個問題。他瞇起眼睛，轉而質問暗紋：「說呀？」

「你怎麼知道我們在這裡？」暗紋不甘示弱地問。

「我看到你們過河，弄出的聲音大到整座森林都聽得到。」

「火心。」虎星點點頭，那是一族族長對另一族副族長的禮貌問候。他的語氣裡也沒有敵意。「別怪暗紋，怪我好了。是我想見孩子，你總不會拒絕我這個請求吧？」

「當然沒問題，」火心困惑地回答，「可是暗紋不該在未經准許的情況下把他們帶來。讓小貓亂闖到離營地這麼遠的地方非常危險。」尤其森林裡還有隻狗，他暗自加了一句。

「他們沒有亂闖——他們跟我在一起。」暗紋提醒他。

「要是被老鷹攻擊呢？森林裡有些地方還不夠藏身。難道你忘了小雪的事？」一隻小貓發出啜泣聲，火心住了口；他並不想嚇著他們。「暗紋，帶他們回營地去。現在就走。」

暗紋與虎星交換了一個眼神，聳聳肩，對小貓說：「走吧，火心說話了，我們得聽從。」

兩隻小貓從父親身邊退開，跟著暗紋動身回營地。

「跟父親說聲再見再走呀，」火心強迫自己用友善的語氣說，「等你們當上見習生，可以去參加大集會時，還會再見到他。」

兩隻小貓轉過身說再見。

「再見，」虎星回答，「好好努力，我以你們為榮。」

他和火心並肩站著，看著暗紋帶著兩隻小貓走下山坡，涉水過河。當他們消失在樹叢間時，虎星說：「火心，好好照顧這兩隻小貓，我會注意他們的。」

火心的心怦怦亂跳。他揭發這位前任副族長的叛族密謀時，虎星曾威脅過要殺了他。現在他們又單獨在一起，如果這位影族族長展開攻擊，附近也沒有誰能夠幫忙。火心繃緊肌肉，但虎星絲毫沒有朝他移動的意思。

「我會確保他們受到照顧，」火心終於開口，「我確定他們會對雷族忠誠，雷族會照顧族裡所有的小貓。」

「真的嗎？」虎星瞇起琥珀色的雙眼，「很高興聽你這麼說。」

火心忽然驚覺，虎星已經知道有兩隻小貓曾被灰池收養了。他等著這位影族族長對自己提出質疑，但虎星並沒有發問，臉上那副了然於心的表情讓火心全身發涼，就好像他很清楚火心還可以透露更多事。

虎星就只是又點了點頭，說：「我們下次大集會再見，我必須回去了。」然後轉身離開。

確定這位影族族長真的走掉了，火心才轉過身，沿著四喬木方向的邊界走去。他雖然很不願承認，但他實在看不出暗紋把兩個孩子帶出育兒室會有什麼危害。火心最終還是得把他們父親是影族族長的事說出來，而虎星的行為也遠比火心所相信的還要節制。

他堅定地把這段插曲拋到腦後。時間在飛逝，火心知道，他必須在日落前跟高星談話，並且找到解決獵物被偷的辦法。

第十三章

火心在金雀花叢中狂奔，橫越沼澤地往風族的營地。肚皮擦著草地疾奔的他，一面設法不被發現，一面懷念起自己家園的茂密樹叢。上次他來到這個區域，是在協助風族對抗其他兩族侵略的情況下，因此並不需要躲藏；但現在他卻不敢去見高星，或者至少是在遇到能稱得上是朋友的幾隻貓以前，不敢洩漏行蹤——如果經過上次那場糟糕的大集會後，他們還願意友善地對他的話。風族巡邏隊以前曾在領土裡攻擊過他，現在只會對他更有敵意。

風族的氣味包圍著他，但目前為止一隻貓也沒看到。太陽已經走到天際，火心試著不要去想。只要一想到只剩下這麼一點時間，藍星就要發動攻擊，他就覺得很緊張。

當他正要從一塊岩石跳上另一塊，以便跨越沼澤地一條淺淺的小溪時，一股更強烈的風族貓氣味湧了上來，裡面還有兔子的氣味。火心的肚子抱怨似地咕嚕咕嚕叫，但他沒空去想，他絕對不能獵捕風族的獵物——何況照這氣味聞起來，狩獵巡邏隊就在不遠的後方。他衝進水邊的蕨叢，謹慎地向外張望，想看清是誰發出的氣味。

三隻貓朝他的方向往上游走來，帶頭的是他的老朋友一鬚，火心一陣高興。金雀掌跟他的導師在一起，他倆嘴裡都叼著兔子。火心隨後驚慌地發現，第三隻貓是泥爪，就是在藍星想經過風族領土前往高岩山時，阻止她的那位深色雜毛戰士。這隻貓絕不會幫火心傳話給高星的。

但是看起來，好運——至少星族保佑——站在火心這邊。嘴裡叼滿獵物的風族貓嗅不到他的雷族氣味，從離他幾條尾巴遠的地方經過。金雀掌勉強叼著那隻跟他差不多大的兔子，因為停下來調整嘴裡的兔子而落後了。

火心抓緊機會。「金雀掌！」

這隻年輕的貓抬起頭，豎直耳朵。

「在這裡，蕨葉裡面。」

金雀掌轉頭看到火心從斑斑蕨葉中探頭出來，睜大了雙眼，火心急忙暗示他別出聲。

「聽著，金雀掌，」他說，「我要你跟一鬚說我在這裡，但別讓泥爪知道，好嗎？」這位見習生遲疑著，一臉疑惑，火心又急切地補充：「我有事要找他，是對我們兩族都很重要的事。你一定要相信我！」

他急迫的口吻打動了金雀掌，他停了一會兒，迅速點了點頭。「好，火心，請等一下。」

他再次叼起兔子，朝其他兩隻貓趕過去。火心悄悄爬進蕨叢深處蹲伏著等候。不久他就聽到有隻貓走近，輕喊著：「火心？是你嗎？」

幸好是一鬚的聲音。火心小心翼翼地從茂密的蕨叢往外望，看到他單獨前來才挺直身體。

「感謝星族！」他輕喊，「我以為你不來了。」

「火心，最好是有重要的事，」一鬚邊說邊嚴厲地看了火心一眼，過去友善的神情全不見了。「我費了些工夫才擺脫泥爪，如果他知道你在我們領土上，你就慘了，這點你也很清楚。」他走上前幾步。「我可是替你擔了很大的風險，」他咆哮著，「希望值得。」

「絕對值得，我保證。我來是想告訴你，我必須跟高星談談。這件事很重要。」一鬚繼續瞪著他，所以他補了一句。

有那麼一會兒，他還擔心這位朋友會一口回絕，甚至攻擊他，或把他趕出風族領土。可是一鬚說話了。火心欣慰地想，他似乎也理解火心請求裡的急迫，語氣不再那麼凶狠。

「是什麼事？如果沒有充分理由就把雷族貓帶進領土，高星會扒掉我的皮的。」

「一鬚，我不能告訴你。除了高星我誰都不能說。但請相信我，這是為了我們兩族好。」

一鬚再次猶豫了。「如果是別的貓，我絕不會這麼做，火心。」他終於開口，轉過身，揮動尾巴示意，然後跳上沼澤地。

火心跟在他身後跳出去。一鬚在山坡頂上停下腳步，俯瞰風族的領土。夕陽餘暉將長在山谷邊緣的金雀花叢拉出長長的影子，火心和一鬚站在那兒時，有支巡邏隊正好經過。火心感覺得出他們目光裡的好奇與敵意。

「來吧。」一鬚說，帶頭穿過金雀花的粗枝，來到樹叢間的一片沙地。

火心從荊棘間的窄縫鑽出來時，看到高星就伏在新鮮獵物堆附近的沙地一角，更多風族戰士則聚在他身旁。先注意到火心的是副族長死足，他推了推族長，在他耳邊迅速說了幾句話。

高星站起身，走過沙地來到火心和一鬚等候的地方。死足在族長身旁踱步，其他貓則緊跟在後。火心認出了風族的巫醫吠臉，還有縮起嘴唇作勢咆哮的泥爪。

「一鬚，」高星的聲音很平靜，聽不出任何情緒，「你為什麼把火心帶來這裡？」

一鬚低下頭。「他說他有事情要跟你談。」

「那就表示他可以闖進我們的領土嗎？」泥爪氣呼呼地說，「他是敵族耶！」

高星對泥爪揮動尾巴要他安靜，眼睛直直望進火心的眼裡。「我在這兒，」他簡短地說，「說吧。」

火心看了看他周圍。圍觀的貓更多了，聽說有敵族闖入，風族貓全都出來看個究竟。「高星，我要說的事不能讓所有貓聽見。」他結結巴巴地說。

有一個心跳的時間，他以為自己聽到高星喉嚨發出微弱的咆哮，但這位風族族長只是緩緩點點頭。「很好，我們到我窩裡去。死足，你跟我們一起來——你也是，一鬚。」他轉身大步走向空地另一端的岩石，長長的尾巴豎得筆直，其餘兩位戰士則簇擁著火心跟上。

風族族長的窩就在突起岩石的深處，在主要領土的另一頭。高星走了進去，在滿天星的巢穴裡坐定，面對著火心，「說啊！」他說。

影子在窩裡聚集，火心不用看就能感覺到看守貓的身影。空氣中充滿緊張的氣氛，好像他們就等著拿最微小的藉口來對他發動攻擊。在他跨越沼澤地前來的途中，他曾仔細思考過該怎麼說，但現在他仍然不知道自己能不能說服高星，要避免藍星發動攻擊還是有辦法的。

「你知道藍星對損失獵物的事感到不滿。」火心開口。

風族族長肩上的毛立刻豎起。「風族沒有偷取雷族的獵物！」他回嘴。

「我們也發現散落的殘骸，」死足出言附和，他跛著腳走上前，一頭探到火心面前，「你確定雷族沒有偷我們的獵物嗎？」

火心要自己不能退縮。「確定！」他抗議，「我相信獵物都不是貓偷的。」

「那是怎麼回事？」一鬚問。

「我認為有隻狗住在森林裡。我們聞到了狗味，也發現了狗屎。」

「狗！」一鬚若有所思地瞇起眼睛，「怎麼，是兩腳獸放出來的？」

「我很確定是這樣。」火心說。

「可能吧……」高星說著放平肩上的毛，這個舉動讓火心大為放心，「我們最近也在領土上聞到狗的味道，但話說回來，狗總是跟牠們的兩腳獸在一起呀。」他的語氣愈來愈肯定，接著又說：「對，可能是狗在獵殺兔子。我會叫巡邏隊提高警覺。」

「但你遠道而來，應該不只是為了說這個吧？」死足問，「火心，你到底在想什麼？」

火心深吸了一口氣。他不想背叛藍星，把她的攻擊計畫告訴高星——但他卻想建議風族族長，如果他願意跟藍星談談獵物遭竊的事，或許能夠避免戰爭。

「狗的事，我說服不了藍星，」他解釋，「她覺得深受風族威脅，如果我們不想個辦法，這遲早會變成一場戰爭。」他不能告訴這些風族戰士，如果他這次的行動失敗了，戰爭來得會有多快。「大家都會受傷——甚至死亡——卻毫無必要。」

「那你期待我們怎麼做呢？」高星試探地問，「她是你的族長，火心，這是你的問題。」

火心鼓起勇氣，朝風族族長走幾步。「我是來請求你跟藍星開一個會。如果你們能夠私下討論這些事，也許能夠維繫和平。」

「藍星想要開會？」說話的是死足，語氣裡滿是不信。「上次我們見到她時，她還一副想把我們喉嚨扯開的樣子。」

「這不是藍星的主意，是我的。」火心坦承。

三隻風族貓呆望著他。最後一鬚打破沉默。「難道你是瞞著你們族長偷偷來的？」

「這是為了我們兩族好。」他堅持。

他本以為會被趕出去，但令他欣慰的是，高星認真思考起來。「我當然寧可開會而不是開戰，」這位族長說，「但應該怎麼安排呢？如果她知道你瞞著她先來找我們，還會有多大的意願開這個會呢？」他不等火心回答，又繼續說：「或許這樣最好：由我傳訊息給她，要她到四喬木來跟我見面──但你能保障風族貓在雷族領土的安全嗎？」

火心沉默了，而沉默本身就是回答。

高星聳聳肩。「抱歉，火心。我不會讓手下任何一位戰士冒險。如果藍星願意談，她知道我們在哪裡。一鬚，你還是帶火心回四喬木去吧。」

「等等！」火心抗議。一個念頭閃進他的腦海──或許是星族賜給他的。「我知道你們該怎麼做了。」

高星的眼睛閃著深沉的光芒。「什麼？」

「你認識烏掌嗎？他是獨行貓，就住在你們領土邊上的農場，在高岩山附近。我們帶你們回家的途中，曾在他那兒住了一夜，你記得嗎？」

「我知道他，」一鬚說，「他雖然不是戰士，卻很正派。他怎麼了？」

火心熱切地轉向他。「他可以替你傳話，藍星也會准他進入雷族領土，因為他以前是雷族的貓。」

高星在滿天星的巢穴裡移動了一下身體。「聽來好像可行。死足，你覺得呢？」

副族長的喉嚨響起勉強同意的低吼。

「那就快去！」火心催促一鬚，再次注意到時間流逝得有多快，「現在就走，叫他要藍星在黎明時在四喬木跟高星會面。」一鬚要找到烏掌，再請烏掌大老遠地趕在藍星展開攻擊前，把訊息傳到雷族領土，幾乎是不可能的任務。火心暗自向星族祈禱，希望一鬚能夠很快在兩腳獸的農場上找到烏掌。

一鬚看著族長，族長點點頭。這位棕色的虎斑戰士立刻轉過身，消失在窩外的黑暗裡。

高星瞇起眼看著火心。「為什麼我總覺得你還有事沒告訴我？」他說，不過並沒有繼續追問，這讓火心鬆了一口氣。「你該走了，」他繼續說，「死足，送他出我們的領土。還有，火心，黎明時我會到四喬木去，但就只能做到這樣了。如果藍星想要和平，她一定要到場。」

「黎明時四喬木見。」火心回答，然後跟著副族長走了出去。

⚡⚡⚡

火心及時回到四喬木，進入自己的領土。從前一天晚上的大集會開始，他就沒吃過東西，現在肚子餓得發痛，也開始覺得四肢發軟，因此他強迫自己停下來狩獵。

他來到溪邊，停下腳步傾聽，水邊的蘆葦間傳來田鼠簌簌行走的聲音。他抬起頭嘗了嘗空氣，大半仰賴氣味而非視覺，他鎖定田鼠的位置，一撲而上，爪子陷進獵物的身體。他大口吞吃，感到力氣又回到了身體裡，便加快腳步走向營地。當他縱身進入深谷時，月亮已經高掛在樹梢，提醒他到月落只剩下一點時間可以替藍星計畫的攻擊挑選戰士。現在他樂觀多了：高星同意會談，藍星一定會明白沒有必要跟風族開戰。

快要抵達空地入口時，他聽到自己的名字。他轉過頭，看到白風暴跟在自己身後，率領傍晚的巡邏隊走來。亮掌、雲掌和霜毛也跟他在一起。

「沒有異狀嗎？」火心在白風暴來到他面前時問道。

「平靜得跟沉睡的貓一樣，」白毛戰士回答，「沒發現狗的蹤影。或許牠已經被兩腳獸找到了。」

「或許吧。」火心說。他突然決定要告訴白風暴自己剛才去了哪裡。他想至少跟一位戰士分擔可能不必與風族開戰的希望。「其實呢，白風暴，我想跟你談一件事。你現在有空嗎？」

「當然有，如果你不介意我邊聽邊吃的話。」

白風暴叫兩位見習生自己去拿獵物吃，他們跳著走到新鮮獵物堆，為了搶一隻畫眉鳥而打鬧起來。霜毛叼了一隻田鼠走到戰士窩，白風暴則選了一隻松鼠，叼著走向剛長出蕁麻嫩葉的一小塊安靜角落。

火心跟了過去。「白風暴，藍星今早把我叫去……」他小聲地把整個經過告訴這位年長的戰士，從藍星堅信是風族偷竊獵物、下令攻擊，到火心決定去找風族促成會面。

「什麼？」白風暴不敢置信地瞪著火心，「你瞞著藍星去？」他的聲音愈來愈小，困惑地搖著頭。

火心覺得有必要替自己辯護。「不然我還能怎麼做？」

「你可以來問我啊。」白風暴肩上的毛因為憤怒而豎起，「或者請教其他更年長的戰士。我們會幫你想辦法。」

「對不起。」火心的心怦怦狂跳，「我不想讓其他貓惹上麻煩。我做了我認為是最好的決定。」他單獨行動正是為了遵守戰士守則，因為他明知自己不能要求其他貓違背藍星的命令。

白風暴的目光變得非常沉重。「我想我們必須告訴其他戰士，」他終於開口，「如果烏掌沒來，他們必須為藍星的攻擊作準備；就算藍星同意去見高星，她也可能想要有支巡邏隊跟隨。我可以用帶一整個月的黎明巡邏隊跟你賭，高星會猜出事有蹊蹺。我們不能肯定他不會設下埋伏。」

火心恭敬地點頭。「你說得對，白風暴。我信任他們，但我們應該做好準備。」

「我去找幾位見習生守衛營地，」白風暴說，「你把戰士都集合起來。」

火心跑過空地來到戰士窩。大部分的戰士都已經在窩裡，蜷伏在自己的臥鋪裡睡覺。火心用腳掌戳了戳沙暴，把她弄醒，她對他眨了眨眼。「什麼事？」

「沙暴，請把大家叫醒，」火心說，「白風暴和我有重要的事情要跟大家說。」

沙暴爬起身來。「重要的事？什麼意思？現在是半夜耶！」

火心沒回答就走了出去，要找其他的戰士。他發現斑臉在育兒室裡探望貓后，剛從深夜巡邏回來的鼠毛則帶著滿嘴的新鮮獵物走進營地。他不知道是不是該告訴煤皮這件事，隨後又決定單獨對她解釋整個情況或許更好。

等他回到戰士窩，裡面的族貓都清醒了。不久，白風暴也從樹枝遮篷下走了進來，坐在火心身邊。

「到底怎麼了？」暗紋沒好氣地問，邊把一隻耳朵上的苔蘚抖掉，「最好是大事。」

火心深吸了一口氣，然後開始說話。他說明藍星的攻擊計畫，以及自己如何想找出不必開戰的和平解決辦法。族貓們震驚得說不出話來，只是聆聽著。火心知道他們的目光都落在自己身上，在穿透窩頂縫隙的月光中閃閃發亮。他也知道坐在外圍樹枝附近的沙暴，用她淡綠色的眼珠看他，但他卻無法回望她。他只希望這些戰士能夠了解，自己的所作所為是出於最佳考量，為了避免戰爭、拯救更多性命。

「所以高星同意在四喬木見藍星，」他說完，「烏掌應該就快到了，來告訴藍星會面的事。」

他鼓起勇氣準備面對其他戰士的怒氣，但似乎沒人知道該說什麼，只是混亂地對望。最後鼠毛開口問：「白風暴，你同意火心的作法嗎？」

火心等待著，目光不敢離開自己的腳掌。他非常需要白風暴的支持，因為所有戰士都敬重他，但他也知道即使自己的行動是出於善意，白風暴並不完全認同。

「換成是我，我不會那麼做。」白風暴的聲音有一貫的沉穩權威，「但我認為他在不要攻擊風族一事上的想法並沒有錯。我也不相信他們偷走了我們的獵物，有隻狗在樹林裡亂跑——我自己也聞到了。」

「我也是，就在蛇岩附近。」鼠毛也附和。

「四喬木那邊也有，」蕨毛說，「我們不能把這件事怪到風族頭上。」

「可是你要求我們對藍星隱瞞這件事！」沙暴站了起來，火心最後仍不得不迎向她挑戰的綠色目光。

火心覺得一陣驚慌，他沒想到沙暴會是第一個抗議的，「對不起，」他說，「我當時別無選擇。」

「我就說嘛，寵物貓就是這樣，」暗紋低吼，「你到底知不知道戰士守則的意義啊？」

「我很清楚戰士守則的意思，」火心替自己辯護，「正因為我對雷族忠心耿耿，才不想打不必要的戰爭。我跟大家一樣尊重星族，而我不相信星族會同意我們今晚發動攻擊。」

暗紋輕蔑地抽動耳朵，但不再吭聲。火心的目光掃視了一圈，不確定是不是贏得手下戰士的支持。他不安地發覺，如果藍星喪失最後一條命、加入星族，他可能得領導這一族；如果他得不到他們效忠和尊敬，這項任務就根本不可能達成。

「重要的是，」他繼續急迫地說，「風族並沒有做錯事，而我們手邊的工作已經夠多了，既要重建領土，又要持續巡邏，我們不需要打一場毫無必要又危險的仗。如果我們的戰士受了傷，甚至死亡，大家要怎麼填飽肚子，怎麼做好度過禿葉季的準備？」

「他說得沒錯。」斑臉開口，其他貓轉頭望著她，「我們的孩子也會出戰，」她繼續說，「我們都不希望他們受到無謂的傷害。」

霜毛也開口附和，但其他戰士仍在竊竊私語。火心再次接觸到沙暴的目光，和她淡綠色眼裡的苦惱。他可以理解在效忠藍星和支持他之間，她所受的折磨。火心好想一頭埋進她懷裡，在她的甜香氣味中忘掉這一切，但他必須繼續站在這些戰士面前，等他們做出到底要不要支持他的決定。

「那你要我們怎麼做？」最後長尾開口了。

「我需要幾位戰士跟藍星一起去四喬木，」火心回答，「如果烏掌沒來，或者如果藍星不願去談，她就會帶我們出戰。果真如此的話……」他的聲音愈來愈低，吞了吞口水。

「果真如此就怎樣？」沙暴質問，「你不要我們服從藍星直接下達的命令？就這樣轉身逃開？塵皮，告訴火心這個主意有多麼老鼠腦！」

塵皮驚訝地豎直耳朵。火心很清楚這位棕毛戰士之所以不喜歡自己，部分原因是因為沙暴顯然多喜歡火心一些。他鼓起勇氣迎向更多批評，但塵皮卻猶豫地說：「我不知道，沙暴。火心說現在不適合打仗的話並沒有錯；何況，誰也不能真的確信是風族偷了我們的獵物。如果藍星這樣認為，那……嗯……」他沒說完，四隻腳在迷惘中動來動去。

「自從風族不讓藍星去高岩山，藍星就不信任風族了，」火心說，本能地替族長辯護起來，「這大家都可以理解。而我們過去也從沒聽過狗會迷失在森林裡。要說風族搶了這些兔子，我們毫無證據，卻有不少證據證明這是狗幹的好事。」

「那麼火心，如果要打仗，你有什麼建議呢？」鼠毛問，「在藍星下令攻擊時回到營地嗎？」

「不，」火心回答，「看來高星願意與藍星和平會面，如果我們夠幸運，他會只帶一、兩位戰士同行。不會演變成戰鬥的。」

「這個如果充滿太多變數了，」鼠毛信心缺缺地揮動尾巴，「如果風族也假設同樣的事，對我們設下埋伏怎麼辦？到時我們就慘了。」火心瑟縮了一下，她的話正好反應出白風暴心裡的疑慮，他們不知道該不該信任高星。

「我不去，」長尾大聲宣布，「要讓風族把我們打得落花流水？我可沒那麼老鼠腦！」坐在他旁邊的塵皮轉過頭，輕蔑卻嚴厲地看了長尾一眼。「沒錯，你是懦夫。」他說。

「我才不是！」長尾尖聲抗議，「我是忠心耿耿的雷族貓！」

「好了，長尾，」火心插嘴，「我們不需要每位戰士都去，你可以留下來看守營地。其他貓也一樣。」他又說：「如果不想參與這件事，就留在這裡。」他緊張地等待戰士們的回答，在窩裡微弱的光線中看著周圍一張張苦惱的臉。

「我去，」白風暴終於開口，「如果有其他選擇，我想我們可以信任高星不會開戰。」

火心感激地看了他一眼，其他戰士仍在猶豫，他們有的竊竊私語，有的不安地在苔蘚臥舖上移動著身體。

「我也去。」蕨毛是年長戰士中第一個發言的，他的聲音聽起來有些緊張。「但如果風族攻擊我們，我會反抗到底。我可不想被任何貓扒成兩半。」

其他戰士也紛紛加入。火心驚訝地發現暗紋也同意參與，但鼠毛卻拒絕了。

「很抱歉，火心，」她說，「你說得有道理，但那不是重點。戰士守則並不是你什麼時候想遵守就遵守。如果族長命令我攻擊，我想我不能拒絕。」

「哦，那我去，」斑臉說，「我不想看到孩子在不必要的戰鬥中被撕成碎片。」

「我也去，」霜毛說。她的目光掃過周圍的戰士，又說：「我們拉拔孩子長大，不是為了要他們去打違反正義的戰爭。」

最後火心不得不面對沙暴，目前為止她還沒開口。如果她拒絕支持自己，他真的不知道該怎麼辦。「沙暴，妳呢？」他遲疑地問。

蜷伏著的沙暴低下頭來，沒有看火心的眼睛。「我會跟你去，火心，」她低聲說，「我知道關於狗的事你是對的，但我還是很不喜歡對藍星撒謊。」

火心走到她身邊，在她耳旁迅速舔了一下，想要感激她，但她別過頭，還是不看他。

「那見習生呢？」暗紋問，「你要他們也一起去嗎？蕨掌還太小，不能參與這種事。」

「我同意。」塵皮簡短地說。

聽到塵皮洩漏他對暗紋見習生的呵護之情，即使是處在如此緊張狀況下，火心也不得不壓抑住一聲帶笑的呼嚕聲。

「我寧可讓亮掌置身事外。」白風暴說。

「但如果我們一名見習生也不帶，藍星難道不會覺得奇怪嗎？」蕨毛問。

「有道理，」火心對這位年輕戰士點頭，「好，我們就帶疾掌和雲掌去。但只有在藍星想帶這麼多貓同行的情況下，我們才在離開後告訴他們事實，否則事情一下子就傳遍了。」

火心驚訝地發覺，站在自己這邊的戰士比實際需要的還多。如果烏掌及時趕到，藍星也同意跟高星會談的話，那麼就會有一整個戰鬥巡邏隊跟著她去，看來就很怪了。何況，他也不想讓營地變得不堪一擊，特別是現在。「霜毛和蕨毛留下來幫忙守衛營地，如何？」他建議，「我很感激你們的支持，但這裡可能也需要你們。」

蕨毛和霜毛互看了一眼，點點頭。

「現在大家都去睡一下吧，」他繼續說，「我們月落時分就出發。」

他看著戰士在臥舖裡趴下，卻沒有加入他們。他知道自己不會有機會睡著，而且他也想趕在煤皮從別人那裡聽見此事而告訴藍星之前，先和煤皮談談。要不是因為他信任斑葉，他會懷疑自己沒有阻止這場戰役的能力。有太多細節可能出錯：烏掌可能來不及趕到、藍星可能拒絕跟高星會面、風族可能在四喬木設下埋伏……

火心抖了抖身體，走上空地，望著四周想找烏掌的蹤影，但月光下一片寂靜。一對眼睛從入口處對著金雀花隧道閃爍，火心走近一看，認出是灰掌正在守衛的灰色身影。

「你認識烏掌嗎？」他問。看到這位見習生點頭，火心又問：「今晚還沒看到他吧？」

灰掌一臉迷惘地搖搖頭。

「如果他來，」火心指示他，「讓他進來，直接領他去找藍星，好嗎？」

「是，火心。」灰掌顯然好奇到了極點，但並沒有多問。

火心對他點點頭，就離開去找煤皮。他走向巫醫窩，看到她就坐在窩外，正熱切地跟鼠毛聊天。

他走近時兩隻貓都抬起頭來。

「火心？」煤皮緩緩站起身，「鼠毛說的究竟是怎麼回事？為什麼你沒找我去開會？」她藍色的眼睛燃燒著惱怒。

「那是戰士們的會。」火心回答，但這種解釋連他自己都覺得不堪一擊。

「哦，這樣啊，」煤皮冷冷地說，「你認為我不會瞞著藍星，是吧？」

「才不是！」火心反駁。「我就是來告訴妳這件事的。鼠毛，」他不高興地看著那隻母貓說道，「妳不是應該去休息嗎？」

鼠毛回瞪他，然後轉身消失在黑暗中。

「說呀？」煤皮追問。

「聽起來鼠毛已經告訴妳了。我跟妳一樣不喜歡這種情況，但我們有其他選擇嗎？妳真以為星族想在森林裡發動戰爭——尤其是一場不義之戰？」

「戰爭的事，星族並沒有傳送任何徵兆給我，」煤皮坦承，「我也不想發生見到流血的事。但這真的是唯一的辦法嗎？」

「如果妳想得出更好的，告訴我。」

煤皮搖搖頭。月光照在她的灰毛上，讓她看來有如鬼魅，彷彿已經準備好要加入星族了。

「火心，不管你怎麼做，都要小心對待藍星。對她溫柔些，她曾經是位偉大的族長——或許她會恢復昔日的光采。」

火心很想相信這位巫醫的話，但每天藍星似乎都朝困惑又邁進了一步。他初次來到雷族時的那位睿智導師，現在似乎離他非常遙遠。

「我會盡力，」火心答應，「我也不想欺騙她。正因為這樣，我才安排她跟高星會面。我要她明白我們不是非打不可，但她卻不肯聽。」他又緊張地加了一句：「妳覺得我錯了嗎？」

「這不是我說了就算。」煤皮堅定地迎向他的目光，「這是你的決定，火心。沒有別人能替你決定。」

第十四章

火心回到空地時，仍然沒見到烏掌的蹤影，覺得肚子一陣絞痛。月亮高掛天空，再過不久藍星就要率領戰士去跟風族打仗了，到時候想和平解決此事的希望就會破滅。

烏掌在哪裡？或許一鬚找不到他，又或者他不能來——還是他已經在路上，卻已經來不及了？火心真想衝進森林找他，但他知道這麼做一點用處也沒有。

然後他看到營地入口處有個東西在移動，接著又聽到灰掌的質問聲，另一隻貓開口回答。火心認出那是烏掌的聲音，欣慰地全身發抖。他躍上前，奔過空地。

「好了，灰掌，」他對這位見習生說，「烏掌就交給我吧，你繼續守衛。」這隻毛色烏亮的貓剛從金雀花隧道裡出來，火心跟他碰了碰鼻子。「見到你真好，烏掌。你好嗎？」

話雖這麼問，他也看得出這位前任見習生大概過得很好。他那身黑色的皮毛在月光下閃閃發亮，強健的肌肉在毛下起伏。

「我很好。」烏掌回答。他看了看空地四周，睜大琥珀色的雙眼，「又來到這裡的感覺真怪，火心。很遺憾聽到你們和風族起了爭執，一鬚把一切都跟我說了，他發誓他們沒有偷獵物。」

「想辦法去說服藍星吧，」火心嚴肅地說，「我不想催你——我知道你一定不停地趕路才能這麼快就到，但我們沒時間了。跟我來。」

他帶頭走向藍星的窩。雷族族長蜷伏在她的巢穴裡，火心仔細一看，發現她瞇著的眼睛反射出一絲月光。她並沒有睡。

「火心，有什麼事？」她不高興地問，「還沒到出發的時候。跟你一起來的是誰？」

「是烏掌，藍星，」這隻獨行貓說著踏前一步，「我來幫風族傳一個訊息。」

「風族！」藍星跳起來，「那個小偷族想跟我說什麼？」

了不起的是，烏掌並沒有退縮。儘管火心知道烏掌一定還記得，當他還是雷族見習生時，藍星發怒是件多麼令人害怕的事。「高星想跟妳見面，討論損失獵物的事。」他告訴她。

「是嗎？」藍星瞥了她的副族長一眼，眼裡燃燒著藍色的火燄。一時之間，火心很確信她已猜出自己做了什麼。接下來是一陣不祥的沉默。

「藍星，談一談總比打鬥好吧？」火心大膽發問。

「用不著你告訴我該怎麼做，」藍星怒斥，暴躁地抽動著尾尖，「給我出去。我要和烏掌討論一下。」

火心別無選擇，只得退出族長窩，在外面徘徊，傾聽裡面傳來的低語聲，卻聽不出藍星和烏掌在說什麼。

不久，白風暴從戰士窩走出來，走到他身邊。「月亮開始下沉了，」白毛戰士說，「藍星就快要動身了，烏掌到了嗎？」

「到了，」火心說，「但我不知道到底——」

他的話只說了一半，窩裡就傳來聲響。不久，藍星大步走了出來，烏掌跟在她身後。她走到火心面前，揮動尾巴。「召集巡邏隊，」她下令，「我們去四喬木。」

「這表示妳要跟高星談了嗎？」火心勇敢地問。

族長又揮動尾巴。「我會去談，」她說，「但如果做不成協議，我們就開戰。」

在仍然漆黑的夜色中，藍星率領手下戰士走進矗立著四棵大橡樹的山谷。火心與她並肩而行，從微弱的沙沙聲聽來，他知道其他族貓都跟在身後。遠處有隻貓頭鷹發出咕咕的叫聲，他的心猛地一驚。他還沒機會感謝烏掌傳來高星的訊息，這隻黑貓就從雷族戰士群中閃開了，沿著另一條路走回他農場上的家，離四喬木遠遠地。

藍星在山坡頂上停了下來。其他戰士也跟了上去，星光在他們身上投射出微弱的光暈，觸碰豎起的耳朵，在圓睜的眼中映出光芒。火心幾乎可以觸摸到大家的期待。

他的目光越過邊界，望進風族的領土。映入眼簾的是一片空曠的沼澤地，一直延伸到遙遠的夜空。橫掃而過的風把他身後山谷裡的橡樹吹得嘎吱作響。然後他注意到前方有東西在移動，看出是一排貓站在那裡，高星位居中央。火心的胃一陣絞扭，發覺高星也帶了手下來。

「什麼？」藍星嘶聲說，轉頭瞪著火心，「這麼多風族貓？我以為我們是來會談的。」她忿怒地瞪著火心，尖銳的直覺使她臉上的表情轉為恍然大悟。「看來這不是兩族族長的會面，是陷阱。」

她揮了揮尾巴，雷族戰士一聲不出地圍上前，在族長兩側緊緊排成一列，面對著風族貓。緊張的氣氛節節升高，火心發覺就算風族不先發動攻擊，戰鬥也一觸即發。高星會不會遵守諾言，設法跟藍星交談而不打鬥呢？

「高星？」藍星冷冷地說，「你有什麼話要跟我說？」

火心一面等待風族族長答話，一面緊張地屈伸著爪子，他不知道自己這一方的陣容是不是禁得起進攻。只要有一隻風族貓向前移動，戰爭就會把他們全都捲進去。他看到塵皮緊張地看了斑臉一眼，他們的想法似乎都跟他一樣。沙暴在他身邊，堅定地看著風族貓，雙耳攤平在頭上。疾掌雖然緊張地望著族長，但仍堅守陣線上的位置。在火心另一邊的雲掌則是擺出狩獵伏姿，趴下，臀部左右搖擺，隨時準備出擊。

「別動！」火心嘶聲說。

幾條狐狸尾巴外，高星站在手下戰士前面一兩步的地方。黎明的第一線曙光悄悄射入天際，他的身形更清楚了：高星黑白相間的毛蓬起，尾巴翹得筆直；火心看到他身後的一鬚和晨花，還有那位年輕的見習生金雀掌。**我不想跟這些貓打**，他暗忖。他等待著，感覺自己的心像被困住的小鳥那樣亂蹦亂跳。

「誰也不准動。」高星終於對他的戰士下令，聲音在靜止的空氣裡格外清晰響亮。

「你一定是瘋了！」泥爪來到高星身旁，「她帶來一支戰鬥隊伍，我們必須發動攻擊！」

「不。」高星又上前一步，揮動尾巴把副族長死足叫到身邊。他直視藍星，點了點頭。

「今天這裡不會有打鬥。我既然說了要來談，就會照做。」

藍星沒有回答。她伏低身體，豎起全身的毛，露出牙齒作勢咆哮。火心突然害怕她會改變心意，又猜想如果她朝風族族長撲過去會怎麼樣。他向星族殷切祈禱，希望藍星不會下令戰士展開攻擊。

一鬚也來到泥爪身邊，用力把他推回隊伍。感覺上這一刻似乎有好幾個月那麼久，兩列貓對峙著，夜風翻動他們身上的毛，緊張的光在眼裡閃爍，在一觸即發的狂暴邊緣搖擺。

「藍星，」高星又開口，「能不能請妳到我面前，站在我們兩方的戰士中間？帶你的副族長一起來，我們來看看能不能取得和平。」

「和平？」藍星不屑地說，「跟偷獵物的竊賊和無賴貓打交道，哪有什麼和平？」

抗議的吼叫聲在風族貓中響起。泥爪跳上前，但一鬚跟著撲過去撞倒他，把不斷扭動的他按在草地上。火心看到暗紋揮動尾巴；如果泥爪發動攻擊，迎戰的會是暗紋，到時候所有和平的希望就都破滅了。

「照高星說的話做，」火心急切地對藍星說，「我們就是為了這個才來的，風族的獵物也被偷了，他們的遭遇跟雷族一樣。」

藍星朝他逼近，藍色的眼裡燃燒著惡毒的恨意。「看來我們沒得選擇，」她咬牙對他說，「不過你遲早會遭到報應的，火心，這點你可以確定。」

她毛髮豎立，四肢僵硬地走上前，來到風族領土邊界面對著高星。火心跟了上去，在離開戰士隊伍時低聲對沙暴說：「看好暗紋。」

高星冷靜地看著藍星走近。火心知道，這位風族族長並沒有原諒她曾庇護他的宿敵碎尾，但他卻有不受昔日恩仇影響的智慧。「藍星，」他說，「我向星族發誓，風族並沒有在你們的領土狩獵。」

「星族！」藍星冷笑，「對星族發誓算什麼？」

這位黑白花公貓大吃一驚，目光落到火心身上，彷彿要找解釋似地。「那麼我就以你奉為神聖的所有事物發誓，」他繼續說，「以我們的孩子、我們貓族的希望、以我們身為族長的榮譽，我發誓風族沒有做出妳所指控的事。」

頭一次，藍星似乎聽進他的話。火心看到她身上的毛逐漸攤平。「我怎麼能相信你？」她喘著氣說。

「我們也有獵物失蹤，」高星告訴她，「可能是狗或是無賴貓幹的，但絕不是風族貓。」

「你當然會這麼說。」藍星說，聽來不太肯定。火心猜想，或許她有些被高星說服了，只是她不知道如何不損尊嚴地下台階。

「藍星，」火心急忙說，「高貴的族長不會讓戰士參與不必要的戰爭。如果有任何蛛絲馬跡——」

「你以為你比我更懂得該怎麼領導貓族嗎？」藍星打斷他的話，身上的毛又豎了起來，但這次她發怒的對象是火心。火心又看見那位蒼老而令人生畏的雷族族長，他只能設法不要在她面前退縮。

「年輕的貓兒總認為他們什麼都知道。」高星說。他的語氣裡有一絲同情的幽默，顯然他察覺到火心對藍星的畏懼，才出來打圓場。火心突然很感激這位風族族長。「但有時候我們也得聽聽他們的想法。這場戰爭毫無必要。」

藍星的雙耳暴躁地抽動。「很好，」她勉強說，「我接受你的意見——但只是暫時的，如果我們的巡邏隊在邊界一條尾巴內嗅到風族的氣味的話……」她轉過身，召集雷族貓。「回營！」她下令，躍到大家面前。

火心正要轉頭跟過去，高星對他點了點頭。「謝謝你，火心。你做得很好，風族很尊敬你阻止這場戰爭的勇氣，但我並不羨慕你的處境。」

火心聳聳肩，然後跟著族裡其他戰士走了。在衝下四喬木附近的山谷前，他轉頭看到風族貓疾奔過空曠的沼澤地，回到他們的地盤。草地在淡淡的曙光下閃著微光，並沒有染上任何一隻貓的鮮血。

「謝謝妳，斑葉。」火心輕聲說著，然後掉頭走開。

在緊繃的靜默中，藍星率領雷族戰士回到營地。火心在空地入口處跳上前，對坐在戰士窩外的鼠毛發問。

「有狀況嗎？」他問。

鼠毛搖搖頭。「完全沒有，」她回報，「霜毛已經率領黎明巡邏隊出去了，隨行的還有蕨毛和兩位見習生。」她上下打量著他，又說：「你看來毫髮無傷嘛，想來和平會談成功了。」

「對，成功了。謝謝妳照顧這裡，鼠毛。」

鼠毛點點頭。「我要去睡一下，」她說，「你得派幾隻貓狩獵，已經沒剩多少獵物了。」

「我去組隊狩獵。」火心答應她。

「不，你不行。」藍星從他身後走來，雙眼像兩塊藍冰，「到我窩裡來，火心。馬上。」她大步走過空地，根本沒回頭看他有沒有跟上。

火心驚恐得毛髮倒豎。雖然明知會被族長指責，但這並沒讓即將發生的事變得比較容易。

「我來負責組隊狩獵吧。」白風暴跟沙暴和塵皮走上前，邊說邊同情地看著他。

火心點頭道謝，然後朝藍星的窩走去。等他抵達窩口，族長已經在臥舖裡坐定，四腿收攏在身體下，尾巴末梢來回抽動著。

「火心。」她的聲音很平靜，如果她用吼的，火心還會比較不怕一點，「如果不是星族親自告訴高星，他要跟我談獵物被偷一事的時機，也未免太剛好了吧。這都是你幹的，對吧？你是唯一一個知道我準備攻擊風族的人，只有你有可能背叛我們。」

從她的話聽來，她的神智似乎比這一陣子以來都要清晰，彷彿在沼澤地上銳利的直覺，已經變成堅定的確信了。她看起來又是那個他所尊敬的高貴族長，這卻使得火心對他們所失去的更覺苦惱。他仍然相信自己沒有背叛雷族，但他卻洩漏了天機，因為聰明的高星肯定猜到戰爭即將爆發。藍星會把他趕出雷族嗎？想到可能被迫像無賴貓那樣生活，竊取獵物，而且沒有屬於自己的貓族，火心就全身發抖。

他在藍星面前站定，低下頭。「我認為那是最好的辦法，」他低聲說，「兩個族都不該打這場仗。」

「火心，我真沒想到，」藍星嚴厲地說，「做出這種事的，竟然是在所有戰士裡最得我信任的你。」

火心強迫自己迎向她堅定的目光。「藍星，我這麼做是為了雷族好。我並沒有告訴他我們會發動攻擊，只是請求他嘗試和平地解決問題。我以為——」

「住嘴！」藍星咬牙切齒地說，並揮動著尾巴，「這不是理由。我何必關心全族遭到屠殺？我何必關心叛徒的下場？」

她眼中又亮起狂野的光，火心發覺她頭腦清晰的那一刻過去了。

「要是留下我的孩子就好了！」她輕聲地說，「霧足和石毛都是高貴的貓，遠比雷族這群烏合之眾好上百倍。我的孩子絕對不會背叛我。」

「藍星……」火心想要插嘴，但她毫不理會。

「我為了當上副族長放棄他們，現在星族開始懲罰我了。噢，星族真聰明啊，火心！祂們懂得用最殘酷的方法讓我崩潰！祂們讓我當上族長，然後讓我的手下背叛我！當雷族的族長有什麼意義？一點也沒有！一切全是假的，全部……」她的腳掌在苔蘚中憤怒地磨蹭，嘴巴發出無聲的哀鳴。

火心驚慌得全身發抖。「我去找煤皮來。」他說。

「給……我……站……住。」她一個字一個字嚴厲地說：「我要懲罰你，火心。說說看什麼是懲罰叛徒最好的辦法？」

火心又驚又懼，直想嘔吐，但他強迫自己回答：「我不知道，藍星。」

「但我知道。」她的聲音現在轉為低沉的呼嚕，語氣中帶有一絲詭異的笑意。她直視火心的眼睛。「我知道最棒的懲罰是什麼。我什麼都不做，就讓你繼續當副族長，之後繼承我的族長職位。噢，這樣星族就滿意了——讓叛徒率領一干叛徒！願祂們賜給你喜悅，火心。現在給我滾！」

她的最後一句話是吐著口水說出來的。火心從她身邊退開，走上空地，覺得還是像打了一場仗。藍星的絕望如利爪般刺進火心的心，但他也不禁覺得藍星辜負了他，因為她根本沒費心了解他的動機；甚至連他們若與風族開戰會發生什麼情況都不考慮，就直接當他是叛徒。

火心垂頭喪氣地走過空地，完全沒發覺身邊有貓接近，直到聽見沙暴的聲音。

「怎麼了，火心？她要把你趕走嗎？」

火心抬起頭。沙暴綠色的眼睛裡滿是擔憂，卻沒有把身體靠過來安慰他。

「沒有，」他回答，「她什麼也沒做。」

「那就好。」沙暴的語氣裡似乎帶著勉強的樂觀，「那你為什麼還這副模樣？」

「她……病了。」火心實在沒辦法描述剛才在藍星窩裡發生的一切，「我要去找煤皮，叫她來看藍星，然後也許我們可以一起去吃東西。」

「不，我……我已經說好，要跟雲掌和斑臉一起去狩獵了。」沙暴磨蹭著一雙前腳，沒有看他，「火心，別擔心藍星，她會好起來的。」

「我不知道。」火心忍不住打了個寒顫，「我以為她會了解，但她卻認為我背叛了她。」

沙暴什麼也沒說。火心看到她匆匆瞥了自己一眼，然後轉開目光。她的眼裡既帶著渴望，又混雜了不安；火心想起她對他欺瞞藍星的事曾有多麼憤慨。

沙暴也認為我是叛徒嗎？他絕望地想。

⚡⚡⚡

火心派煤皮去看藍星後，朝戰士窩走去。他覺得四條腿簡直快撐不住身體了，除了想陷入溫柔黑暗的沉睡外，什麼也不能想。看到長尾大步走過空地朝自己走來，他的心一沉。

「我想跟你談談，火心。」他低吼。

火心坐了下來。「什麼事？」

「今早是你下令，要我的見習生跟你去的。」

「對，我也把原因告訴你了。」

「他並不喜歡那麼做，但他仍去執行任務。」長尾厲聲說道。

這倒沒錯，火心回想。他很欽佩這位見習生在困境中的勇氣，但他不太明白長尾現在為何要小題大作。

「我認為應該讓他當戰士了，」長尾繼續說，「事實上，火心，他早就該當戰士了。」

「對，我知道，」火心回答，「你說得沒錯，長尾，他的確應該。」

長尾有些吃驚他這麼快就同意。「那你準備怎麼做？」他氣沖沖地問。

「現在嘛，什麼也不做。」火心說，「別對我攤平耳朵，長尾。你動一下腦筋行不行？藍星現在沮喪得很，今早的事不是她希望發生的，她更不會去想讓見習生晉升的事。不過，等等，」他揮動尾巴要長尾安靜，因為這位淡色毛的戰士準備反駁他。「這件事交給我吧。藍星遲早會明白，這一切全是為了大家好。到時候我會跟她談讓疾掌當戰士的事，我保證。」

長尾哼了一聲，火心看得出他並不滿意，但也想不出理由反對。「好吧，」這位淡色的虎斑戰士說，「但你動作最好快一點。」

他又大步走開了，火心繼續往自己的巢穴走去。他蜷臥在柔軟的苔蘚上，在清早的光亮中緊緊閉上眼睛，卻又忍不住替那四位超齡的見習生擔心。雲掌、亮掌和刺掌全都跟疾掌一樣有資格成為戰士，族裡也迫切需要他們執行完整的戰士勤務。然而從藍星最近的情緒和她確信自己身旁全是叛徒的情形來看，她絕不會同意授與他們戰士頭銜的。

火心的夢境黑暗而混亂，有隻貓把他推醒。一個聲音說：「快醒來，火心！」

火心眨著眼，直到看清眼前是煤皮的臉，她的灰毛蓬了起來，睜大的雙眼滿是擔憂。火心立刻清醒過來。

「怎麼回事？」

「藍星，她，」煤皮回答，「我到處都找不到她！」

第十五章

火心跳起來。「告訴我發生什麼事。」

「我早上見到她時，還給她罌粟籽，好讓她能夠鎮靜下來，」煤皮解釋，「但剛才我去她的窩卻沒看到她，而且罌粟籽也沒吃。我去過長老窩和育兒室，但她都不在。火心，整個營區都沒有她的蹤影！」

「有貓看到她離開嗎？」

「我還沒去問，就先來找你。」

「那我叫見習生去找，看看會不會——」

「你們要知道，藍星又不是小孩子。」出聲的是白風暴，他剛好走進戰士窩，聽到了煤皮的話。「她可能去巡邏了。你們也不能肯定沒有其他貓跟她在一起啊。」他冷靜地說完，露出牙齒打了個呵欠，躺進自己的臥舖裡。

火心點了點頭，但不太肯定。白風暴說的雖然有理，但他仍想弄個清楚。藍星今早經歷了那樣的狀況，她可能去森林裡的任何地方，甚至可能到河族去找她的兩個孩子。

「或許沒什麼好擔心的。」火心安慰煤皮，卻希望能把話說得比自己感覺得更有信心一點，「但我們還是會去找，看看是不是有其他貓看到她。」

他離開戰士窩，看到蕨掌和灰掌在見習生窩外燒焦的殘幹旁聊天。火心簡短地對他們說明自己有消息要告訴藍星，但卻不知道她在哪裡。兩位見習生很樂意地衝去找她了。

「妳去問問看有沒有其他貓看到她，」他對跟在自己身後走出窩外的煤皮提議，「我到深谷去，看看能不能嗅出她的氣味。或許我能追蹤到她。」

但他心裡其實沒抱多大希望。在他熟睡時，雲層遮蔽了天空，還下起了毛毛雨。這種天氣並不適合追蹤氣味。火心動身前看到剛回到營地的沙暴，雲掌和斑臉跟她在一起。嘴裡都叼著獵物的他們，走到獵物堆把東西放下。

火心跑向他們，煤皮則一跛一跛地跟在後頭。「沙暴，」他說，「妳有沒有看到藍星？」

沙暴的舌頭在嘴邊舔了一圈，把獵物的血跡舔淨。「沒有啊，為什麼這麼問？」

「她不在這裡。」煤皮說。

沙暴睜大雙眼，「這很奇怪嗎？經過今天早上的事，她一定覺得雷族都不聽她的話了。」

她的話一針見血，火心不知道該怎麼回答。

「我們還要出去，」雲掌說，「我們會注意她是不是在附近。」

「好，謝了。」火心感激地對他的見習生眨眨眼。

這隻年輕的白毛公貓又衝了出去，其餘兩位戰士則緩緩走在他身後。斑臉停下腳步說了句：「火心，我想她不會有事的，」就走開了，而沙暴一眼也沒回頭看。

火心快被這些麻煩事搞得暈頭轉向，但過沒多久，他感覺到煤皮在他耳邊柔聲說話。「別擔心，火心，」她輕聲說，「沙暴還是你的朋友。你必須接受她看待事情的角度跟你不是永遠一樣。」

「你也是。」火心嘆口氣。

煤皮發出親暱的呼嚕聲。「我也還是你的朋友啊，」她告訴他，「我知道你做了你認為正確的事。現在我們來想辦法找藍星吧。」

⁂

太陽下山了，藍星依舊不見蹤影。火心一路追蹤到深谷頂端，但再過去的地方雨下得更大，氣味也消失在焦黑的樹枝與落葉的泥濘氣味中。

火心擔心得睡不著，於是決定守夜。過了大半夜，月亮逐漸下沉時，他在營地入口瞥見有東西在移動。最後一線月光映照出一個銀灰色的身影，藍星一跛一跛地回到營地，低垂著頭，毛溼淋淋地貼在身上。她看來蒼老、疲憊，而且消沉。

火心急忙趕過去。「藍星，妳去哪裡了？」

這位族長抬起頭看著他，火心心裡一驚。即使非常疲憊，她在微光下閃爍的雙眼卻仍舊澄澈而明亮。「聽起來好像貓后在責罵小孩。」她粗聲說，語氣裡卻有一絲幽默。她歪頭比了比自己的窩。「跟我來。」

火心遵命，中途只停下來從新鮮獵物堆叼了一隻田鼠。不管藍星去了哪裡，她都需要吃點東西。他來到藍星的窩，這位族長在自己的苔蘚臥鋪上坐定，仔細地舔拭身體。火心很想坐在她身旁聊聊，但有了上次的經驗，他已經不敢了。他把田鼠放在她面前，恭敬地點了點頭。

「藍星，怎麼回事？」他問。

藍星伸長脖子，嗅了嗅那隻田鼠，先是別過頭，然後又像是突然發覺自己有多餓似地開始大口吞嚥，直到吃完才開口。

「我去跟星族談過了。」她宣布，把最後一點田鼠肉從頰鬚上甩掉。

火心目瞪口呆。「去高岩山？妳自己去？」

「當然。我怎能叫那群叛徒陪我去？」

火心吞了口口水，柔聲地說：「藍星，妳的族貓都很忠心，我們全部都是。」

藍星固執地搖頭。「我到高岩山去跟星族談過了。」

「可是，為什麼呢？」火心覺得愈來愈困惑，「我以為妳再也不想跟星族說話了。」

這隻老貓站了起來。「沒錯，我是去向祂們挑戰的。我替祂們服務了一輩子，盡力依照吩咐行事，卻遭受如此對待。我想聽聽祂們的理由，要求祂們把森林裡發生的事解釋清楚。」

火心不敢置信地呆望著她。這位族長竟敢向戰士祖靈挑戰，他訝異極了。

「我躺在月亮石旁邊，星族就來找我，」藍星繼續說，「祂們並沒有替自己辯護——怎麼可能呢？祂們那樣對待我本來就沒道理。但祂們卻告訴我一件事……」

火心靠近了些。「什麼事？」

「祂們說森林裡有惡靈，還提到『大夥兒』。他們說那會導致森林裡前所未有的死亡和破壞。」

「那是什麼意思？」火心低聲問。經過了火災和洪水，森林裡的死亡和破壞總該夠了吧？

藍星低下頭。「我不知道。」

「但我們非得查出來不可！」火心喊，腦筋轉得飛快，「或許祂們是在說狗——但狗不會做出那麼大的破壞。『大夥兒』又是什麼意思？或許……對了，或許祂們是在說影族，你也知道虎星曾發誓要報復我們，也許他在計畫發動攻擊。不然就是豹星。」他加了一句，仍抱著一線希望，盼望虎星已經沒興趣傷害他的舊族了。

藍星聳聳肩。「或許吧。」

火心瞇起眼睛。他不明白她為什麼不想把星族告訴她的話弄清楚，並思考如何才能阻止可能發生的攻擊。「我們得做點什麼，」他繼續說，「我們可以派族貓鎮守邊界，還有，也應該加強巡邏次數。」戰士的數量這麼少，他真不知道該如何分配，「我們必須確定營地上絕對有貓鎮守，這樣……」

他的聲音愈來愈低，因為他發覺藍星根本沒在聽。她動也不動地趴著，雙眼盯著腳掌。

「藍星？」

雷族族長抬頭看他，眼睛像兩潭絕望、無底的深淵。「那有什麼用？」她粗聲說，「星族已經認定死亡即將來臨。一股黑暗勢力正在林間游走，連星族自己都掌控不了，或者不願意掌控。我們根本束手無策。」

火心一陣發抖。星族的力量真的如藍星所說，不足以阻止即將來臨的厄運嗎？好一陣子他跟族長一樣感到絕望。可是他抬起頭，彷彿自己正一步步爬出幽深的黑水。「不，」他吼道，「我不信！只要我們有勇氣、夠忠心，就一定會有辦法解決。」

「勇氣？忠心？在雷族裡嗎？」

「對，藍星，」火心試著把所有的信心都放進回答裡，「除了虎星以外，沒有任何一隻貓想過要背叛妳。」

藍星迎著他的目光好一會兒，然後又轉開，尾巴無力地揮動。「火心，你想怎麼做就怎麼做吧。不管怎樣，都不會有差別的。現在出去吧。」

火心低聲道別。退出藍星的窩時，他注意到煤皮之前留下的罌粟籽還好好地裹在樹葉裡。他對這包東西點了點頭。「藍星，把罌粟籽吃掉吧，」他說，「妳需要休息，明天一切都會變好的。」他用牙齒叼起那包樹葉，輕輕地放在藍星搆得著的地方。藍星輕蔑地嗅了一下，火心在退出窩前回頭看了一眼，看見藍星彎身把罌粟籽舔乾淨。

到了外面，他甩了甩身體，想甩掉聽到藍星揭露星族訊息時的那種恐怖感。他的四條腿自動把他帶往煤皮的窩。他必須告訴這位巫醫，藍星已經回來了，也想跟她討論一下族長剛才說的話。

這時他才想起，一個多月前煤皮告訴他的一個夢，夢裡她聽到大夥兒、大夥兒和殺、殺。

第十六章

煤皮並不能多告訴火心什麼，她也猜不透森林裡會有什麼惡靈。

「如果不是重大事情，星族不會一直警告，」她說，苦惱的藍色目光落在火心身上，「我們只好繼續觀察了。」

「至少藍星平安回來了。」火心想鼓勵她，但不怎麼成功。他們都很清楚那無聲無息的威脅已籠罩住他們深愛的雷族了。

接下來的幾天，火心把所有心思都花在布置巡邏上，希望在影族或河族發動攻擊時，雷族能及時得到警告。負責固定巡邏和守衛工作的戰士數量根本不夠，隨著季節的推移，焦慮的火心覺得身上的毛都變得稀薄了。清新乾燥的天氣取代了下雨，但每天早晨地上都覆蓋一層薄霜，樹上殘留的樹葉一片接一片地飄落，森林短暫的恢復期已經結束，獵物又變得稀少起來。

大約在跟風族對質後半個月的某天早上，

火心正準備帶蕨毛和雲掌去黎明巡邏時，藍星從她窩裡走了出來。「今天早上我來帶隊。」她說，然後走到營地入口等候。

「藍星要帶隊？」雲掌低聲咕噥，「那肯定圓滿成功了，小心有會飛的刺蝟哦！」

火心瞄準他的頭側輕摑了一記，但自己也忍不住跟這位見習生一樣驚訝：藍星竟然又開始參與任務了。「有禮貌一點，」他下令，「她是你的族長耶，而且她一直在生病。」

雲掌嘟噥了一句，火心正準備走到族長那兒，卻突然想到一個點子。「對了，雲掌，你想當戰士對不對？」這隻白貓熱切地點頭，「那麼，這就是你讓藍星刮目相看的時候了，我們再帶一位見習生去吧，去找疾掌來。」

雲掌眼裡閃著興奮的光，向見習生窩衝去。

火心看著他跑遠，轉頭面對蕨毛。「你能不能去找長尾來？」他知道那位淡色的虎斑戰士會很高興有這機會炫耀他見習生的技巧，「他應該正準備去做狩獵巡邏，你不介意跟他調換職務吧？」

「不介意，沒問題，火心。」

蕨毛消失在戰士窩裡，不久長尾就走了出來。兩位見習生跟著各自的導師，四隻貓一起走向藍星等候的地方。

藍星揮了揮尾巴。「火心，你確定這些貓沒問題嗎？」她刻薄地問完，也不等回答就走出營地，進了深谷。

跟著這位藍灰色母貓往河族邊界走，這讓火心幾乎要忘了前幾個季節發生的事，自己仍然是出發巡邏的年輕戰士，完全沒有現在那些讓他煩惱的責任。但被火燒得傷痕累累的森林提醒了他，一切都不可能重來了。

太陽逐漸升上河面，霜漸漸消融，但他們從陰影間穿過時，腳下的枯葉仍發出碎裂聲。他們邊走，火心邊測驗著兩位見習生看見和嗅到的事物，希望能讓在族長面前展現他們的狩獵技巧。他們都信心滿滿地應答，但藍星的模樣卻好像完全沒聽到。

小溪映入眼簾時，這位雷族族長停下腳步，凝視著對岸。「不知道他們在哪裡？」她自言自語，聲音低得幾乎連火心也聽不見，「他們正在做什麼？」

火心不需看到她眼裡的悲傷，就知道她正在思念霧足和石毛。他不安地望了望其他族貓，想知道他們是不是也注意到藍星的舉動，但疾掌和雲掌正嗅著一個水鼠的舊窩，長尾則正在觀察樹枝高處的一隻松鼠。

一會兒之後，藍星轉過身，沿著邊界往上游走向陽光岩。火心發覺她不斷瞥向河族領土，但什麼事也沒發生，一隻河族貓的蹤影也看不到。

陽光岩終於映入眼簾了。那塊光滑傾斜的大圓石像被遺棄在那兒，但不久後火心就發現有隻貓從另一邊爬上岩石，天色描出那個站立的身影。

火心僵在原地，全身的毛在一股危機感中豎直。他雖然看不清那隻貓的毛色，但從那挑釁的姿態、自負地仰著頭和那條長而捲的尾巴來看，絕對錯不了，是豹星。

又有幾隻貓出現在豹星身邊。隨著雷族巡邏隊愈走愈近，火心認出其中有河族的副族長石毛和戰士黑爪。「藍星！」他噓聲說，「河族在陽光岩做什麼？」但是一看到藍星凝視河族副族長的神情，火心覺得一顆心畏懼地下沉——那不是一族族長在自己領土上遇見敵族貓的挑戰目光，而是貓后看到自己愛子成為高貴戰士的欽佩眼神。

藍星走上前，來到豹星等候的岩石腳下。火心跟了過去。

「他們在搞什麼啊？」雲掌忿忿不平地嘀咕，「陽光岩是我們的耶！」

火心瞪了他一眼警告他安靜，這位見習生退到疾掌和長尾身邊，火心走上前與藍星並肩。

「妳好，藍星，」豹星說，她的語氣很有自信，「從月落時分我就在等雷族貓出現了，只是沒想到妳也會是其中之一。」

她的語調裡帶有一絲嘲弄，火心縮了一下，沒想到自己的族長竟然會被其他族長奚落。

「妳在這裡做什麼？」藍星問，「陽光岩是雷族的地盤。」但她的聲音既輕又弱，好像連她自己也不相信——或者不關心這句話。

「陽光岩一向是河族的，」豹星反駁，「只不過暫時允許雷族在這裡狩獵罷了。上次火災時我們曾伸出援手，所以雷族還欠我們一個人情。藍星，今天我們要求歸還這筆債。我們要把陽光岩收回來。」

火心的毛在憤怒中豎立。如果豹星以為她不需要出力打仗就能在陽光岩上走動，她可是大錯特錯！轉過身，他噓聲說：「疾掌，你跑得最快。快回營地找戰士來支援。」

「但我想打鬥呀！」疾掌抗議。

「那就快點趕回來！」

這位見習生衝進了樹林。豹星瞇起眼，目光追隨著他而去，火心知道她一定猜得出疾掌為什麼跑開。關鍵在於拖延時間，讓打鬥開始得愈晚愈好。「繼續跟她說話，」他對藍星小聲說，「疾掌回去找支援了。」

他不確定藍星有沒有聽到，她又在凝望石毛了。

「怎麼樣，藍星？」豹星追問，「妳同意嗎？妳是不是允許河族有進入陽光岩的權利？」有好一陣子藍星都沒有回答。沉默的時間愈來愈長，也有愈來愈多的河族貓爬上岩石頂端，站在他們族長身邊。火心心頭一震，看到灰紋也在其中。灰紋的目光與火心相接，他驚駭的表情傳達了一個訊息，清楚得就像這位灰毛戰士開口對天大喊：**我不想跟你對打！**

「不！」藍星終於憤慨地開口，堅定的語氣讓火心終於放了心，「陽光岩是雷族的。」

「那你們得先打贏我們才行。」豹星吼。

火心聽到長尾在身邊輕聲說：「他們會把我們打慘的！」

就在同一時間，豹星發出一聲令人毛骨悚然的吼叫，從岩石頂衝下朝藍星疾撲過來。兩隻貓撞上地面，互相撕咬揮擊。火心跳上前想幫忙族長，但他還沒趕到就被另一位戰士撞倒，肩上還被緊緊咬住。火心用後腳猛踢這位河族戰士的肚皮，急切地想掙脫束縛，同時一爪揮向敵人的咽喉。這隻虎斑貓吼叫著退開。

火心跳著轉身尋找藍星，但沒看到她，卻瞥見長尾夾在一大群翻來滾去的河族貓中間，他還來不及過去支援，就瞥見黑爪朝自己撲來。他避開這位戰士伸得長長的利爪，趁著他以怪異姿勢撲倒時跳上他的身體，用力咬住他的耳朵。

黑爪在地上掙扎，想擺脫火心的箝制，火心用爪子在他背上猛刮，冷不防被另一隻貓從旁撞上而鬆了手。他退了下來，感覺自己的尾巴被牙齒咬住了。

長尾說得沒錯，他驚慌地想，**我們會被撕成碎片的！**

雷族貓不僅寡不敵眾，時間也不夠讓疾掌跑回營地搬來救兵。早在支援部隊趕到之前，他們這支巡邏隊就會被趕走，甚至被殺死，而陽光岩會落入河族手上。

絕望的火心繼續與敵人纏鬥，爭取更多空間好利用牙齒和爪子攻擊。壓力突然變輕，跨在他腿上的那隻貓被猛地拉開，他翻身跳起，看到雲掌騎在黑爪背上，爪子深陷進這位戰士的黑毛，目光裡閃著狂野的鬥志。黑爪抬起後腿猛踢，但卻無法甩脫這位見習生。

「看，火心！」雲掌大喊，「要這麼做——簡單極了！」

火心沒有時間回答，他出言咒罵另一位戰士，看著對方哀嚎著從岩石間逃逸，然後他趕緊撲進團團圍住長尾的一大群河族貓中間。火心把一位戰士從長尾身上拉開時，突然發現蕨毛就在自己眼前，這位年輕戰士剛從樹林裡衝進來。

他驚訝地吸了一口氣，對星族表達誠摯的謝意。疾掌一定遇上了正在陽光岩附近探查的狩獵巡邏隊——上回火心在接到灰紋警告後就下達加強巡守的命令——要他們趕緊過來。及早得到援助讓火心喜出望外。

「藍星呢？」蕨毛喊。

「不知道。」

火心趁著情勢稍緩，四周張望著找族長。他沒見到她的蹤影，卻看到豹星在幾隻狐狸身長外的岩石頂端與白風暴對峙。

長尾搖搖晃晃地站著，靠著岩石大口喘氣。鮮血從他前額一道深深的傷口中淌下，身體的一側也少了一大把毛髮，但他仍然縮起嘴唇準備咆哮，並主動跟著金棕毛戰士蕨毛跳入戰局。

火心正準備加入，卻聽到一個急切的聲音從混戰的上方響起：「火心！火心！」

他跳著轉身，看到灰紋俯伏在最靠近他的一塊岩石上方，寬闊的臉上有著痛苦的表情。「火心，快過來！」他喊。

一時間火心懷疑這會不會是陷阱，隨後立刻覺得羞愧。他朋友避開與他正面對戰的機會，絕不會耍詭計引誘他掉入圈套的。

火心跳上光滑的岩石，來到灰紋身邊。「什麼事？」

灰紋的臉朝岩石另一邊指了指。「你看。」

火心從岩石邊緣看出去，那裡的岩石陡峭地下傾成一條狹窄的岩溝，藍星幾乎蜷伏在他的正下方。她的毛凌亂不堪，一邊的肩膀還流著血。從岩溝兩邊掩進，截斷出路的正是霧足和石毛。

河族副族長朝藍星虛擊一爪。「動手呀！」這隻灰毛公貓咆哮著，「否則我向星族發誓，我一定會殺了妳！」

在藍星的另一邊，緊貼著地面的霧足悄悄爬近。「妳害怕跟我們對打嗎？」她嘶聲說。

藍星動也不動，只是輪流看著兩邊。從火心所在的制高點，他看不到藍星臉上的表情，但他知道她絕不會對自己的孩子發動攻擊。

「我非告訴你不可，」灰紋在火心身旁輕聲說，「他們會說我是叛徒，但我不能讓他們殺了藍星。」

火心感激地看了這位朋友一眼。灰紋完全不知道藍星和這兩位河族貓的關係，他這麼做只可能是出於對前族長的忠心。

但火心沒時間多想灰紋混亂的效忠感情了，他必須救藍星。兩隻河族貓已逼近到快要碰到藍星的地步，他們豎直身上的毛，露出牙齒咆哮。

「妳還配當族長？」石毛冷笑著，「妳為什麼不動手？」

他抬起一掌，準備朝藍星的肩膀揮出，就在那時，火心從岩石上撲身而下。他重重降落在岩溝裡，幾乎就在石毛的正上方，迫使石毛從藍星身旁退開。在族長的另一邊，霧足發出挑戰的尖叫，伸出了利爪。

「住手！」火心吼道，「你們不能傷害藍星——她是你們的母親呀！」

第十七章

兩隻河族貓呆住了，藍色的大眼睛裡充滿了驚嚇。

「你是什麼意思？」石毛厲聲說，「我們的母親是灰池。」

「不，是這樣的……」火心把藍星趕到岩石旁，自己擋在她前面。他仍然可以聽到岩石另一邊傳來的吼叫與喝罵聲，但突然間，那一切似乎都跟岩溝裡的這場對質毫無關係了。

「藍星在雷族生下你們，」他急切地說，「但她不能養你們。你們的父親橡心就把你們帶進了河族。」

「我不信！」石毛縮起嘴唇，惡狠狠地咆哮，「你說謊。」

「不，等等，」霧足說，「火心從不說謊的。」

「妳怎麼知道？」她哥哥問，「他是雷族的，我們怎麼能相信他？」

他朝火心逼近，伸出了爪子，雷族的貓也

準備應戰，但在石毛尚未撲上攻擊前，藍星從火心身後閃身而出，面對河族的兩隻貓。

「孩子啊，我的孩子……」藍星的聲音充滿溫暖，她轉過頭，火心在她眼中看到熊熊燃燒的思慕情感，「你們成為這麼優秀的戰士了，我真以你們為傲。」

石毛瞥了霧足一眼，抽動的雙耳透露出他的猶豫不決。

「別攻擊藍星。」火心沉聲要求。

一陣吼聲打斷了他。「火心！小心！」是灰紋的聲音。

火心抬頭，及時看到豹星從岩石上朝他撲來。灰紋的警告給他充裕的時間滾到後方，豹星伸長的爪子只在他肩上刮了一下。但她啐了一口再度撲上，把火心撞倒在地，讓他幾乎喘不過氣來。

火心用前腳抓住這位河族族長的脖子，同時感到她強壯的後腿正對著自己的肚子猛踢。刺痛讓他盲目地亂揮，覺得自己的爪子從豹星的毛裡揮過。好一陣子他只看到那團花斑點點的毛，他的臉在裡面幾乎窒息，掙扎著想要呼吸。

突然間，豹星把頭往後一仰，火心抓在她喉嚨的爪子鬆開來，她的身體也立即從他身上移開。火心急忙站起，背靠著岩石，準備迎接她的再次撲擊。他疲累得腦袋一陣暈眩，感覺得到鮮血正從腿上的傷口汩汩流出。他突然覺得就要輸掉這場戰鬥了。

他張望著要找藍星，卻不見她的蹤影，霧足和石毛也不見了。河族族長俯伏在他面前，用力地喘氣，脖子和腰窩都在流血。火心驚訝地發現，灰紋用兩隻前腳把豹星按在地上。

「我逮住他了，」豹星喘息著，氣得連話都說不完整，「我聽到了，是你通風報信的。」

灰紋放開他的族長，她搖搖晃晃地站了起來。「抱歉，豹星，但火心是我的朋友。」

豹星甩掉金黃色虎斑毛上的血珠，瞪著眼前這位灰毛戰士。「我早就知道你會這樣。」她咬牙切齒地說，「你根本沒有效忠過河族。好，你有兩個選擇：攻擊你的朋友，或者永遠離開我們河族。」

灰紋驚慌地看著她。火心的呼吸哽在胸口。難道豹星要強迫他跟前族友交戰嗎？他知道自己沒有力氣打倒一隻相較起來仍然體力充沛的貓——更重要的是，他怎麼能對他最要好的朋友揮爪呢？

「怎麼樣？」豹星咆哮著，「你還在等什麼？」

灰紋看著火心，琥珀色的雙眼充滿痛苦，然後他低下了頭。「對不起，豹星。我做不到，妳懲罰我吧。」

「懲罰你？」豹星的臉因為憤怒而扭曲，「我要挖出你的眼珠，把你趕進森林讓狐狸去抓你。你這個叛徒！我要——」

一片吼叫聲淹沒了她的威脅。火心抬起頭，絕望地以為敵人又增加了，但他簡直不敢相信眼前的景象。一波雷族貓排山倒海地衝向岩石，湧進岩溝，他看到鼠毛、暗紋、沙暴和塵皮，還有，疾掌率領了其他的見習生。火心的話傳到了，救兵終於來了！

豹星瞥了一眼，落荒而逃。雷族戰士帶著憤怒的吼叫追了上去。只剩下火心和灰紋互望著對方。

「謝謝你。」沉默了一會兒後火心說。

灰紋聳聳肩，走了過來。他的步伐有些蹣跚，身上的毛被扯下了幾塊，而且滿身塵土。「我別無選擇，」他低聲說，「我總不能跟你打吧？」

火心慢慢起身，頭腦也清醒多了，注意到打鬥的聲音漸漸停止，沉重的靜默逐漸籠罩在陽光岩上，還有濃濃的血腥味。「來吧，我得看看情況怎麼樣了。」

他轉身沿著岩溝走，知道灰紋就緊跟在後。他們來到岩石後方的空地上，火心看到河族戰士已經退到通往河流的山坡下。率隊的黑爪跳進河裡，開始朝對岸游去。

蕨毛和沙暴站在一旁，更多雷族貓盤踞在陽光岩上，盯著這群敵人撤退。雲掌抬起頭，發出大獲全勝的吼叫。

藍星跟著撤退的河族貓一直走到河族邊界，雙耳堅定地豎立著。看到她跟著霧足和石毛，火心感到一陣難過。「現在你們知道真相了，我們應該談談，」藍星在他們身後喊道，「雷族隨時歡迎你們過來。只要你們想見我，我會告訴手下的戰士帶你們到我的窩來。」

但那兩位戰士只是轉過身，大步往下走到水邊。石毛在跳下水前回頭看了她一眼，「別來煩我們，」他吼著，「不管妳怎麼說，妳才不是我們的母親。」

豹星是最後一個撤退到邊界的，「看哪！」她對手下的戰士高喊，尾巴朝灰紋一揮。灰紋就站在火心身邊，「要不是因為那個叛徒，陽光岩就會回到我們手上。那傢伙再也不屬於河族了。誰要是在我們領土裡抓到他，格殺勿論。」

她不等回答就轉過身，一跛一跛地朝河邊迅速走去。

灰紋什麼也沒說。他就像身後的岩石那樣動也不動地站著，低著頭。

沙暴走到火心身邊。「怎麼回事？」她問，她肩上的傷口淌著血，但雙眼依然澄澈且充滿疑問。

火心真想回到領土，縮進戰士窩裡好好跟她聊一下，但他知道要做的事情還很多。「灰紋救了我的命，」他解釋，「他把豹星從我身上拉開。」

「所以他才不能回去。」這隻淡薑黃色的母貓轉過頭，望著跳進河水裡的最後幾隻河族貓。然後她回頭看著灰紋，一雙大眼睛裡充滿擔憂。「那他怎麼辦呢？」她輕聲說。

一陣喜悅湧上火心的心頭。不管灰紋對離開孩子有什麼樣的感情，如果他不能回到河族，他還可以回家。但這股喜悅一下子就又消退了，火心的胃焦慮地抽痛起來。這不是他能決定的事。藍星現在是不是會允許這位灰毛戰士回到他當初選擇離開的貓族？還有，其他戰士又會怎麼想？

火心想找族長，他四下張望，終於看到她搖搖晃晃地爬上坡，他趕緊走過去。「藍星……」

藍星抬起頭，他看到她充滿困惑的眼神。「火心，他們恨我。」

火心也感染了這股悲傷。他一直在擔心灰紋，差點忘了族長承受的痛苦。「我很遺憾，藍星，」他輕聲說，「或許我不該告訴他們，但我實在不知道還能怎麼做。」

「沒關係，火心。」藍星探過頭來，在他肩上迅速舔了一下，火心非常訝異，「我一直想告訴他們，但我沒想到他們會憎恨我所做的決定。」她發出一聲長嘆。「我們回營地去吧。」

雷族成功捍衛了陽光岩，但藍星完全沒有勝利的神色。她走到戰士聚集的地方，對勝利依舊沒說什麼，甚至沒稱讚他們表現得多麼勇敢。她的心思似乎還放在她那兩個孩子身上。

火心走到族長身邊，和她一起走上山坡。「幹得好！」雲掌從岩石上跳下，輕巧地落在火心旁邊時，火心對這位見習生說。「剛剛那一仗你表現得就像位戰士，你們都是。」他又加了一句，看了看四周，提高聲音，希望能彌補族長的悶不吭聲，「藍星和我都以你們為榮。」

「感謝星族，我們成功把河族打退了。」蕨毛說。

「不，要感謝我們自己，」雲掌插嘴，「負責打的是我們，可沒看到星族出了什麼力。」

藍星聽到這話轉過頭，熾熱的目光落在這位白毛見習生身上。她瞇起眼睛。火心以為她會出言責罵，但她不但不生氣，還似乎很感興趣。她微微點頭，但沒有說話。

戰士逐漸往營地移動，火心來到灰紋身邊。「藍星，」他緊張地說，「灰紋在這裡。」

藍星的目光茫然地落向那位灰毛戰士。一時間火心還怕她又開始恍神，連灰紋曾經離開過雷族都不記得。

暗紋擠過群貓走上前。「離開我們的領土！」他對灰紋咒罵，然後轉向藍星說，「如果妳准許，我就把他趕走。」

「等等，」藍星的命令裡帶有一絲往日的權威，「火心，解釋一下這是怎麼一回事。」

於是火心告訴藍星，灰紋如何對豹星的攻擊提出警告，並在火心居下風時將她拉開。「霧足和石毛攻擊妳的時候，是他叫我過去幫忙的，」他解釋，「我欠他一條命。藍星，請妳讓他回到雷族吧。」

灰紋望著他的前任族長，琥珀色的眼睛裡閃著一絲希望。但藍星還沒回答，暗紋就又粗魯地插嘴：「當初是他自願離開雷族的，我們幹嘛再讓他搖尾乞憐地回來？」

「我可沒有對你或任何人搖尾乞憐，」灰紋回嘴。他又轉頭面對這隻灰色母貓說：「但是藍星，如果妳願意收留，我很願意回來。」

「不能讓叛徒回來！」暗紋怒罵，「他才剛背叛了他的族長——只要有機可趁，妳怎麼知道他將來不會也背叛妳呢？」

「他那麼做是為了救火心！」沙暴抗議。

暗紋輕蔑地冷笑。

藍星冷冷地看著暗紋。「如果灰紋是叛徒，」她說，語氣彷彿聚集了禿葉季裡所有的寒冰，「那麼他就跟你們沒什麼不同了。這個族裡全是叛徒，所以多一個也沒什麼差別。」她轉向火心，權威和精力似乎又湧回她的體內。「你應該讓霧足和石毛殺掉我的！」她激動地說，「爽快地死在高貴戰士的爪下，總比在我無法信任的族裡死賴著活受罪要好——這個族注定要被星族毀滅！」

她的話讓族貓發出驚呼，火心發覺族裡沒幾個知道藍星已經變得如此多疑又絕望。他也知道現在跟她爭辯不會有結果。「這表示灰紋可以留下來嗎？」他問。

「留下或離開，隨便他，我無所謂。」藍星漠不關心地回應。那股精力一閃而逝，她露出前所未有的疲憊。沒去看戰士困惑的目光，她自顧自地緩緩朝營地的方向走去。

第十八章

步履蹣跚的火心穿過入口來到營地，一眼就看到小棘朝自己衝過來，他熱切地想歡迎歸來的戰士，差點絆倒。「贏了嗎？」小棘問。他停下腳步，睜大眼睛凝望著灰紋，「這是誰啊？囚犯嗎？」

「不，他是雷族的，」火心回答，「小棘，這故事說來話長，我現在累得沒力氣解釋了。叫你媽告訴你吧。」

小棘退後一步，顯得有些洩氣。雖然他並不記得，但火心卻想起小棘曾跟灰紋的兩個孩子一起吸吮奶水。銀流死後，金花曾在他們留在雷族裡的那幾天照顧過他們。

他們走過小棘身邊，那隻深色虎斑小貓用懷疑的眼神打量了一下灰紋，然後才快步轉向跑來的小褐。「妳看！」他說，「有隻新來的貓耶。」

「他是誰？」小褐問。

「是叛徒，」暗紋咒罵著，一邊大步走向

戰士窩，「不過話說回來，根據藍星的說法，我們全是叛徒。」

兩隻小貓望著他，一臉困惑到了極點。火心強忍住怒氣，現在不是跟暗紋爭吵的時候，但是這位戰士再怎樣也不該把怒氣發洩在這兩隻小貓身上。他突然同情起小棘來，於是他回過頭說，「對，我們贏了。我們守住了陽光岩。」

小棘高興地跳起來。「太好啦！我要去告訴長老！」他匆匆跑開，小褐在後頭緊追。

「他們是虎星的孩子吧？」看著他們走遠，灰紋好奇地問。

「對。」但火心現在不想討論他們的事，「我們去找煤皮療傷吧。」

他們穿過一片焦黑的空地，灰紋看了看四周。「永遠也不會跟以前一樣了。」他沮喪地喃喃自語。

「下個新葉季你就知道了。」火心回答，想讓他高興點。他希望灰紋指的是大火帶來的破壞，而不是說他永遠不能恢復昔日在族裡的地位，「一切都會生長得比以前更繁茂。」

灰紋沒有回答。他看來並不如火心想像得那麼高興，似乎已經開始懷疑自己出生這族的其他成員不會接納他。火心從他的眼神裡看到痛苦，這表示他已經在思念他放棄的兩個孩子。畢竟，他連跟他們說再見的機會都沒有。

回來的戰士都聚集在煤皮窩前的空地。火心和灰紋走近時，巫醫正在替雲掌身體一側的傷口按上蜘蛛網，她抬起頭。「火心來了，」她說，又補充，「我的星族呀！你們看來好像才剛在轟雷路上跟怪獸打過架。」

「感覺是很像。」火心嘀咕。他坐下來等煤皮替他檢查，這才發覺身上的傷口有多痛。豹星在他腿上刮出的那道傷口還在流血，他低頭去舔拭。

「你在想什麼，怎麼又把他帶回來？」火心抬頭看到塵皮瞪著灰紋看，「我們不要他。」

「誰是『我們』？」火心咬牙發問，「我認為他屬於這裡——沙暴也這麼覺得，還有——」他話說了一半，看到塵皮故意轉過頭。

灰紋抱歉地看了火心一眼。「他們不會接納我的，」他說，「是真的，我離開過雷族，現在……」

「再多給大家一點時間，」火心想要鼓勵他，「他們會接納你的。」

私底下，他希望自己也能這樣相信。多虧藍星表現出漠然的態度，讓不少雷族貓無心反對。又多了一個麻煩，火心想，他對森林的擔憂又多了一樁。如果他們不團結，雷族怎麼會有希望平安度過星族所預言的毀滅呢？

火心不知道灰紋是不是已經從河族巫醫那兒，得知星族所諭示的「大夥兒」的警告。火心雖然害怕得毛髮直豎，同時卻又感到安慰——灰紋既然回來了，未來無論如何，他又有朋友可以倚靠了。火心舔起傷口，希望自己能再享受片刻因為這位灰毛戰士歸來而有的喜悅。

「沒錯，舔乾淨。」煤皮邊說邊朝他走來。她嗅了嗅他腿上的傷，迅速檢查了其他傷口。「你沒事的，」她向他保證，「我會給你一些蜘蛛網止血，除此之外，你就只需要休息。」

「妳有沒有看到藍星？」煤皮把蜘蛛網放在火心的傷口時，火心問：「她傷得重不重？」

「肩膀被咬了一口，」巫醫回答，「我替她敷了藥糊，她就回窩裡去了。」

火心掙扎著站起身。「我得去見她。」

「好，如果她睡了，就別吵醒她。不管有什麼事，都可以改天再談……而在火心過去的時候呢，」她對灰紋說，「我就來檢查你的傷勢。」她迅速在灰紋的耳朵上舔了一下，「你回來了，真好。」

至少有些貓歡迎灰紋，火心走過空地時對自己說。其他的貓會回心轉意，灰紋只需要用時間來證明他會再度成為忠心耿耿的雷族成員。

「火心！」當他走近藍星的窩時，沙暴跟他打了聲招呼，「鼠毛和我要出去狩獵。」

「謝謝妳們。」火心感激地說。

「你沒事吧？」沙暴靠近火心，瞇起雙眼，「我以為你會很高興——我們贏得戰爭，灰紋也回家了。」

火心把臉短暫地靠在她身上，覺得很輕鬆，這隻淡薑黃色母貓似乎已經原諒他瞞著藍星安排與風族會談的事。「我知道，但我不確定灰紋能不能被大家接納。他們很難忘記他曾經愛過別族的貓，還為她離開過我們。」

沙暴聳聳肩。「那已經過去啦。他現在在這裡了，不是嗎？大家也只能接受了。」

「重點不是那個！」痛苦和疲憊使火心變得口不擇言，雖然他並不想這樣，「我們負擔不起爭執了，難道妳看不出來嗎？」

沙暴瞪著他，怒火在她淡綠色的眼睛裡燃燒。「抱歉，我當然知道，」她不平地回答，「我只不過想安慰你罷了。」

「沙暴，別……」火心發覺自己說錯話，想開口彌補卻為時已晚。沙暴已經轉身朝戰士窩走去，鼠毛正在那裡等她。

火心覺得更沮喪了，他繼續走向藍星的窩。從入口往內望時，他以為蜷縮在臥鋪裡的族長已經睡了，沒想到她馬上眨著睜開的一對藍眼睛，抬起頭來。

「火心，」她的聲音單調，「有什麼事？」

「只是來向妳稟告，藍星。」火心閃進族長窩，站在藍星面前，「所有的族貓都回來了。據我所知，沒有一位受重傷。」

「很好。」她聽來稍微感興趣一點，「你的見習生今天打得很好。」

「對，沒錯。」火心以他的親人為榮。不管過去他跟雲掌對彼此有過什麼不滿，他的勇氣的確值得肯定。

「我想該是讓他當戰士的時候了，」藍星繼續說，「日落時分我們就舉行他的命名儀式吧。」

希望充溢在火心胸口。藍星終於認可雷族有必要增加新戰士了？

但這份樂觀馬上如潮水般湧退，因為藍星縮起嘴唇冷笑著說：「我想總該舉行個儀式。雖然儀式對我毫無意義，但沒有儀式的話，那些蠢貓不會接納雲掌。」

儀式對雲掌又有多大的意義呢？火心自問，**他真的在乎戰士守則嗎？**如果他不在乎，他想，無論這隻年輕的貓打得多好，他也不配成為戰士。

但藍星已經下定決心了，火心也不想改變什麼，他只提議說：「疾掌也該當戰士了，他今天的表現也很好。」

「疾掌傳話回營地，那是見習生的本分。他還不能成為戰士。」

「但他趕回來支援了啊。」火心抗議著。

「不行！」藍星生氣地揮動尾巴，「我不信任疾掌。雲掌比較強壯，也比較勇敢——何況，他也不像你們這些貓，對星族卑躬屈膝。雷族需要更多這樣的戰士。」

火心很想說雲掌不尊重戰士守則的態度絕不是雷族樂於擁有的，但他不敢明說，只能低下頭退出去。「日落時分再見。」說完他就去告訴雲掌這個消息了。

⸻

正如火心所料的，他的見習生聽到終於能成為戰士的消息非常高興。火心指導他在儀式上該怎麼做之後，就走向戰士窩，準備好好睡一覺。看到長尾跟他的見習生坐在窩外，火心的心一沉。他得先處理好這件事才能去睡。

他走向長尾，歪了歪頭，示意這位虎斑戰士跟自己到見習生聽不到的地方。「長尾，」他思索著正確的字眼，「對不起，我有壞消息。藍星同意讓雲掌當戰士，可是——」

「疾掌卻不行？」長尾氣沖沖地替他把話說完，「你是想說這個對吧？」

「很抱歉，長尾，」他說，「我想辦法要說服藍星，可是她不同意。」

「你當然會這麼說啦，」淡毛色的戰士冷笑著，「但這不是很怪嗎？她選了你的見習生，卻忽略了我的。疾掌可從來沒跑去跟兩腳獸住啊！」

「那件事我不想再談了！」火心斥責。雲掌一向無意離開雷族，但每隻貓都知道他曾固定到兩腳獸的窩去吃東西，後來還被兩腳獸抓到並關起來。「藍星說，她讓雲掌當戰士是因為他打得很不錯，而疾掌……」

「只有傳話。」長尾的虎斑毛因為憤怒而豎立，「但叫他去傳話的是誰呢？如果不是你派他去，他也會留下來打仗啊！」

「我知道，」火心疲憊地說，「我跟你一樣失望。我保證，我會盡力讓疾掌當上戰士。」

「這話我要是相信，就沒什麼不能信的了！」長尾不滿地說。他背對火心，憤怒得像要埋起自己的排泄物那樣地踢著地面，大步走向他的見習生。

⚡⚡⚡

太陽沉落到營地的牆外時，火心走出戰士窩，身後緊跟著灰紋。睡眠讓他恢復了體力，雖然他一點也不期待即將舉行的儀式，但仍設法讓自己表現得樂觀一點。

營地上的影子逐漸拉長，火心看到藍星從她的窩裡走出來。他欣慰地發現，她的動作很敏捷，肩上的傷似乎不礙事，她縱身一躍，跳上了高聳岩。

「所有能夠自行獵捕食物的成年貓，請在高聳岩下集合！」她喊著。

灰紋友善地推了火心一下。「你把雲掌教得很好，」他說，「真沒想到那個小討厭會成為這麼優秀的戰士！」

火心把臉靠在這位灰毛戰士的肩上，表示聽到他的話了。他朋友還記得煤皮發生意外時，他有多麼沮喪，也明白能讓自己教導的見習生當上戰士，對火心的意義有多大。很久以前，灰紋也曾看著他自己的見習生蕨掌成為戰士。

空地上已聚集了許多貓。關於雲掌要封為戰士的消息，必定傳遍了整個營地。煤皮從她的窩裡走出來，在靠近岩石下方的位置坐下，金花則帶著她的兩個孩子，坐在群貓前方。柳皮的一窩孩子待在育兒室門口，跟在媽媽身邊。

但火心發覺，其他幾位見習生在最後一刻才圍到高聳岩附近。他看到亮掌把疾掌從窩裡推出來，即使這隻黑白花貓走上空地，他還是待在群貓的最外圍，其他見習生在他身旁坐定。

火心覺得非常沮喪，藍星只選了雲掌，而沒選其他的貓，並不是雲掌的錯。如果雲掌當上戰士，卻得不到朋友們的祝福，那他一定會很難受。

不過雲掌似乎並不在意，他步出長老窩來到火心身邊，尾巴在空中搖擺，眼裡閃著興奮的光采。

火心在他耳邊小聲地說：「我真的為你感到驕傲，雲掌。明天你可以帶一支狩獵巡邏隊到兩腳獸的家，把這個消息告訴公主。」

雲掌高興地看了看火心，但還沒來得及說話，藍星就開口了：「雲掌，今早你跟河族打鬥時表現得非常好，我想是你承擔雷族戰士之責的時候了。」

白毛公貓轉頭面向高聳岩，抬頭看著族長致辭。「我，藍星，雷族的族長，呼喚我的戰士祖先們往下看著這位見習生。他已經接受嚴格的訓練，並且了解你們所有的守則，我要在這裡向你們推薦有資格成為戰士的這一位。」

她的聲音很刺耳。在火心聽來，那顯然只是照本宣科，這儀式對她其實已經沒有意義了。他不安地猜測，如果雲掌和這位族長都不尊重戰士祖先，星族是不是仍會庇護雲掌呢？

「雲掌，」藍星繼續說，「你願不願意維護戰士守則，遵守戰士守則，並保護、防衛這個部族，即使得付出生命的代價？」

「我願意。」雲掌熱情地說。

他真的瞭解自己承諾的是什麼嗎？火心猜想。他很確定雲掌會盡力保護這一族，因為這些貓都是他的朋友，但他也知道這隻年輕貓的行動絕非出於對戰士守則的效忠。

「那麼拜星族的力量，我要授與你戰士的名號，」藍星繼續說，每個字都像尖刺般從嘴裡吐出，「雲掌，從現在起，你的名字叫做雲尾。星族以你的勇氣與獨立精神為榮，我們歡迎你成為雷族真正的戰士。」

藍星從高聳岩跳下，來到雲尾身邊，把臉在他頭上靠了靠。雲尾在她肩上恭敬地舔了一下，然後走去站在火心身旁。

這時候全族本該呼喊著雲尾的新名字向他道賀才對，但卻毫無動靜。火心聽到周圍傳來躁動的竊竊私語，彷彿大家也從藍星的致詞中察覺她缺乏說服力。火心匆匆看了外圍的見習生一眼，看到他們全都盯著地上，疾掌還轉身背對這位昔日好友。

雲尾開始露出氣餒的神情，這時哺育他長大的斑臉走了過來，將虎斑紋的臉龐靠向他。「你很優秀，雲尾！」她喊道，「我以你為榮！」

彷彿她傳出信號似地，煤皮和灰紋也走上前，終於其他貓也陸續圍了上來，喊著雲尾的新名字向他道賀。難堪的時刻總算過去了，火心欣慰地呼出一口氣。但他注意到，到處都不見長尾的影子，而見習生們則一直等到最後，才由亮掌帶頭，草率而小聲地跟雲尾說了一兩句話，然後跑開。而疾掌根本不在裡面。

「你今晚要守夜。」火心提醒這位前見習生，盡量讓語氣透露出這場戰士命名典禮和以前的沒有兩樣。「記住，你必須不發一語地守到黎明。」

雲尾點點頭，走到空地中央的位置，驕傲地挺高頭部和尾巴，但火心知道，這場命名典禮已經被其他見習生的嫉妒，以及藍星信心大失的露骨表現，給蒙上了陰影。

火心暗自想著，如果族長不再尊敬星族，雷族還能存活多久？

第十九章

第二天一早，火心看黎明巡邏隊走遠後，才去告訴雲尾可以停止守夜了。火心那隻受傷的腿仍然有些僵硬，但血已經止住了。

「一切都還平靜吧？」他說，「你是想睡覺呢，還是想去狩獵？如果你願意，我們可以穿過大松林去找公主。」

雲尾張嘴打了個超大的呵欠，但一下子就跳著站起來。「去狩獵吧！」

「好，」火心說，「我們帶沙暴一起去，她也見過公主。」

從他上回成功阻止與風族開戰以來，火心知道他與沙暴已經愈來愈疏遠了。他非常渴望與她合好，邀她一起狩獵可能是不錯的方法。

火心四處張望，想看看沙暴是不是已經從窩裡出來了，他看到塵皮正朝自己走來，蕨掌跟在他身後。他們走近時，火心看到那位黑棕色的戰士一臉憂慮。

「有件事讓你知道比較好，」塵皮說，

「蕨掌，把你剛才跟我說的話，再跟火心說一遍。」

蕨掌低下頭，一雙前腳在地上磨蹭。她欲言又止的模樣使火心不禁猜想，到底是什麼事在困擾她？為什麼有話不告訴她的導師暗紋，而要對塵皮說呢？

第二個問題很快得到答案，塵皮低下頭在她耳朵上舔了幾下。火心從沒看過這位暴躁的年輕戰士如此溫柔。「沒關係，」塵皮說，「沒什麼好怕的。火心不會生妳的氣。」他瞪了火心一眼，卻沒讓蕨掌看見，那眼神說的是：**他最好不會！**

「說嘛，蕨掌。」火心想辦法用溫和的語氣鼓勵她，「告訴我是怎麼一回事。」

蕨掌綠色的眼睛瞥向他又匆匆移開。「是疾掌，」她說，「他……」她遲疑著，這次瞥了雲尾一眼，才繼續說：「他很氣藍星不肯讓他當戰士，昨晚他把所有的見習生都叫進窩裡，說我們永遠也當不成戰士，除非先做出轟轟烈烈的大事，讓藍星不能再忽視我們。」

她停了一下，塵皮低聲說：「繼續說。」

「他說，我們應該去找出森林裡獵殺兔子的兇手，」蕨掌的聲音顫抖著，「他說，你好像不想找出敵人的蹤跡，所以他要我們去蛇岩，因為那裡有最多獵物殘骸被發現。疾掌覺得我們可以嗅出敵蹤。」

「什麼老鼠腦點子！」雲尾衝口而出。

「那其他見習生怎麼想呢？」火心問，一面警告地瞪了雲尾一眼，同時想忽略正在肚腹間積聚的冰冷恐懼感。

「我們不知道該怎麼辦。大家都想當戰士，但我們也知道不該在沒有接到命令，也沒有至少一位戰士陪同的情況下，去做這種事。最後只有疾掌和亮掌去了。」

「你守夜時有沒有看到他們？」火心轉向雲尾問。

雲尾也露出擔憂的表情，他搖了搖頭。

「疾掌說，雲尾連兩腳獸大叫著跑過營地都不會發現，」蕨掌囁嚅地說，「他和亮掌是從長老窩後面的蕨叢溜出去的。」

「那是什麼時候的事？」火心問。

「我不太確定——黎明以前吧。」蕨掌的聲音提高，彷彿就要像隻小貓般哀嚎起來，「我不知道該怎麼辦，我知道這樣不對，但又不想出賣他們。只是我的感覺愈來愈糟，所以看到塵皮時就告訴他這件事。」她感激地看了看那位黑棕色的虎斑戰士，他則把臉輕靠在她那有灰色斑點的腰窩。

「我們得趕過去。」火心做出決定。

「我也去，」雲尾立刻附和，藍色眼睛裡的火燄讓火心吃了一驚，「亮掌在那裡，如果有什麼傢伙敢傷害她，我……我會把它撕成碎片！」

「好，」火心同意，同時也驚訝地發覺這位年輕戰士對昔日窩友毫不掩飾的關切，「再找幾位跟我們一起去。」

這位新任戰士一溜煙地跑走了，塵皮說：「我們也去。」

「我不想讓見習生參與，」火心回答，「蕨掌已經夠難過了，你何不帶她去狩獵呢？順便把灰掌和暗紋也帶去，我們需要獵物。」

塵皮意味深長地看了他一眼，然後點點頭說：「好。」

火心不知道該不該在出發前告訴藍星這件事，但他又不願讓疾掌惹上麻煩，使族長有更多理由不讓這位見習生當上戰士。**如果我們能及時把他們帶回來，就沒必要讓藍星知道**，他這麼告訴自己。

何況，火心也不想浪費時間。雲尾趕了回來，身後緊跟著沙暴和灰紋。正是我會選的人，火心想著。想到灰紋又回家了，他們又能像以前那樣一起狩獵和打鬥，他就覺得一陣窩心。這位灰毛戰士雙眼發光，走到他以前在火心身邊的老位置。火心希望白風暴也能在場，因為他是亮掌的導師，但他已出發去作黎明巡邏了。

沙暴看來仍與往常一樣，清醒而專注於眼前的任務。「雲尾都告訴我們了，」她爽快地說，「出發吧。」

火心一馬當先地奔出營地，爬進深谷。他幾乎立刻就嗅出疾掌和亮掌的氣味，那股氣味直直通往蛇岩。完全不用花時間追蹤他們，他們只需要盡快趕到蛇岩就行。

但我們來晚了，他想，**如果他們已經遇上了那個傢伙……**

他衝過森林，腳下的落葉被踢進空氣裡，完全沒感覺到傷腿上的僵硬感。灰紋緊跟在他身旁飛奔。即使一切都改變許多，能夠再次與朋友迎向危險，火心仍覺得很欣慰。

他們逐漸接近蛇岩，火心放慢腳步，用尾巴示意大家照著做。如果他們連敵人是誰都不知道，就這麼闖進去，也幫不上身陷其中的見習生。無論那是什麼威脅，他們都必須像對待敵人一樣謹慎。但火心的心裡卻有個聲音在吶喊，這個敵人完全意想不到，遠超過任何貓族守則的規範，他自己更處在前所未有的險境中。他想著，當老鼠和兔子知道死神就在樹叢間游移，他們的感受就是這樣嗎？

一切都很平靜。火心不想冒險呼叫那兩位見習生，以免驚動潛伏在前方的敵人。他發現疾掌的想法沒錯：這的確是毒害森林的黑暗中心，但他卻開始懷疑關於威脅的推論，一隻狗真可能導致森林裡這麼大的破壞和恐懼嗎？

彷彿在追蹤獵物那般謹慎，火心閃入樹叢，直到蛇岩沙礫色的平滑表面映入眼簾。好一陣子，他就這樣站著品嘗空氣，感覺一股混合的氣味湧上鼻端：疾掌和亮掌的氣味還很新，其他雷族貓的氣味很舊很淡，還有火心預料中會聞到的狗味；但其中最濃烈的卻是新鮮的血腥味。

沙暴轉頭望著他，圓睜的雙眼滿是恐懼。「發生了可怕的事。」

恐懼在火心體內流竄，這無形的敵人入侵了他們的森林，而他即將與那跟蹤了他一個多月的恐懼源頭正面相對。他簡直快撐不下去了。

他尾巴一抽，示意夥伴們繼續向前移動；他們緊貼著地面潛行，專注地想探頭一望，又不能被發現；終於，他們來到在幾隻狐狸身長外的蛇岩。

一棵橫倒的樹擋在他們前方，火心爬上樹幹，望著樹幹外一片滿是枯葉的空地。眼前的景象使他喉嚨湧上一股腥臭的膽汁，樹葉被巨大的腳掌踩散，幾塊向上翻的草皮卡在樹枝間。空地中央，疾掌黑白相間的身體動也不動地躺著，亮掌則躺在他身後。

「噢，不。」沙暴驚呼著爬到火心身旁的樹幹伏下。

「亮掌！」雲尾大喊，沒等火心下令，就衝過空地朝她飛奔過去。

火心緊張到了極點，等著看獵捕這兩位見習生的怪物從林間衝出並展開攻擊，但四周一片寂靜。他往下一跳，奔向疾掌，邊跑邊覺得四條腿簡直不是自己的。

疾掌四隻腿大開地側躺著，黑白相間的毛被扯掉好幾撮，全身上下都是可怕的傷口，那些咬痕遠比任何貓的牙齒還要巨大。疾掌的嘴仍做出咆哮的姿勢，雙眼也直瞪著。他已經死了，火心看得出來，他是力戰而死的。

「我的星族呀，是誰下的毒手？」他低喊。他害怕了好幾個月，情況竟然比他想像得更糟。疾掌被當成獵物並遭到屠殺，森林裡的獵人反而成為被獵的對象。森林裡出了怪事，改變了平衡。一時之間，火心只覺得腳下的地面在搖晃。

灰紋和沙暴低頭望著疾掌的屍體，震驚得無法回話。火心知道灰紋想起了另一具渾身是血的屍體，他對銀流的悲痛又再度甦醒。

「真是可惜。」火心悲傷地輕聲說道，「要是藍星讓他當上戰士就好了，要是我讓他打鬥，而不是叫他傳話——」

雲尾的尖叫打斷了他的話。「火心！火心，亮掌還沒死！」

火心跳著轉身，衝過空地，在亮掌身邊伏下。亮掌黃白相間的毛向來梳理得整齊光潔，現在卻沾滿凝固的鮮血而亂成一團。她臉上一邊的毛被扯脫，原本該有一隻眼睛的地方只有鮮血，一隻耳朵被撕裂，臉上一條條地全是巨大的爪痕。

沙暴從火心身後走來，火心聽到她的哽咽。「不……」這隻淡薑黃色母貓輕呼，「噢，星族呀，不！」

剛開始火心以為雲掌看錯了，亮掌一定已經死了，後來才發現她的胸口微弱地起伏著，鼻子裡還有血泡。「去找煤皮來。」他下令。

沙暴應聲衝出，灰紋站在疾掌的屍體旁，提防恐怖的敵人回來。火心繼續凝視受傷的亮掌，不知怎地，他的恐懼逐漸消逝，只感到冰冷的鎮靜，以及一股堅定巨大的決心：要替這位年輕的見習生報仇。他祈求星族與他同在，賜與他力量來釋放他們所有的憤怒，無論膽敢造成這場浩劫的是什麼東西。

雲尾蜷曲著身體，緊依在動也不動的見習生身旁，舔著她的臉和耳旁的毛。「別死，亮掌，」他哀求著，「我跟妳在一起，煤皮就快到了，再撐一下子就好。」

火心從沒聽過他的語氣如此失常。他希望這位白毛戰士不必蒙受他在斑葉死亡時，或灰紋失去銀流時的那種痛苦。

在雲尾輕柔的舔舐拭下，亮掌的一隻耳朵動了動，僅餘的一隻眼睛也睜開了一條縫，然後又閉上。

「亮掌，」火心靠過去，急切地說著，「亮掌，能不能告訴我們誰傷了你們？」

亮掌把眼睛睜得更大，茫然地望著火心。

「究竟是怎麼回事？」他重複，「是誰幹的？」

亮掌發出微弱的悲鳴，悲鳴漸漸化為話語。火心驚恐地看著她，逐漸聽出她想說什麼。

「大夥兒，大夥兒，」她輕聲說著：「殺，殺。」

第二十章

「她能活下來嗎？」火心擔憂地問。

煤皮發出一聲疲倦的嘆息。她已經以自己不穩的瘸腿所能跑的最快速度趕到蛇岩，盡可能地用蜘蛛網補好傷口止血，並用罌粟籽止痛。最後，這位見習生總算恢復一點體力，能夠被拖入森林回到營地，現在意識昏迷的她躺在煤皮窩旁的蕨葉巢穴裡。

「我不知道，」煤皮據實以告，「我已經盡了力，現在就由星族來決定了。」

「她很堅強。」火心說，試著安慰自己。蜷曲在蕨葉裡的亮掌，怎麼看都不大堅強，她似乎成了一小團毛，比小貓還要小。火心總覺得她每次輕淺的呼吸都是最後一次。

「就算她復原，全身也都會留下可怕的傷痕，」煤皮提出警告，「我救不回她的耳朵或眼睛，也不知道她還能不能當戰士。」

火心點了點頭。強迫自己去看亮掌裹著蜘蛛網的臉龐，只覺得一陣噁心。這一切讓他想起煤皮的意外，當時黃牙就曾告訴他，這隻年輕母貓的腿永遠無法完全復原。

「她說了什麼『大夥兒』，」他小聲，「不知道她到底看到什麼。」

煤皮搖搖頭。「我們一直擔心的就是這個，森林裡有個東西在追獵我們。我在夢裡聽過的。」

「我知道。」火心悔恨地繃緊身體，「我早該做些什麼的。星族也把警訊告訴藍星了。」

「但藍星已經不再尊敬星族了，我很驚訝她還會聽祂們的話。」

「你認為發生這件事的原因就是這個嗎？」火心轉過身面對巫醫。

「不，」煤皮緊張地說，她靠向火心，「星族不會派出惡靈，這點我很確定。」

這時，蕨葉隧道裡傳出一陣聲響，原來是雲尾來了。

「我不是叫你去休息一下。」煤皮說。

「我睡不著。」這隻白貓走過來，在朋友身邊的蕨葉上坐下，「我想跟亮掌在一起。」他低下頭，在她肩上輕柔地舔了一下。「好好睡，亮掌。妳還是一樣漂亮，」他輕聲說，「回到我們身邊吧。我不知道妳現在在哪裡，但妳一定得回來。」

他繼續舔了一會兒，然後抬起頭惡狠狠地瞪了火心一眼。「都是你的錯！」他衝口而出，「她和疾掌本來就該成為戰士，那樣他們就不會自己跑出去了。」

火心堅定地迎向這位親戚的目光。「對，我知道，」他說，「我試過了，相信我。」

他話沒說完，就聽到另一隻貓輕柔的腳步聲，他轉身看到藍星往這裡走來。火心之前叫沙暴去找她來，現在那位淡薑黃色的戰士就跟在藍星身後，走上巫醫的空地。

族長沉默地站著，凝望亮掌。雲尾挑釁似地抬起頭，一時間火心還以為他也會攻擊藍星，要她對亮掌身受重傷負責。但雲尾什麼也沒說。

藍星眨了幾次眼，問道：「她快死了？」

「那要看星族的決定了。」煤皮告訴她，同時瞥了火心一眼。

「怎麼能期待星族會大發慈悲呢！」藍星低吼，「如果這要看星族，亮掌就必死無疑。」

「而且到死都當不成戰士。」雲尾說，他的聲音低沉且充滿悲傷，接著他又低下頭去舔亮掌的肩。

「也不一定。」藍星說得有些勉強，「有個規矩──幸好並不常用──如果垂死的見習生夠資格，就能成為戰士，好讓她帶著戰士之名進入星族。」她吞吞吐吐地說。

火心疑惑地屏住氣息。藍星真的願意將她對戰士祖先的憤怒拋在一旁，承認星族對戰士的一生有多重要嗎？她是不是就要承認，亮掌被剝奪了她應得的戰士資格？

雲尾再次抬頭仰望這隻灰色母貓。「那就做呀。」他吼著。

被新任戰士這樣支使，藍星並沒有什麼反應。火心和煤皮依偎著，互相尋求安慰，一面等待接下來要發生的事；沙暴則是走上前當一名沉默的觀眾。族長點點頭，然後開口：「我請求戰士祖先們低頭看看這位見習生，她學得了戰士守則，並且為了本族犧牲性命，讓星族接納她的戰士身分。」然後她停了一下，眼裡燃起冰冷的怒火，「她將被稱為『無容』，好讓大家知道星族為了將她從我們身邊奪走，做出了什麼事。」她吼著。

火心驚恐地瞪視著族長。她怎能把這位身受重傷的見習生當成對抗戰士祖先的武器呢？

「但是這名字太殘忍了！」煤皮抗議，「要是她活下來呢？」

「那我們就更有理由記住星族讓我們遭受的苦難，」藍星回答，她的聲音已經小得聽不清楚，「祂們要不就接受這位戰士無容，要不就什麼都沒有。」

雲尾繼續盯著亮掌，眼裡閃著挑戰的光芒；然後他點點頭，彷彿知道再爭辯也沒有用。

「讓星族以無容之名接納她。」藍星說完，彎下頭，用鼻子輕碰著無容的頭。「好啦，就這麼決定了。」她小聲地說。

彷彿被族長的觸碰驚醒似地，無容睜開眼睛，眼底湧上害怕至極的神情。好一陣子，她掙扎著要清醒。「大夥兒，大夥兒！」她喊著，「殺，殺！」

藍星驚跳起來，豎起全身的毛，「什麼？那是什麼意思？」她追問。

但無容隨即陷入無意識的昏睡。藍星狂亂地看了煤皮一眼，然後又看了看火心，最後眼光又回到煤皮身上。「那是什麼意思？」她重複。

「我不知道，」煤皮不安地說，「她只會說這兩句。」

「可是，火心，我跟你說過……」藍星掙扎著開口，「星族對我顯示過森林裡的惡靈，他們也叫『大夥兒』。就是這個『大夥兒』幹出這種事嗎？」

煤皮避開藍星的目光，轉去檢查無容的傷勢；火心努力想找出能讓族長滿意的答案，他不希望藍星知道她的族貓正遭到獵殺，彷彿成了某個無形又難以形容的敵人的獵物。但他也知道一個空洞的保證絕不會讓她滿意的。

「誰也不知道，」他終於回答，「我會警告巡邏隊提高警覺，不過——」

「不過如果星族已離棄我們，巡邏隊也幫不上忙，」藍星輕蔑地說完，「或許這個『大夥兒』根本就是祂們派來懲罰我的。」

「不！」煤皮面對族長，「星族沒有派『大夥兒』來，祖先關心我們，絕不會只因為一點嫌隙，就破壞森林裡的生活，也不會摧毀整個貓族。藍星，妳一定要相信這一點！」

藍星對煤皮的話毫不理會。藍星走向無容，低頭望著她。「原諒我，」族長說，「我把對星族的報復帶到妳身上了。」然後她轉過身朝自己的窩走去。

她才走開，一聲苦悶的哀嚎就從空地上響起。火心從蕨叢中衝出，看到長尾和灰紋把疾掌的屍體帶回來安葬。當那黑白相間的軟垂屍體被抬到空地中央時，疾掌的導師在他身邊伏下，以一貫的哀悼姿勢，用鼻子輕碰他的毛。疾掌的母親金花在他身旁坐下，他同母異父的弟妹小棘和小褐則是睜大恐懼的雙眼望著他。

一股新的悲痛淹沒了火心。長尾一直是疾掌的好導師，他不該承受這種痛苦的。

火心返回煤皮窩前的空地，看到沙暴在巫醫身邊站定，巫醫正把新鮮的蜘蛛網放在無容被血浸濕的傷口。「或許她能撐過來，」沙暴說，「如果真有誰能幫她，那就是妳了，煤皮。」

煤皮抬頭看著她，感激地眨了眨眼。「謝謝妳，沙暴。但藥草的療效也是有限的，如果無容活了下來，她不見得會感激我。」她的目光與火心的接觸，而他從她臉上看出了憂慮。這隻傷貓可能無法接受一張被劇烈改變的臉。那傷痕將永遠提醒她這場活生生的惡夢，這樣又算什麼未來？

「我還是會照顧她。」雲尾信誓旦旦地說，結束輕柔的舔拭，抬起頭。

火心以他為榮，感覺一股驕傲就要從胸口溢出來。要是這位前見習生對戰士守則也能表現得這麼忠誠就好了，那麼他一定會成為雷族最優秀的戰士。

沙暴輕輕用鼻子碰了碰無容，然後移動身體。「我替妳和雲尾去拿一些吃的來，」她對煤皮說，「也會帶點東西給無容，等她醒來可能會想吃東西。」她像下定決心要保持樂觀似地走上了空地。

「我不想吃，」雲尾說，聲音單調又疲累，「我不舒服。」

「你得睡覺，」煤皮告訴他，「我給你一點罌粟籽。」

「我也不想吃罌粟籽，我要跟無容在一起。」

「我可沒問你想要什麼，我是告訴你──你需要什麼，」煤皮還嘴，「你昨晚守夜，還記得吧？」她放軟語氣說：「我保證一有狀況就叫醒你。」

她去拿罌粟籽時，火心同情地看了這位親戚一眼。「她是巫醫，」他說，「她知道怎樣做最好。」

雲尾沒有回答；煤皮帶著風乾的罌粟梗回來，把幾顆罌粟籽抖下來，放在他面前，他毫無怨言地吃了下去。累壞的他緊靠著無容盤起身體，一下子就睡著了。

「我從沒想過他也會這麼關心另一隻貓。」火心低聲說。

「你沒注意到？」即使憂心忡忡，煤皮藍色的眼睛裡依然閃著笑意，「他跟著亮掌──無容──在一起好幾個季節了。他很喜歡她呢。」

看到兩隻年輕的貓相互依偎，火心相信煤皮的話。

火心走向新鮮獵物堆。就快正午了，儘管明亮的光線潑灑在空地上，卻沒多少暖意。禿葉季已經來到了。

自從疾掌被殺、無容重傷以來，過了好幾天。火心才去看過無容，她仍氣若游絲地活著。煤皮對她能不能活下來多了些希望，雲尾則幾乎每分每秒都跟她守在一起；火心允許他暫時卸下戰士職務，好讓他照顧這隻傷貓。

火心走過空地時，看到灰紋從戰士窩裡出來，朝新鮮獵物堆走去。暗紋搶在他前面抵達獵物堆，用肩膀把他推到一旁，搶過一隻兔子。已經選定食物的塵皮則是惡狠狠地瞪了灰紋一眼。這位灰毛戰士猶豫起來，一直到那兩位戰士退到一塊蕁麻地開始吃午餐，他才肯再走近。

火心加快腳步，來到朋友身邊。「別理他們，」他小聲地說，「那兩隻沒大腦的蠢貓。」

灰紋感激地看了火心一眼，從獵物堆裡挑了一隻畫眉鳥。

「我們一起吃吧，」火心提議，選了隻田鼠，帶頭走到戰士窩附近有陽光照射的地上。

「別管那兩隻貓，」他又說，「他們不會永遠討厭你的。」

灰紋看來並不相信，但他沒說什麼，他們坐下來開始吃東西。空地另一邊，小褐和小棘正在跟柳皮的三個孩子玩耍。火心感到一陣難過，想起無容以前也曾經跟他們這樣玩耍，還有她似乎也期待擁有自己的小孩。現在她還能生養自己的孩子嗎？

「我忍不住一直想，那孩子跟他父親實在太像了。」灰紋觀察了他們一會兒後說。

「只要他不像他父親那樣就好了。」火心回答。看到小棘把柳皮那幾個年紀更小的孩子撞倒，他緊張起來，但看到被撞的那隻小玳瑁貓又翻身跳起，高興地衝向小棘，他又放鬆下來。

「他已經到了該當見習生的時候了，」灰紋發表意見，「他和小褐的年紀還比——」他說不下去了，琥珀色的眼睛蒙上悲傷的神情。

火心知道他想起留在河族的兩個孩子。「對，是時候了，我正在想該由誰當他的導師呢，」他出言附和，試著想讓朋友從苦澀的回憶中分神，「我去問藍星，能不能讓我來當小棘的導師。你認為誰來當——」

「你要當小棘的導師？」灰紋瞪視著火心，「這樣好嗎？」

「為什麼不行？」火心問，同時感覺身上的毛開始豎立，「現在雲尾當了戰士，我沒有見習生了。」

「因為你不喜歡小棘，」灰紋反駁，「這我不怪你，但讓他有位能夠信任他的導師不是比較好嗎？」

火心猶豫了。灰紋的話有道理，但火心知道自己絕不可能把訓練小棘的工作交給其他貓。他必須親自指導小棘，確保他會持續效忠雷族。

「我已經決定了，」他簡短地說，「我剛才想問你，覺得由誰當小褐的導師比較好。」

灰紋好像還想爭辯，有一陣子沒說話，然後聳聳肩說：「你會這麼問，我很驚訝，答案很明顯啊。」看火心沒吭聲，他才又說，「沙暴啦，你這個老鼠腦！」

火心咬了一口田鼠肉，讓自己多些時間思考該怎麼回答。沙暴是位經驗豐富的戰士，曾經跟火心、灰紋和塵皮一起當過見習生，她也是這四位當中唯一還沒有見習生的。然而不知怎地，他就是不願把小褐交給她。

火心吞掉那隻田鼠後，說道：「我算是答應過蕨毛，讓他當小雪的導師。看他最近那麼失望的樣子，我會去問藍星能不能讓他當小褐的導師，這樣才公平。何況，他是優秀的戰士，他會做得很好的。」

驕傲的光芒在灰紋眼中短暫地閃動了一下，蕨毛曾經是他的見習生，他當然很高興聽到這位年輕戰士表現得有多好。然後他又不敢相信地抽動起耳朵。「拜託，火心。你明明知道這並不是真正的理由。」

「什麼意思？」

「你不想把小褐交給沙暴，因為你怕虎星會對她下手。」

火心瞪著他的朋友，知道這位灰毛戰士說得沒錯。這理由其實一直在他心裡，但他卻拒絕承認，連捫心自問時都是如此。

「你想保護她。」火心沒有作答，於是灰紋又繼續說。

「那有什麼錯？」火心逼問，「虎星曾經鼓勵暗紋把那兩個孩子帶出領土去見他，你以為事情就這樣結束了？你認為他光是在大集會上看到孩子就會滿意？」

「不，我不這樣想，」灰紋惱怒地哼了一聲，「但沙暴會怎麼想呢？她可不是什麼漂亮的小寵物貓，只會躲在又高又壯的戰士背後。她可以照顧她自己。」

火心不安地聳聳肩。「沙暴只能接受這個決定，我相信藍星會同意讓蕨毛教導小褐的。」

想到未來可能有的麻煩，灰紋琥珀色的眼睛閃動著。「沒錯，你是副族長，但沙暴絕對不會高興的。」他宣告著。

「你想教導小棘？」藍星問。

火心站在她的窩裡，他提出兩位新見習生的問題，並建議應該讓他們在日落時分舉行命名儀式。

「對，」他說，「然後讓蕨毛教導小褐。」

藍星瞇起眼看他。「讓叛徒來教導叛徒的兒子。」她嚴厲地說。顯然她對該由誰來教導小褐一點興趣也沒有。「真配啊。」

「藍星，族裡現在沒有叛徒了。」火心想讓她安心，同時也按捺著自己對小棘的疑慮。

藍星輕蔑地哼了一聲。「火心，你想怎樣就怎樣好了。我何必關心這群無賴的下場呢？」

火心放棄繼續跟她講理，退出族長窩，回到空地。太陽已經開始沉落，期待命名儀式的族貓開始聚集。火心看到蕨毛，把他叫了過來。

「我認為你可以教導見習生了，」他宣稱，「你來教導小褐怎麼樣？」

蕨毛的雙眼一亮。「你是說真的嗎？」他結巴起來，「那太好啦！」

「你會做得很棒，」火心說，「你知道在命名典禮上該怎麼做嗎？」

他停止說話，看到沙暴從戰士窩裡出來，朝自己走近。「等一下，蕨毛，」他匆忙咕噥了一句，「我馬上就回來。」然後他上前去見那位淡薑黃色的戰士。

「灰紋剛才跟我說的話是什麼意思？」等他一走到聽得見的距離，沙暴就出聲追問，「你去問藍星是不是可以讓蕨毛教小褐，這件事是真的嗎？」

火心吞了吞口水。沙暴綠色的雙眼燃燒著怒火，肩上的毛也豎了起來。「對，是真的。」他開口。

「但我比他更資深啊！」

火心壓抑住想把實情告訴她的衝動，免得沙暴知道自己這麼做，除了為了她好外，沒有其他理由；若明說她不能教導小褐，是因為自己想保護她，以防虎星可能找她麻煩，這樣做只會讓她更大發雷霆。她會認為他認定她太柔弱，無法應付影族族長的威脅。

「說啊？」沙暴堅持，「你認為我當不成好導師嗎？」

「才不是這個原因！」火心抗議。

「那是什麼？給我一個好理由，為什麼我不能教小褐？」

「因為我……」火心慌亂地四處張望，想找個理由搪塞，「因為我想要妳負責更多的狩獵巡邏工作。沙暴，妳是非常優秀的獵人——是最好的。尤其禿葉季要來了，獵物會變少，我們真的很需要妳。」他邊說邊覺得這的確是真話。由沙暴領導額外的狩獵巡邏是個好法子，能在禿葉季幾個月的苦日子裡，解決餵飽全族的問題。

但沙暴毫不領情。「你只是在找藉口，」她輕蔑地說，「你沒有理由不讓我率領狩獵巡邏隊，同時擔任小褐的導師。她很聰明，速度又快，我打賭她一定也會成為非常優秀的獵人。」

「抱歉，」火心說，「我已經請蕨毛教導小褐了。等禿葉季最嚴酷的時候一過，我就請藍星讓妳教柳皮的孩子，好嗎？」

「不，一點也不好，」沙暴咬牙說，「我沒有做錯事，不該無故被略過。火心，我絕不會忘記這件事的。」

她轉身走向霜毛和斑臉，火心踏出一步想要追過去，卻又停下腳步。他已經無話可說了，何況，藍星已經從族長窩裡走出來，召集全族開始集會。

在大家逐漸聚集的當下，火心注意到灰紋單獨蜷伏在高聳岩附近，鼠毛故意從他身邊走過，然後去坐在另一隻母貓旁邊。看到仍有族貓拒絕接納灰紋，火心不由得沮喪起來，他真想走過去安慰灰紋，卻必須留在原地，為儀式上與自己有關的部分做好準備。過了一會兒，雲尾和白風暴從通往煤皮的窩的蕨葉隧道走出來，坐在那位灰毛戰士身旁，火心才鬆了一口氣。

煤皮在他們身後一跛一跛地走出蕨叢，匆匆來到火心身邊。看著她漸漸走近，火心注意到她藍色的雙眼閃閃發亮。「有好消息，火心，」她宣布，「無容醒了，而且還吃了點東西喔。我想她沒事了。」

火心發出高興的呼嚕聲。「太好了，煤皮。」這個消息雖然讓他欣慰，但他卻仍忍不住猜想，無容知道自己的臉傷得很厲害後會作何反應。「她已經坐起來想梳理儀容了，」煤皮繼續說，「但她還很虛弱，得在我的窩裡多住幾天。」

「她有沒有說是誰攻擊她？」

煤皮搖搖頭。「我問過了，但光是回想就讓她不知所措。她作惡夢時，還是會大喊『大夥兒』和『殺』。」

「大家需要知道真相。」火心提醒她。

「只能等等看了，」煤皮嚴厲地說，「如果無容要完全康復，那就需要好好靜養。」

火心很想問，她認為無容何時會康復得能夠跟他說話，但卻得時時注意儀式的進行。金花已經走出育兒室，身邊是兩個孩子。火心看得出，她精心替兩個孩子梳理過，小褐那身淡黃色的毛在夕陽下發出火焰般的光采，小棘深色的虎斑毛也充滿光澤。他們朝高聳岩走近，小褐興奮地跳著，小棘則一臉鎮靜，昂頭豎尾地邁步向前。

火心想，不知道虎星剛當上見習生時，是不是也是這副模樣？他是不是也展露出那種堅定的勇氣及對自己這族長久奉獻的決心？當時他的族長和導師有沒有想過，他會有怎樣的命運？

藍星叫喚兩隻小貓上前，站在高聳岩腳下自己身邊。火心注意到她比往常警醒，似乎在指望更多戰士為雷族奮戰的這一刻，也無法冷漠以對。

「蕨毛，」她開口，「火心跟我說，你已準備好收第一位見習生了。你來教導褐掌。」

蕨毛看來就跟他的新見習生一樣興奮，他上前一步，褐掌跑過來見他。

「蕨毛，」藍星繼續說，「你是一位忠誠、謹慎的戰士，請盡力將這些優點教給褐掌。」

蕨毛和褐掌互碰鼻子，退到空地邊緣，藍星轉向火心。

「既然雲尾已成為戰士，」她繼續說，「你又可以收新的見習生了。你來教導棘掌。」

她凝視著火心的雙眼閃閃發亮，火心在一陣驚恐中發現，他自告奮勇教導虎星的兒子，藍星已對他的動機有所懷疑了。火心盡可能堅定地迎向族長冰冷的目光。無論藍星怎麼想，他知道自己的動機是保護雷族。

棘掌走向他的導師，火心在圍成一圈旁觀的族貓中央與他碰面。他注視著這隻年輕小貓的眼睛，裡面那股熊熊燃燒的熱切令火心激動又震撼。

他會成為怎麼樣的戰士啊！火心想，暗自對自己說，**如果他不是虎星的兒子就好了！**

「火心，你有旁人少見的勇氣，而且思考敏捷，」藍星說，她瞇起眼睛，「我相信你會把你知道的一切傳授給這位年輕的見習生。」

火心低下頭，跟棘掌碰了碰鼻子，在帶這名新見習生回空地邊緣時，棘掌問道：「火心，現在要做什麼？我要學所有的事——打鬥、狩獵和有關其他貓族的一切……」

儘管心有疑慮，火心還是不得不承認，棘掌顯然一點也不知道他的導師與父親之間的恩怨。這都要感謝金花，她正坐著凝望他們，臉上的表情高深莫測。火心猜想，她對他選擇訓練虎星的兒子，一定不太高興。要是被虎星發現了會怎樣？他感覺得出暗紋正在密切注意自己，火心很清楚，在下次大集會前——或者根本不用等到下次大集會——這位黑灰色戰士就會把消息傳給虎星。

「那些你都會學到的，」火心對這位熱切的見習生保證，「明天我們就跟蕨毛和你姐姐把整個領土走一圈，你會學到邊界在哪裡，以及如何識別各個貓族的氣味。」

「太棒啦！」棘掌發出興奮的尖叫。

「可是現在呢，」藍星宣告集會就要結束了，火心繼續對他說，「你可以去認識一下其他的見習生。別忘了你今晚就要睡在他們的窩裡。」

他揮了揮尾巴，告訴他可以走了。只見棘掌一溜煙衝到姐姐身旁，其他貓逐漸圍上來恭喜他們，用新的見習生名字叫他們。

火心看著他們，同時發現灰紋起身朝自己走來，走過沙暴身邊時，火心聽到那隻淡薑黃色母貓說：「灰紋，你難道不擔心自己沒見習生嗎？」

「是有一點。」灰紋回答。他語帶尷尬，邊說還邊用眼角瞄了火心一眼，「不過我現在還不能收見習生，有一半族貓還沒接納我呢。」

「那麼那一半就都是蠢毛球。」沙暴宣稱，在灰毛戰士的耳朵上舔了一下。

灰紋聳聳肩。「我知道我必須證明自己的忠誠，才能再收見習生、當導師。妳很快也會有見習生的。」彷彿看透她的心思似地，灰紋又加了一句：「等柳皮的孩子準備好就行啦。」

沙暴臉上閃過不悅的神情。火心不知道自己是不是該試著再跟她談談，但當她瞥見火心遲疑著走近，馬上轉向灰紋，大聲地說：「走吧，我們去看看還有沒有剩下什麼食物。」

火心愣在原地，難過地看著沙暴站起身，帶頭走向獵物堆。灰紋跟了過去，擔憂地回頭看了火心一眼。

看到沙暴不理自己，苦澀的失落湧了上來。不管他多麼努力想修好與沙暴的親密關係，似乎都不成功，他非常想念她，心裡的那種寂寞是身邊任何一隻貓都無法撫慰的。

第二十一章

「保持足夠的距離，」蕨毛出聲警告，「這裡很危險。」

他和火心帶著各自的見習生站在轟雷路旁，棘掌和褐掌聞到一股苦味，皺起了鼻子。

「我看一點也不危險嘛。」棘掌說。他試探地伸出一隻腳，踏在漆黑的石子路面上。

就在這時，火心感到地面震動起來，怪獸大吼著接近。「快回來！」火心咆哮著。

棘掌趕緊跳回安全範圍內，疾閃而過的怪獸帶起一陣又熱又臭的風，吹打在他的毛上，嚇得他渾身發抖。

褐掌震驚地睜大雙眼。「剛才那是什麼？」她說。

「是怪獸，」火心解釋，「牠們肚子裡還裝著兩腳獸。但牠們從不會離開轟雷路，所以只要保持距離——你們就安全了。」他嚴厲地看了棘掌一眼。「當一位戰士告訴你該怎麼做的時候，你就照著做。要問問題可以，但請事後再問。」

棘掌點點頭，扭動著四腳，「對不起，火心。」

他已從驚嚇中恢復了；火心不得不承認，就算其他年長的貓，距離怪獸這麼近，也會嚇得不知所措。從他們一早離開營地以來，棘掌表現得一直很勇敢、好奇，而且學得很積極。

沙暴、灰紋和白風暴已出發負責黎明巡邏，火心和蕨毛則帶著兩位見習生將領土走上一遍。火心躡手躡腳、更加小心地沿著這條陰影幢幢的熟悉小徑走，害怕隨時會跟森林裡那個黑暗的東西碰個正著。

他必須離蛇岩遠一些，因為不想讓兩位新的見習生在那個受詛咒的地方冒險。他心裡很清楚，再過不久他就必須想辦法對付在林中出沒的那個東西，但他還在等無容康復得夠好，能告訴大家究竟是什麼東西攻擊她。火心心底深處忍不住懷疑，就算他們知道，他手下的戰士是不是有辦法對付？

「那是什麼？」褐掌揮動尾巴，指著轟雷路另一邊的森林。

「那是影族的領土，」蕨毛告訴她，「妳聞得出他們的氣味嗎？」

一陣涼爽的微風吹來影族的氣味。棘掌和褐掌都張開嘴巴去品嘗。

「這味道我們以前聞過嘛。」褐掌宣稱。

「是嗎？」蕨毛震驚地看了火心一眼。

「上次暗紋帶我們到邊界去跟我爸見面。」棘掌解釋。

「我看到他們了。」火心想讓蕨毛明白他已經知道這件事，「我想我們不能怪虎星想見他們。」他又說，強迫自己慈悲一點。

蕨毛沒有回答，隱約露出擔心的神情，似乎跟火心一樣，對虎星與這兩隻雷族小貓的關係有些疑慮。

「我們現在可不可以去找我爸？」褐掌熱切地問。

「不行！」蕨毛大驚，「不同族的貓不能擅闖別族的領土。如果我們被影族的巡邏隊發現，會惹出大麻煩的。」

「要是我們說虎星是我們的父親就不會，」棘掌堅持，「上次他就想見我們。」

「蕨毛已經說過不行了，」火心斥責，「你們當中如果有誰敢跨越邊界一步，被我抓到，我就砍掉你們的尾巴！」

褐掌往後跳開，似乎以為火心立刻就要實踐這項命令。

棘掌琥珀色的眼睛在火心臉上搜尋了幾秒鐘。「火心，」他猶豫地開口，「這裡面有祕密對吧？為什麼其他貓都沒有對我們說過我們父親的事？他為什麼要離開雷族？」

火心望著這位見習生，實在想不出辦法避開這麼直接的問題。很久以前，他就答應過金花，要把真相告訴她這兩個孩子，但他一直希望能有更多時間好好去想該怎麼說。

他與蕨毛迅速交換了一個眼神，這位年輕戰士低聲說：「如果你不告訴他們，其他貓也會說。」

火心知道他說得沒錯。時候到了，是他該實現對金花所做的承諾了。他清了清喉嚨，說：「好吧。我們找個地方坐下，我來告訴你們。」

他退到轟雷路幾個兔子跳的距離外，來到蕨叢間的一塊低地，這些蕨葉在禿葉季白霜的侵蝕下發黃斷裂。兩位見習生跟著他走，睜大好奇的雙眼。

火心先確定四周沒有狗味，才在一塊乾草上坐定，四腳收攏在身體下。蕨毛留在山坡頂上守望，提防狗或近在眼前的影族領土可能出現的危險。

「在我把你們父親的事說出來以前，」火心開口，「我要你們記住，雷族以你們為榮。你們將來都會成為非常優秀的戰士，而我待會兒要說的話也絕不會改變這一點。」

聽到這話，兩位見習生從好奇轉為不安。火心知道他們一定在猜接下來會聽到什麼故事。

「虎星是一位了不起的戰士，」他繼續說，「他一直想成為族長。他在離開雷族以前，曾當過副族長。」

棘掌的雙眼發出興奮的光。「等我成為戰士，我也想當副族長。」

火心全身的毛都豎起來，這位見習生也表現出跟虎星一樣的野心。「安靜點，聽我說。」

棘掌聽話地點頭。

「我剛才說過，虎星是了不起的戰士，」火心繼續說，在寒冷的空氣裡吐出每一個字，「但我們跟河族因為爭奪陽光岩打了一場架，虎星利用那場戰役殺了紅尾，也就是當時雷族的副族長。他把過錯推到一位河族戰士身上，但我們後來發現了事情的真相。」

他停了一下。兩位見習生凝望火心的眼神裡，充滿了疑惑與驚恐。

「你是說……他殺了自己族裡的貓？」褐掌聲音發抖。

「我不信！」棘掌絕望地大喊。

「是真的，」火心說。他盡一切努力，遵循這兩隻小貓的母親所堅持的方式，公正地說出他們生父叛族的事，並且不使他們對自己出生的雷族感到疏遠，「虎星希望他能取代紅尾成為副族長，但藍星選的卻是另一位叫獅心的戰士。」

「虎星不會也把獅心給殺了吧？」棘掌顫抖地問。

「不，沒有。獅心死於跟影族的一場戰役，後來虎星當上副族長，但他卻不滿足。他想當的是族長。」

火心又停了一下，思考到底該說多少。他決定不要說出煤皮在虎星為藍星布下的陷阱中受傷，以及虎星試圖謀殺他的事，免得這兩位見習生承受不了。

「他從森林裡找來一群無賴貓，」他繼續說，「他們攻擊了雷族，虎星想把藍星殺掉。」

「殺掉藍星！」褐掌倒吸了口氣，「但她是我們的族長呀！」

「虎星認為自己應該取代藍星，」火心解釋著，盡量讓自己用中肯的語氣說話，「後來雷族將他放逐，他就加入了影族，並當上他們的族長。」

兩位見習生互看著對方，不發一語。「所以我們的父親是叛徒？」棘掌小聲地說。

「嗯，對，」火心回答，「我知道你們很難接受這件事。就像我剛才說過的，只要記住你們兩個都應該為身為雷族的一員而驕傲，以及雷族上下都以你們為榮就好。你們不需要為父親所做的事負責，你們將成為了不起的戰士，對雷族和戰士守則忠心不渝。」

「可是我們的父親不忠心，」褐掌說，「這表示他是我們的敵人？」

火心看到她眼神中的恐懼。「每個貓族都會優先考慮自己的族，」他溫柔地告訴她，「所謂的效忠就是這麼一回事。妳父親現在效忠影族，這跟你們必須效忠雷族是一樣的。」

接下來是幾秒鐘的沉默，然後褐掌坐了起來，迅速舔了幾下胸前的毛。「謝謝你告訴我們這些，火心。你說族裡其他貓也以我們為榮，這……是真的嗎？」

「是真的，」火心向她保證，「別忘了，雷族在你們剛生下來時才發現這一切，但從沒有誰想要懲罰你們，對不對？」

褐掌感激地對他眨眼。火心看了棘掌一眼，看到他從蕨葉捲鬚的隙縫間仰望天空，那雙琥珀色的眼睛看不出任何表情。

「棘掌？」火心不安地叫喚著，這隻年輕的小貓沒有回答。火心想安慰他，於是又說：「好好努力，效忠雷族，沒人會把你們父親做的事怪罪到你們頭上。」

棘掌轉過頭看著他的導師，眼裡帶著火心曾在虎星眼裡看過的那股熊熊恨意。他看起來像極了他父親。「但事情並不是那樣，對吧？」他咬著牙說，「你就怪過我們。我才不管你現在怎麼說，但我見過你看著我的樣子。你認為我也會跟他一樣變成叛徒，不管我做了什麼，你永遠也不會信任我！」

火心呆望著他，無法否認他的指控。好一陣子，他完全不知道該說什麼，在他遲疑的時候，棘掌跳起來，一股腦地衝進蕨叢，跑上山谷頂端蕨毛等候的地方。褐掌畏懼地看了火心一眼，也匆匆跟在她弟弟後頭。

火心聽到蕨毛說：「準備走了嗎？我們就沿著邊界一直走到四喬木吧。」他停頓一下，張口喊著：「火心，你好了沒？」

「來了。」火心回答。他心情沉重地站起身，跟著兩位見習生走。他果真對他們解釋清楚忠誠的涵意，還是只成功地把他們推離雷族、推離自己？

⚡⚡⚡

在跟蕨毛帶著兩位見習生回到領土途中，火心一直在注意林間是否有任何神祕惡靈的跡象，但他什麼也沒發現。沒有特殊的氣味，也沒有散落的獵物蹤跡。那個莫名的惡靈又消失無蹤了，而不知為什麼，這讓火心更加害怕。究竟是什麼東西能帶來這麼大的破壞，然後又像從沒出現過似地消失在森林深處？

我一定要盡快跟無容談談，他決定。這個惡靈仍在追獵族貓，而他很清楚，遲早又會有族貓落入魔掌。

第二天一早，火心就來到空地，發現黎明巡邏隊已經準備出發。灰紋和沙暴在金雀花隧道口等候，塵皮則呼喚著見習生窩裡的灰掌同行。火心趕忙往入口走去，但他還沒趕到，就聽到沙暴大聲對灰紋說：「我等得不耐煩了，我到深谷頂端跟你們碰頭吧。」她看了火心一眼，轉過身，頭也不回地走了。

火心難過得差點頭暈，他在金雀花隧道口停下，嘗著沙暴離開前的氣味。

「再給她一點時間，」灰紋說，用鼻子在火心肩上輕碰著，「她會回心轉意的。」

「我不知道。自從上次跟風族會面……」

他在塵皮和灰掌跑上前時住了口，退後，讓其他巡邏隊員去追沙暴。至少，火心告訴自己，塵皮對灰紋歸來一事似乎不再介意，甚至還願意跟他一起去巡邏。或許他這位朋友只需要時間，就能再度成為族裡的一份子。

火心穿過空地來到煤皮的窩，無容坐在一塊曬得到陽光的地方，煤皮在她身邊輕柔地替她梳洗。她腰窩的傷口癒合良好，黃白相間的毛也開始長回來。火心愈走愈近，乍看幾乎以為她已完全康復，然後她抬起頭，火心這才第一次看到她沒有覆蓋蜘蛛網的傷臉。

無容的臉頰上有一道剛癒合的傷疤，疤上的裸肉不會再長出毛來，她的一隻眼睛不見了，一隻耳朵縮小成可憐兮兮的幾塊肉，火心發覺「無容」這個名字取得實在很貼切。他還記得她以前慧黠、活潑的模樣，怒火在他的肚子深處燃燒，他一定要想辦法把那個惡靈趕出森林！

火心走近時，無容發出一聲微弱的嗚咽，縮著身體緊靠著雲尾。

「別怕，」雲尾溫柔地說，「是火心啦。」雲尾抬頭望著這位前導師，解釋著，「你從她看不見的那邊走來，這樣她會害怕。但她現在已經愈來愈好了。」

「沒錯，」從窩裡出來的煤皮也附和著。她一跛一跛地走向火心，以免被無容聽見他們的對話，然後她說：「老實說，我已經幫不了她什麼忙了。她現在只需要時間恢復元氣。」

「還要多久？」火心問，「我必須跟她談——雲尾也該恢復戰士勤務了。我知道沙暴在狩獵巡邏時會需要他幫忙。」他同情地望了這個外甥一眼，欽佩他對無容表現出的忠貞。

煤皮聳聳肩。「無容何時該搬離我的窩，只能讓她自己決定。你有沒有想過以後她該怎麼過活？」

火心搖搖頭。「正式說來，她是戰士……」

「你認為她在你們戰士窩那群惡貓中間會快樂嗎？」煤皮惱怒地喵了一聲，「她還需要別人照顧耶！」

「我想她可以去跟長老住，至少在她恢復健康以前。」說話的是雲尾，他走到火心和巫醫身邊。「斑尾仍在長老窩裡為小雪的事難過，叫她照顧另一隻貓會讓她好過些。」

「這真是個好主意。」火心興奮地說。

「我不確定，」煤皮反對，「斑尾會怎麼想？你也知道她既敏感又自豪，她不會喜歡你這麼多事，要她不去想小雪的死。」

「斑尾的事就交給我吧，」火心說，「我會告訴她，是她在幫我照顧無容。」

「這樣可能行哦，」雲尾也同意，「等無容好一點，就能幫忙照顧長老，替見習生們分攤一些工作。」

「我們去問她的意見。」雲尾說。他退回無容身邊，在她身上靠了靠。「無容，火心想跟妳談談。」

火心跟了過去。「無容，我是火心。」她把被毀容的側臉緩緩轉向他，「妳願不願意去跟長老們住一陣子？」他提議，「有妳幫忙照顧他們，會讓我放心不少——目前見習生們要做的事已經夠多了。」

無容緊張地跳了一下，用那隻完好的眼睛看著雲尾。「我不必接受吧？我又不是長老。」

雲尾把鼻子湊近她受傷的側臉。「誰也不會強迫妳做妳不想做的事。」

「但如果妳願意，那就幫了我一個大忙，」火心迅速補充，「斑臉還在為小雪的事難過，如果有年輕又充滿活力的貓在她身邊，她會覺得好過些。」看到無容仍有些遲疑，火心又說：「只住到妳恢復體力為止。」

「等妳康復了，我會訓練妳，」雲尾也說，「我很確定妳可以用完好的那隻眼睛和耳朵狩獵，只需要練習一下就行了。」

無容的眼睛開始閃著希望的光，她緩緩點頭。「好吧，火心。如果這是能用得上我的最好辦法，那我就答應。」

「絕對是的，我保證。還有，無容，」——火心在她身旁趴下，安慰地舔了她一下——「關於那天森林裡的情形，妳有沒有什麼事可以告訴我？有沒有看到是什麼東西攻擊妳？」

無容臉上一閃而過的信心消失了，她又縮回去緊靠著雲尾。「我不記得了，」她嗚咽著，「對不起，火心。我不記得。」

雲尾安慰地舔著她的頭。「別怕，妳現在不必多想。」

火心想隱藏住自己的失望。「沒關係，如果妳想起什麼來，就立刻告訴我。」

「我可以告訴妳一件事，」雲尾咆哮著，「等我們找出是誰這樣傷害她，我絕對要宰了他們。我向妳保證。」

第二十二章

滿月在幾縷雲絲後方移過天際，藍星率領戰士往大集會前進。火心還是很不安，儘管藍星已經對星族宣戰，她仍堅持要親自前往。「由你率領全族，我怎能放心呢？」在他問她該帶哪幾位戰士同行時，她這麼質疑這位副族長。火心只能服從地點點頭，知道族長這麼確信他是叛徒，仍讓他心裡一痛。

他也不太肯定是不是該讓灰紋參加，但灰紋不斷懇求他批准。「拜託啦，火心！這樣我才能得到小羽和小暴的消息啊。」他說。火心知道，在陽光岩一戰過後，這麼快就讓灰紋現身在大集會裡，只會招來河族的敵意，因此他原本期待藍星會拒絕這項要求，沒想到這位雷族族長只是不屑地揮了揮尾巴。「讓他來吧，反正你們都是叛徒，又有什麼差別呢？」

現在火心和其他雷族戰士一起，跟著藍星走下山坡。進了山谷，他最先看到的是虎星和豹星並肩而坐，讚賞地看著各自的一群見習生互相嬉鬥。看到這兩隻貓在一起，火心全身寒毛直豎。他仍沒有證據證明虎星正盤算對他曾經隸屬的雷族展開報復，但吃了陽光岩那場敗仗的豹星卻肯定是不懷好意。

「你把手下的貓帶得很不錯哦，」豹星對身旁這位同為族長的友人說，「他們都是強壯年輕的貓，打鬥的技巧都很紮實！」

虎星胸膛裡響起隆隆的呼嚕聲。「我們是有不少進展，」他表示同意，「但該努力的地方也不少。」

一對扭打中的見習生滾到兩位族長腳邊，豹星向後挪動，讓出空間給他們。火心想，這些年輕的影族貓的確很健壯，讓人簡直不敢相信他們曾經是受到那場疾病侵襲、差點死掉的病貓。他不安地跟灰紋交換眼神，他很肯定，雷族遲早會在戰場上面對這群厲害的戰士。

虎星一聲令下，兩位見習生停止嬉鬧，坐起來舔平身上亂翹的毛。兩位族長開始往巨岩走去。火心看見藍星已在巨岩下方等候，但卻沒看到風族族長高星。

雷族貓散開來，與別族的戰士見面，火心發現灰紋匆匆跑向一隻肥胖、蕨葉毛色的母貓，她身上有河族的氣味。火心看著他的朋友，感到一陣焦慮。儘管灰紋因為孩子在河族而將一半的心思放在那裡，他也絕對相信灰紋對雷族的忠誠，但灰紋這麼急切地去找河族貓談話，如果被其他雷族戰士看到，他一定會被抨擊的。

「苔皮，妳好嗎？」灰紋向這隻母貓打招呼，「小羽和小暴過得如何？」

「小羽和小暴啊，」苔皮驕傲地回答，「他們剛當上見習生哦！」

「太棒啦！」灰紋黃色的眼睛閃著光芒，他轉向火心，「聽到沒？我的孩子現在是見習生了。」他看了看四周。「他們沒來呀？」

苔皮搖搖頭。「他們才剛成為見習生，還不能來，也許下次吧。我會告訴他們說你問起他們，灰紋。」

「謝謝，」灰紋的興奮消失了，取而代之的是焦慮，「那場打鬥之後我沒回去，他們是怎麼想的？」

「他們知道你沒死，就放心了，過得還不錯。」苔皮回答，「拜託，灰紋，大家都不意外，每隻河族貓都知道你終究會回去的。」

灰紋驚訝地眨眼。「真的嗎？」

「真的。你一有時間就在邊界附近徘徊，不然就是望著河對岸；還對孩子們說了一大堆你和火心還是見習生時做過的事……要看出你的心從沒離開過雷族並不是難事。」

灰紋又眨起眼。「抱歉，苔皮。」

「沒什麼好抱歉的，」苔皮爽快地回嘴，「你可以放心，你的孩子會受到細心的照顧。我會看好他們，霧足和石毛負責教導他們。」

「是嗎？」灰紋的雙眼又亮了起來，「太好啦！」

火心覺得難以置信。霧足和石毛都是出色的戰士，他卻猜不透他們為什麼願意教導灰紋的孩子。霧足以前是孩子生母銀流的好友，所以還說得過去，但當他說出藍星是他們的生母時，她和她哥哥顯得非常不友善。火心很意外他們竟然會想帶有一半雷族血統的小貓。還是，他們想把孩子們教導成讓他們對自己生父那一族特別有敵意？

「你會告訴他們，說我非常以他們為傲，對吧？」灰紋急切地問苔皮，「還要提醒他們乖乖照導師的話去做。」

「當然會，」苔皮發出安慰的呼嚕聲，「我知道霧足會幫你跟他們保持聯繫的。豹星可能不喜歡這點，不過……反正她不知道這件事對她也沒什麼危害。」

火心很懷疑，在她拒絕藍星以後，霧足可能不會想再跟雷族有任何瓜葛。他懷疑她將比以前更效忠河族，以及認同那隻她一直當成生母的母貓，灰池。

「謝了，苔皮，」灰紋說，「我不會忘了妳所做的一切。」他看了看四周，巨岩上方傳來一聲吼叫，表示大集會即將開始。

火心轉過身，看到四位族長都已聚集，站著凝望下方的貓群，皮毛在月光下閃閃發亮。他並沒仔細聽族長們的開場白，而在猜測藍星是不是會提及疾掌和無容遭襲擊的事，以及其他族長是不是也碰到類似的情況。火心還真希望他們也有類似的經驗，因為這樣就證明了森林裡的黑暗力量並非僅僅針對雷族，也不會是星族派來懲罰藍星對祂們提出的挑戰了。火心不禁認為，情況實際上比星族的懲罰還要嚴重，那是一片籠罩整座森林的大陰影，它不懂戰士守則，還將貓視為獵物。

高星說完話，虎星踏步上前。他簡短地描述了影族培訓計畫的進展，以及有一窩小貓出生、三位見習生當上戰士。「影族又強大起來了，」他這麼說，「我們已準備好完全參與森林裡的生活。」

火心猜測，這是不是表示他們準備攻擊鄰居了呢？他的心不斷往下沉，等著虎星提到領土擴張的事，但這位影族族長停止發言，凝望著下方聚集的貓，好像有什麼重要的話想說。

「我有一個請求，」他開口，「你們當中有不少貓知道我離開雷族時，我的兩個孩子還在育兒室。當時他們還太小，不適合旅行，我也很感激雷族對他們的照顧。但現在他們該回到真正隸屬的族裡跟我團聚了。藍星，我要求妳把棘掌和褐掌交還給我。」

虎星的話還沒說完，雷族戰士就發出抗議的吼叫，反而是火心震驚得說不出話來。他一直擔心虎星不會滿足於只在大集會時與孩子見面，卻沒想到他竟公開要求將兩個孩子交給影族。

藍星站了起來，等到嘈雜聲停下來才開口。「絕對不行，」她說，「他們是雷族的。他們現在已經是見習生了，將來也會一直待在屬於他們的雷族。」

「待在雷族？」虎星語帶挑釁，「我可不這麼想，藍星。孩子應該跟我在一起，由我的戰士來負責他們的見習生訓練。」

火心想，從這個論點來看，灰紋的孩子就該返回雷族，不過他猜藍星並不想重啟與河族的這場爭論。他欣慰地看到藍星並沒有輕易讓步。「虎星，你這樣考量是很自然，但你可以放心，這兩個孩子在雷族會獲得最精良的訓練。」

虎星又沉默了一會兒，目光掃過空地；當他再度開口，說話對象不只是藍星，而是所有旁觀的貓。「雷族族長告訴我，我的孩子會在她的監督下接受訓練——但雷族顯然對照顧年輕的貓很不在行。他們有隻小貓被老鷹叼走了，一位見習生遭到攻擊死亡，另一隻則永久傷殘，因為這些貓被派出去卻沒有戰士陪同。我替自己的兩個孩子擔心，這有什麼好奇怪的？」

空地上響起一片驚呼。火心抬頭望著影族族長。虎星怎麼知道疾掌和無容的事？消息不可能這麼快就傳到影族，除非……是暗紋！火心邊想邊憤怒得屈伸著爪子。那個圖謀不軌的戰士一定是馬上就跑去找虎星，把什麼都一股腦地說了出去！

怒不可抑的火心錯過了藍星的回答，等他再度回過神來，說話的又是虎星了，「我看不出這有什麼困難，」他流利地回應，「畢竟，這也不是雷族第一次把小貓交給別族，不是嗎？藍星？」

恐懼緊抓住火心的肚子，虎星拐彎抹角地指涉霧足和石毛。灰池誤把他們在雷族出生的事告訴虎星。火心暗暗感激星族，虎星並不知道這兩個孩子的名字，也不知道他們的母親是誰。但虎星知道的這一點點事實，卻已遠比其他雷族貓知道的還多。

火心斜瞄了坐在幾條尾巴外的石毛一眼。這隻藍灰色的公貓站了起來，抬起頭凝望巨岩。火心發覺，他的目光不在虎星身上，而是直視著藍星，眼神裡只有恨意。

火心把爪子插進地裡，等著雷族族長回答。他看得出她有多麼震驚，等她總算開口回答，吐出的每個字都像尖刺般哽在她的喉嚨裡。「過去的已經過去，我們必須以個別情況來考量。虎星，我會仔細考慮你說的話，並在下次大集會時給你答覆。」

火心懷疑虎星會贊成還要等上一整個月，沒想到這位影族族長點了點頭，退後一步。「很好，」他同意，「就一個月——但再久就不行了。」

第二十三章

火心小心翼翼地穿過大松林，往兩腳獸的窩走去。前一天晚上才下過大雨，泥濘和燒焦的殘幹黏在腳上，他的感官全都警醒著，不是為了捕捉獵物，而是要尋找森林裡那股黑暗的威脅，就怕它會突然出現，攻擊他手下這一小群貓，就像它攻擊疾掌和無容。

那隻受傷的母貓現在就跟在火心身後，雲尾在她旁邊，灰紋在最後，以提防有敵人從後方攻擊。他們在前往探訪雲尾母親公主的途中，而這位年輕戰士堅持要帶無容同行。

「妳遲早要離開領土，」他說，「放心，我們不會靠近蛇岩，我會保護妳的安全。」

無容這麼信任雲尾，讓火心深感訝異。冒險離開領土的庇護顯然讓她驚懼不已，腳下每一個枯葉碎裂聲都會讓她嚇得跳起來。然而她繼續往前走。火心似乎又看到以往她還是亮掌時的勇氣。

當兩腳獸花園盡頭的圍欄映入他們眼簾

時，火心用尾巴示意大家停下來。她看不到公主，於是張嘴嘗了嘗空氣，聞到了她的氣味。

「在這裡等一下，」火心對另外三隻貓說，「繼續觀察，有危險就叫我。」

他再次檢查以確保沒有狗或兩腳獸的新鮮氣味，然後才朝那片空地疾衝而去，跳上公主的圍欄。花園樹叢間有個白影一閃而過，他提高警覺，不久他妹妹就出現了，公主在溼漉漉的草地上小心翼翼地走來。

「公主！」他低聲喊道。

公主停下腳步，抬頭探望。一看到火心，她就跳過圍欄，趕到他身邊。

「火心！」她發出呼嚕聲，身體靠向他，「真高興看到你！你好嗎？」

「我很好，」火心回答，「我給妳帶來幾位訪客——妳看。」

他用尾巴指著蜷伏在樹林邊緣的三隻貓。

「是雲掌！」公主高興地喊，「可是其他幾隻貓是誰啊？」

「那隻灰毛大公貓是我的朋友灰紋，」火心告訴她，「妳不必害怕——他體型雖大，個性卻很溫和。至於另一隻貓——」他縮了一下，「叫做無容。」

「無容！」公主重複著，睜大了雙眼，「這名字真可怕！為什麼要這樣叫她呢？」

「到時候妳就知道了，」火心嚴肅地說，「她受過重傷，所以要對她溫柔一點。」

他跳下圍欄，公主遲疑了一陣子才跟過去，來到另外三隻貓等候的地方。

雲尾拋下灰紋和無容，跑出來跟母親相見，他們互相碰著鼻子。

「雲掌，我好久沒見到你啦，」公主呼嚕著說，「你看起來好極了，又長高了吧？」

「現在妳要叫我雲尾了，」她兒子宣稱，「我是戰士了。」

公主發出欣喜的小小顫音。「已經當戰士了？雲尾，你真讓我驕傲！」

這隻虎斑貓熱切地問起兒子在貓族的生活，但火心並沒忘記危險可能就在附近。「我們不能久留，」他說，「公主，妳有沒有聽說森林裡有隻迷路的狗？」

公主轉向他，睜大雙眼，露出害怕的神情。「狗？沒有，我沒聽說。」

「上次我和沙暴在大松林遇見妳時，那些兩腳獸想找的東西應該就是狗，」火心繼續說，「我想妳不該再單獨走進森林了，至少最近不要，太危險了。」

「但你們就一直待在危險陰森的地方，」公主聲音裡的苦惱增加了，「噢，火心……」

「妳什麼都不必擔心。」火心刻意讓自己聽起來更有信心一點，「只要待在花園裡，那隻狗就不會來煩妳。」

「可是我擔心火心和雲尾你們啊。你們沒有巢穴可以——噢！」

公主這時才看到無容受傷的側臉，忍不住尖叫了一聲。無容聽到尖叫，身體在地上壓得更低了，不安的情緒在一身豎起的毛上表露無遺。

「過來見見無容。」雲尾邊說邊嚴厲地瞪了他母親一眼。

公主緊張地上前幾步，來到灰紋和無容等候的地方。灰紋對她點頭打招呼，無容則用那隻完好的眼睛凝望著她。

「噢，我的天啊，妳出了什麼事？」公主衝口而出，腳掌在地上磨蹭。

「無容去跟那隻狗交手，」雲尾回答，「她實在很勇敢。」

「那隻狗把妳弄成這副模樣？噢，可憐的孩子！」公主的眼睛睜得更大了，把無容臉上恐怖的傷痕看進眼底——慘遭蹂躪的臉、只剩一隻眼睛，和被撕成條狀的耳朵，「同樣的事也可能發生在你們其中任何一隻貓身上……」

火心咬緊牙齒，他妹妹把所有不該說的話都說了。無容凝望著她，剩下的那隻眼睛滿是深刻的悲傷。雲尾靠向她，用鼻子輕碰她、安慰她。

「我們該回去了，」火心決定，「雲尾只是想把這個消息告訴妳，妳最好快回花園。」

「好——好，我會的。」公主退開，目光仍望著無容，「你會再來看我吧，火心？」

「我會盡快過來的。」他答應她，在心裡暗暗加了一句：**我還是自己來就好**。

公主又退開幾步，然後轉身衝向圍欄，一溜煙爬上頂端，在上面稍停了一會兒，簡短說了一句「再見！」就消失在安全的花園裡。

雲尾呼出一口長氣。「還真順利啊。」他酸溜溜地說。

「也不能怪公主啦，」火心告訴他，「她並不明白貓族的生活是怎麼一回事，她只看到最糟糕的一面，而她並不喜歡。」

灰紋嘀咕著：「對一隻寵物貓還能期待什麼？我們回家吧。」

雲尾輕柔地用鼻子推了推無容，這隻年輕的貓站了起來，膽怯地說：「雲尾，公主看我的樣子好像很害怕，我想要——」她停止說話，嚥了一口口水才又開口，「我想要看看自己，這附近有沒有什麼池塘可以讓我看到自己？」

火心深深替這隻年輕的母貓感到悲傷，同時欽佩她想面對自己的勇氣。他的目光落向雲尾，有意讓這隻年輕的貓來決定接下來該怎麼做。

雲尾往四周看了一會兒，然後用鼻子推了推無容的肩膀。「跟我來。」他說。他帶她來到一棵樹的樹幹間，前一天夜裡下的大雨在這裡積成一個小水池。他推著這隻黃白母貓來到閃爍的池水邊緣，兩隻貓一起往下凝望。看著水中倒影的雲尾毫不退縮，火心覺得很感動。

無容望著水面，動也不動地站了好一會兒。她的身體僵硬，一眼圓睜。「我終於知道了，」她低聲說，「為什麼其他貓看到我會覺得不舒服。」

火心看著雲尾將她從可怕的倒影上轉開，用緩慢而輕柔的舔拭她受傷的側臉。「我覺得妳還是很美麗，」他告訴她，「永遠都這麼漂亮。」

火心的心幾乎滿滿是對這隻年輕母貓的同情，以及對雲尾鍾愛無容的欽佩；他走向他們，開口說：「無容，妳的外表怎麼樣並不重要，我們還是妳的朋友。」

無容感激地對他點點頭。

「無容！」雲尾突然氣呼呼地喊著，語氣裡的恨意嚇了火心一大跳，「我真討厭這個名字，」他咬著牙說，「藍星有什麼權利讓每隻貓在叫她的時候，都在提醒她曾經發生過的事？哼，我不要再用這個名字叫她了。如果藍星反對，就……就叫她去吃蝸牛好了！」

火心明知他應該出言指責這位年輕戰士的無禮，卻什麼也沒說。他不是不認同雲尾的說法，「無容」的確是個殘忍的名字，象徵著藍星與星族的持續對抗，完全沒顧及要承受此名的貓的感受。但這個名字已經在星族見證的命名儀式中給了這隻黃白母貓，火心也無能為力。

「我們要在這裡站一整天嗎？」灰紋問。

火心深深嘆了一口氣。「不，我們走吧。」他和戰士終有一天必須面對在他們領土裡把貓當成獵物的那個東西。

⚡⚡⚡

火心夢到他走在新葉季的林間空地上，陽光從樹木間灑下，隨著樹葉在微風中搖擺，光與影斑駁交織出的圖案也躍動著。他停下腳步，張開嘴要嘗空氣，隱約嗅出一絲熟悉的甜香，一陣快樂的顫抖流過他全身。

「斑葉？」他輕聲地說，「斑葉，妳在嗎？」

好一會兒，他以為自己看到一對閃亮的眼睛從蕨叢深處望著自己，溫暖的氣息撫摸著他的耳朵，一個聲音輕聲說著：「火心，記住那些永遠不睡的敵人。」

然後那個影像消失了，火心醒來發現自己在戰士窩裡，禿葉季白晝的冰冷光線穿透樹枝，照在他身上。

火心仍緊抓著最後幾段夢境不放，伸了個懶腰，抖落毛上的幾塊苔蘚。距離斑葉第一次警告他要「留心像在睡覺的敵人」，已經過了好幾個月，那是虎星率領那群無賴貓對雷族領土展開攻擊後不久的事——那時火心還以為放逐那位圖謀不軌的副族長，就能永遠擺脫他的糾纏。

想到虎星，火心就想起最近那場大集會。不用懷疑，這位前任副族長想要回棘掌和褐掌，不管他對藍星怎麼說，火心很肯定他絕不會乖乖等候。火心並不驚訝虎星會提出這個要求，但把兩個孩子交給他是不可能的。送他們離開的確會讓火心鬆了一口氣，從此不需要再感到懷疑和愧疚；但他們是雷族的孩子，戰士守則也要求貓族應該盡一切努力保住族裡的小貓。

聽到身後臥鋪傳出的聲響，火心知道沙暴醒了。他不安地對她投去一瞥。「沙暴……」他開口。

這隻薑黃色母貓瞪了他一眼，抖了抖身體站起來。「我要去狩獵了，」她啐了一口，「你不是就要我這麼做嗎？」說完也不等他回答，就走到窩的另一頭，推了推塵皮。「起來啦，你這個懶毛球，」她叫著，「等你趕過去，所有獵物都老死啦！」

「我去幫妳找雲尾來。」火心連忙提議，閃身出了窩。沙暴顯然不歡迎任何示好。

這一天灰暗寒冷，火心停下來嘗嘗空氣，一滴雨水落在他的臉上。棘掌和褐掌在空地的另一端，跟其他見習生坐在見習生窩外。「棘掌，我待會兒帶你去狩獵！」火心喊。

他的見習生站了起來，點點頭表示聽到，然後又坐下，轉身背對火心，火心嘆了口氣，有時候他覺得似乎族裡的每隻貓都有討厭他的理由。

他走向長老窩，猜想雲尾應該會跟無容在那裡。這隻受傷的母貓雖然已經在長老窩住了幾天，但雲尾仍然一有空就來陪她。長老們住在一棵倒木燒焦的樹洞裡，火心一走過去，果然看到那隻白毛公貓就坐在窩口附近。他的尾巴盤在腳上，溫柔地凝視正在替花尾找蝨子的無容。

「她還好吧？」火心低聲問，放輕聲音以免讓無容聽見。

「當然好。」另一個聲音反駁。

火心轉身看到斑尾。自從小雪死後，她臉上一直掛著的那種哀悽神情已經消失了，脾氣雖然一樣暴躁，但她看著無容時，雙眼卻閃著慈光。「她是很優秀的年輕母貓，你有沒有找出傷了她的究竟是誰？」

火心搖搖頭。「斑尾，有妳照顧她，真的幫了我很大的忙。」他說。

斑尾一陣僵硬。「唔，有時候我怎麼覺得她認為是她得照顧我。」她嚴厲地看了火心一眼，幸好獨眼說話了，火心才逃過必須回答的窘境。

「你有什麼事嗎，火心？」這位淺灰色毛的老母貓停下梳洗，抬起頭發問。

「我來找雲尾，要和他說沙暴準備出發狩獵了。」

「什麼？」雲尾跳了起來，「那你怎麼不早說？要是我讓她等太久，她會把我的耳朵扒掉的！」說完就衝了出去。

「老鼠腦！」斑尾嘀咕著，但火心懷疑她也跟其他長老一樣，很喜歡這位年輕戰士。

向無容和獨眼道別後，火心走上空地，正好看到沙暴領著巡邏隊準備離開。斑臉正在跟他們說再見，驕傲地凝望著雲尾，她的這位養子。

「你會小心吧？」她擔憂地問，「誰也不知道外面有些什麼。」

「妳放心吧，」雲尾親暱地對她揮尾巴，「如果遇上狗，我就把牠當獵物給拎回來。」

巡邏隊在營地入口與正要走進來的長尾擦身而過。這位淡毛戰士像感到寒冷似地全身發抖，雙眼直愣愣地瞪視著前方。火心立刻戒心大起，走過空地去看他。

「怎麼回事？」他問。

長尾打了個冷顫。「火心，有件事我必須告訴你。」

「有什麼問題嗎？」

火心向他靠近，在長尾身上聞到一股不尋常的氣味——轟雷路上的惡臭。那股刺鼻的氣味他絕不會認錯，火心的警戒轉為懷疑。

「你到哪裡去了？」他低吼，「是不是到影族去找虎星了？別想否認，你身上全是轟雷路的臭味！」

「火心，不是你想的那樣。」長尾的語氣充滿擔憂，「對，我是往那邊走，但我並沒有靠近影族，我到蛇岩去了。」

「蛇岩？去那裡幹什麼？」火心不確定自己是否該相信這位暗黑色條紋戰士說的話。

「我聞到那裡有虎星的氣味，」長尾解釋，「最近聞到兩三次了。」

「但你卻沒告訴大家？」火心覺得身上的毛憤怒地豎立，「我們的領土上有別族的貓——他是兇手和叛徒，更糟糕的是，你竟然沒告訴大家？」

「我……我以為……」長尾結結巴巴起來。

「我知道你以為什麼，」火心咆哮著，「你以為，『虎星想做什麼都可以。』你少對我撒謊，你和暗紋從他還在雷族時就跟他站在同一陣線，現在也一樣！把疾掌和無容的事告訴他的，不是你就是暗紋——你別想抵賴。」

「是暗紋。」長尾的腳掌在乾地上磨蹭。

「好讓那個叛徒在大集會時指控藍星疏失，」火心嚴厲地做出結論，「好讓你能幫他從族裡偷走兩位見習生。就是這樣，對吧？你跟虎星盤算要偷走那兩個孩子。」

「不——不，你想錯了，」長尾說，「這件事我一點也不知道。暗紋和虎星經常在轟雷路旁的邊界碰面，但他們並沒有告訴我是為了什麼。」他怨恨地吼著。「總之，這件事跟兩個孩子沒有關係。我到蛇岩是想看看虎星在那裡做什麼，結果卻發現了一件事，你應該要看看。」

火心瞪著他。「你要帶我去蛇岩——而你承認在那裡聞到了虎星？你以為我有那麼笨？」

「可是，火心——」

「住嘴！」火心咬牙說，「你和暗紋一直是虎星的盟友，我為什麼要相信你說的話？」

他轉身大步走開，非常確信長尾和暗紋對自己設了陷阱，就像虎星當初在轟雷路旁對藍星設下陷阱一樣。如果他那麼老鼠腦地跟長尾到蛇岩去，可能就再也回不來了。

他發覺自己的四條腿又把他帶到巫醫的空地。他從蕨叢中穿過時，煤皮從岩石裂縫間探頭出來。

「誰——火心！有什麼事嗎？」

火心等了一下，想控制自己的怒火。

煤皮的藍眼睛在驚駭中睜大，她來到他身邊，把自己灰色的身軀靠在他身上。「鎮靜點，火心。什麼事讓你氣成這樣？」

「還不就是……」火心朝營地中的空地彈了彈尾巴。「長尾。我相信他跟暗紋打算暗算全族。」

煤皮瞇起眼。「你為什麼會這樣想？」

「長尾想誘我去蛇岩，他說他在那裡聞到虎星的氣味，我想他們給我設了陷阱。」

驚慌在這位巫醫臉上蔓延開來，但當她開口時，火心卻沒想到她會說出這些話。

「火心——你知不知道你聽起來有多像藍星？」

火心張嘴要回答，卻說不出話來。煤皮是什麼意思？他一點也不像藍星，藍星荒謬地擔心族裡的每隻貓都想背叛她，還是他真的變了？他強迫自己放鬆，再次放平肩上的毛。

「拜託，火心，」煤皮勸他，「如果他真的跟虎星共謀，想把你帶入陷阱，他何必告訴你他聞到了虎星的氣味？就算是長尾，也不會老鼠腦到那個地步呀！」

「我……我想也是。」火心不情願地承認。

「那你為什麼不去問問他到底是怎麼回事？」看他還在猶豫，煤皮又說：「我知道虎星還在這裡時，長尾和暗紋是他的朋友，但長尾至少現在看起來對雷族是忠心的。何況，就算他真的有意背叛，你不聽他的話也於事無補呀，這樣只是把他更往虎星那邊推罷了。」

「我知道。」火心嘆了口氣，「對不起，煤皮。」

煤皮小聲呼嚕著，跟他碰了碰鼻子。「去跟他談談吧，我跟你一起去。」

火心打起精神，又走上空地，搜尋著長尾。想到自己可能已經把那位黑色條紋戰士趕出去投靠虎星，他忽然感到一陣寒冷；但他很快就在戰士窩裡找到長尾，他跟白風暴窩在一起。

「白風暴，你一定要聽我說，」火心和煤皮走進時，長尾正這麼說，聲音裡帶著真正的恐懼。「火心以為我是叛徒，他一點也不想跟我打交道。」

「唔，看來你是一直跟虎星見面，還把我們族裡的事告訴他。」白風暴明理地說。

「那不是我——是暗紋。」長尾抗議。

白風暴聳聳肩，一副對爭論這個毫無興趣的模樣，「好吧，你說，到底有什麼事？」

「有一群狗住在蛇岩那裡。」長尾衝口而出。

「狗？你看到了嗎？」火心插嘴。兩位戰士抬起頭，看著火心走近，身後跟著煤皮。

「你確定你想聽嗎？」長尾指責火心，「你不是又來指控我有陰謀吧？」

「剛才我很抱歉，」火心說，「告訴我狗的事。」

「是一群狗，火心，」長尾說，「一大夥兒呢。」聽到大夥兒這個詞，火心全身的血都結成了冰，但他沒吭聲，讓長尾繼續說。「我告訴過你，我在蛇岩那邊聞到虎星的氣味。我……我本來是想警告他那裡有危險——我想知道他在雷族領土裡做什麼。唔，現在我知道了。」

「繼續說啊。」火心催他。現在他知道自己錯得多離譜了，長尾真的有重要訊息要報告。

「你知道那些洞穴吧？」長尾說，「我走近洞穴時看到了虎星，但他沒看到我。剛開始我以為他想偷獵物，因為他拖著一隻死兔子，可是他卻把兔子放在洞口外的地上。」他說到這裡，眼中蒙上一層恐懼，彷彿再次看到其他族貓沒看到的事。

「然後呢？」白風暴問。

「然後那……那東西就從洞裡出來了，我發誓那是我這輩子見過最大的狗。把總跟著兩腳獸過來的那幾隻蠢東西忘掉吧，這隻狗大得要命。我只看到牠的一對前腳和頭……血盆大口裡淌著口水，那嘴利齒更是見都沒見過。」長尾在恐怖的回憶中睜大雙眼。

「牠抓起兔子拖回洞裡，」他繼續說，「然後裡面就響起大吼和吠叫聲，聽起來好像裡面還有更多隻狗，全都在爭奪那隻兔子。牠們說的話很難懂，但我想牠們是在說『大夥兒，大夥兒』和『殺，殺』。」

火心全身僵硬，四肢在驚駭中動彈不得。煤皮則低聲說：「那正是我在夢裡聽到的。」

「無容也說過。」火心回答。他終於知道攻擊這隻年輕母貓的恐怖東西是什麼了。他想起星族也曾警告過藍星關於「大夥兒」的事；長尾揭發了森林惡靈的真面目，那把貓變成獵物、把獵人變成獵物的力量。那不是單獨一隻從兩腳獸身邊跑開的狗，而是一大群凶猛的狗。火心想不出來牠們是從哪兒來的，但他知道星族絕對不會放出如此大的破壞力量，並賠上整座森林的平衡，「你說虎星在餵這些狗？」他問長尾，「他到底在想什麼？」

「我不知道，」這位黑色條紋戰士坦承，「他把兔子放下後就跳上岩石了，我認為第一隻狗沒有看到他，然後他就走了。」

「你沒跟他說話？」

「沒有，火心，我沒有。他根本不知道我在，我可以對任何東西發誓——星族、藍星的生命，只要你高興——我真的不知道虎星在搞什麼。」

他的恐懼說服了火心。他一直認定虎星有意偷走小貓，但事實顯然還更複雜。他怎麼會以為這位影族族長會放下對雷族的怨恨？他這才明白對虎星應該更加畏懼才對。虎星似乎跟森林裡的黑暗勢力有所關連，但火心卻不知道虎星到底想利用狗做什麼，也不知道他餵狗會得到什麼好處。

「你認為呢？」他問白風暴。

「我認為我們應該深入調查，」年長戰士一臉的嚴肅，「我只好奇暗紋對這件事究竟知道多少。」

「我也是，」火心同意，「但我可不會去問他。如果他真的跟虎星共謀的話，就絕不會說出對我們有用的訊息。」他向長尾逼近，又開口，「你敢跟暗紋說一個字試試看！離他遠一點。」

「我……我知道，火心。」黑色條紋戰士結巴起來。

「我們還是要找出虎星為什麼願意冒這麼大的險，拿獵物去餵狗群，」白風暴繼續說，「如果你想率領巡邏隊去蛇岩，我跟你一起去。」

火心抬頭打量天色。「今天已經太晚了，」他決定，「等我們抵達蛇岩，天早就黑了，我們明天黎明出發。無論如何，我都要查出虎星究竟在幹什麼。」

第二十四章

火心走出戰士窩後停下腳步，他望著空地上的沙暴，她正伏在一塊蕁麻地上，大口吞吃著一塊食物。他已經選定幾位戰士與他同去蛇岩，但目前為止卻還沒跟沙暴說到話。他很不願意讓她冒生命危險參加這項危險的任務，也怕如果他命令她去，她會拒絕；然而他知道自己不可能不找她一起去。

他深吸了一口氣，走到蕁麻地，在她身邊坐下。

沙暴吞下最後一口松鼠肉。「火心？有什麼事？」

火心低聲告訴她長尾在蛇岩的發現。「我要妳一起去，」他告訴她，「妳跑得快，又勇敢，雷族需要妳。」

這隻母貓轉過一雙綠眼睛盯著他，但火心讀不出她的眼神。

「我需要妳，」怕她就要開口拒絕，火心衝口而出，「就算是看在藍星和全雷族的份上吧！我知道自從我做了阻止與風族開戰的事，我們的關係就不好，可是我信任妳。不管妳是怎麼想我的，請妳看在雷族的份上答應吧！」

沙暴緩緩點頭，露出思索的神情，一小粒希望的種籽開始在火心心裡發芽茁壯，「我知道你為什麼不想跟風族打，」她開口，「坦白說，我認為你並沒做錯，可是你瞞著藍星，不告知其他貓就做出決定，讓我很難接受。」

「我知道，可是——」

「可是你是副族長，」沙暴打斷他的話，伸出一隻腳掌要他別開口，「你肩負著我們其他貓無法了解的責任。我看得出來——在對藍星和對雷族效忠之間做出抉擇，你一定也很痛苦。」她有些遲疑，盯著自己的腳掌，又說：「我也很痛苦。我想效忠戰士守則，也想效忠你，火心。」

火心感動得說不出話來。他探過頭去靠在她身上，高興地發現她並沒有移開身體。她再度抬眼看他，火心覺得自己就要迷失在她深邃的綠色目光裡。「對不起，沙暴，」他輕聲說。「我從沒想過要傷害妳，」他的聲音像蚊子在叫，「我愛妳。」

沙暴的雙眼發亮。「我也愛你，火心，」她輕聲說，「因此當你去問藍星能不能讓蕨毛擔任褐掌的導師時，我才會那麼傷心，我以為你不尊重我。」

「我錯了。」火心的聲音顫抖，「我不知道我怎麼會這麼老鼠腦。」

沙暴發出呼嚕聲，跟他碰了碰鼻子。

「我要妳永遠跟我在一起。」火心聞著她的氣味，高興地感受著她身體的溫暖。他突然覺得要是能夠一輩子都這樣，他會很幸福的。

但他知道他不能。「沙暴，」他邊說邊抬起頭，「我知道我們在外頭會遇上什麼，情況遠比我想像得更危險。我不是在命令妳非參加不可，但我還是希望妳跟我一起去。」

沙暴發出更深沉的呼嚕聲，全身微微顫動。「你這個蠢毛球，我當然會跟你去！」她說。

⚡⚡⚡

當晚火心派了兩隻貓看守營地，自己則在空地中央守夜。不斷加深的恐懼悄悄爬上他的心頭，微風在赤裸的樹林間嘆息，彷彿帶來斑葉的聲音，喃喃說著永遠不睡覺的敵人。虎星、狗群——或兩者皆是。這個敵人即將盡情肆虐，沒有貓能平安無事。火心知道，今後他將看到自己這族的毀滅。

他望著頭頂上尚完好無缺的滿月，煤皮從她的窩裡出來，走過空地，在他身邊坐下。

「如果你明天要率領巡邏隊，就應該去睡一下，」她建議，「你需要體力。」

「我知道，」火心同意，「可是我不覺得我睡得著。」他又抬頭望了望月亮和閃爍的銀毛星群。「天上看起來好寧靜。可是地上……」

「對啊，」煤皮輕聲說，「地上我可以感覺到愈來愈高大的惡靈，森林也跟著變暗了，星族也幫不上忙。我們得靠自己。」

「所以妳真的不相信那是星族派出來懲罰我們的？」

煤皮迎向他的目光，閃亮的雙眼反映著月光。「不，火心，我不相信。」她靠向他，臉龐輕輕拂過他的側臉，「你並不孤獨，火心，」她擔保，「我跟你在一起，其他族貓也是。」

火心希望她說得沒錯。雷族只有團結起來，同心協力對抗這股黑暗勢力，才有可能生存。他們曾經在不與風族開戰一事上支持過自己，但他們是不是也會與他並肩對抗狗群呢？

過了一會兒，煤皮問：「你會怎麼跟藍星說？」

「什麼也不說，」火心回答，「至少在我們仔細檢查過以前不說。沒有必要讓她擔心，她也沒有精力應付這件事——現在還不行。」

煤皮低聲同意。她繼續沉默地與他一起守望，直到月亮開始下沉。然後她說：「火心，我以巫醫的身分告訴你，你需要休息。明天會發生的事將決定這一族的未來，我們需要所有的戰士都全力以赴。」

火心不得不承認她說得沒錯。他在煤皮的耳朵上舔了一下道別，站起來走向戰士窩，然後在沙暴身邊的苔蘚上盤好身體。但他睡得斷斷續續的，夢裡也一片漆黑。有一次他還以為自己看到斑葉跳著向他走來，感到一陣欣喜，但她還沒走到自己身前，就搖身一變，成了一隻張著血盆大口、眼睛如火焰的大狗。火心被驚醒，顫抖著，看到黎明的第一線光芒開始滲入天際。

這可能是我最後一次看到黎明了，他想，**死亡正等著我們。**

然後他抬起頭，看到沙暴坐在他身邊望著他。看到她眼裡的愛意，他感到一股新的力量湧進全身。他坐起來，溫柔地在這隻母貓耳朵上舔著。「時候到了。」他說。

他打起精神，叫醒前一晚選定要前往蛇岩巡邏的族貓。雲尾幾乎立刻就從臥鋪裡跳起來，想到要對抗傷害無容的傢伙，他激動地揮動尾巴。

緊靠著這位年輕戰士睡的斑臉也同時醒來，跟著他來到窩口。「願星族與你們同在。」她邊說邊拍掉身上的幾塊苔蘚梳理著。

雲尾跟她貼了貼臉。「別擔心，」他對養母保證，「等我回來再告訴妳一切經過。」

火心叫醒白風暴，然後走到窩的另一邊，灰紋盤著身體躺在一堆滿天星上。他伸出一掌戳了戳他，低聲喊著：「醒醒。」

灰紋眨眨眼，坐起身。「就跟從前一樣，」他故作歡欣地說，卻沒有引起共鳴，「我們倆要再次衝進險境。」他把前額貼在火心肩頭。「謝謝你選了我，火心。我害怕得要死，但我保證，我會證明我對雷族的忠誠。」

火心短暫地在他身上靠了靠，讓這位灰毛戰士迅速梳洗一下，轉身去叫醒長尾。這位黑色條紋戰士從臥舖裡爬出來時全身發抖，但眼神卻很堅定。「你可以信任我，我會表現給你看。」他低聲承諾。

火心點頭，仍因為自己前晚沒有聽信長尾的話而感到慚愧。「雷族需要你，長尾，」他說，「遠超過虎星和暗紋對你的需要，相信我。」

聽了這話，長尾振奮許多，跟著火心與其他戰士走出戰士窩，來到那塊蕁麻地。他們大口吞吃著獵物，火心則迅速提醒大家長尾前一天所說的話，「我們要去查探，」他說，「在不知道究竟是跟什麼對抗以前，我們不能決定該如何擺脫這群狗。我們不是要攻擊牠們，還不到時候——你聽到了嗎，雲尾？」

雲尾一雙藍眼目光如炬，沒有回答。

「雲尾，除非你答應絕對遵守我下的命令，否則我不帶你去。」

「唉唷，好吧。」雲尾的尾巴末梢暴躁地抽動，「我想把每一隻狗都變成烏鴉食物，但我會聽你的話，火心。」

「很好。」火心的目光掃向其他巡邏隊員，「有問題嗎？」

「要是路上遇到虎星呢？」沙暴問。

「別族的貓出現在我們的領土上？」火心露出牙齒，「那你們就可以攻擊他。」

雲尾發出滿意的吼叫。

火心吞下最後一口食物，率隊走出營地，爬上深谷。太陽雖然就快出來了，但天空仍遍佈雲層，樹林間也籠罩著沉重的影子。就在營地不遠處有濃烈的兔子氣味，但火心置之不理，現在不是狩獵的時候。

戰士們成一縱隊謹慎地前進，帶頭的是火心，白風暴在最後把風。得知長尾發現的事以後，火心現在更強烈地感覺到這座熟悉的森林已變得危機重重，他預期會遭到攻擊，全身的毛豎立著。

在一片寂靜中他們逐漸接近蛇岩，火心正在思考接近洞穴的最好辦法，灰紋突然說：「那是什麼？」

他一頭衝進一叢枯藤，不久火心就聽到他緊張粗啞的聲音，「過來看看這個。」

火心循聲走去，發現灰紋趴伏在一隻死兔子身邊，兔子的喉嚨被撕裂，身上的毛因血乾掉而發硬。

「狗群又開始屠殺了。」長尾嚴肅地說。

「那牠們怎麼不吃呢？」沙暴邊問邊上前嗅了嗅那具癱軟的棕灰色屍體。但此時她身體僵住了，「火心，這裡有影族的氣味！」

火心張開嘴，將森林的氣息吸入嘴巴上部的味腺。沙暴說得沒錯，那氣味雖然淡，卻肯定錯不了。「虎星殺了這隻兔子，」他低聲說，「然後把它留在這裡。奇怪，這是為什麼？」

他想起長尾曾報告說，看到虎星用兔子餵食狗群，以及死兔子的臭味從雷族營地附近就一路跟著他們。他從死兔子身邊退開，尾巴一揮召來雲尾。「沿著我們來的路往回走，」他吩咐，「你要找看看有沒有死兔子，找到以後檢查是不是有其他氣味，然後回來跟我報告。白風暴，你跟他一起去。」

他看著兩位戰士往回走，然後轉向灰紋。「留在這裡守著兔子。沙暴、長尾，你們跟我來。」

火心加倍謹慎地往蛇岩走去，每隔幾步就停下來嘗嘗空氣。過不久就發現另一隻死兔子曝露在一塊岩石上，周圍同樣有虎星的氣味，現在他們已經可以看到洞穴口了。火心只能隱約看出另一隻兔子的身形躺在洞口前方的空地邊緣。沒有狗群的蹤影。

「狗群呢？」他低聲嘀咕。

「在洞穴裡。」長尾回答，「昨天我就看到虎星把兔子放在那裡。」

「牠們出來時，會看到那邊的兔子，然後會聞到這一隻……」火心邊想邊說，「然後是灰紋找到的那隻……」像被石頭擊中般地，他突然領悟了，恐懼得簡直無法呼吸。「我知道白風暴和雲尾會找到什麼，虎星布置了這條路線要引狗群直搗我們的營地！」

長尾在林地上趴下身體，沙暴睜大恐懼的雙眼。「你是說，他要把狗群引到我們那兒？」

一幅幅畫面閃入火心腦海：淌著口水、身形巨大的狗群從深谷兩側奔下，衝破蕨牆，闖進平靜的營地。他可以看到開合的大嘴巴、軟綿綿的貓屍被高高拋到空中，小貓在殘酷的利齒下哀嚎……想到這裡，他就渾身發抖。「對，來吧，我們得把這條路線截斷！」

就算是星族親自下令，火心也不願把靠近洞口的那隻兔子取回來。但他卻叼起躺在岩石上的那隻，然後跳回灰紋那裡，放下嘴裡的重擔說：「把那隻兔子拿來。我們得警告全族！」

灰紋驚訝地豎直耳朵，照他的話做了。他們往回走向營地，還沒走幾隻狐狸身長，火心就看到雲尾和白風暴在樹叢間小心翼翼地走來和他們會合。

「我們又找到兩隻兔子，」雲尾報告，「全都有虎星的臭味。」

「那就回去把兔子叼來。」火心迅速對他們說明自己的推測，「我們要把兔子丟進溪裡，把這條路線截斷。」

「這麼做很好，」白風暴說，「你可以移開兔子，可是那些氣味呢？」

火心僵住了，他發覺恐懼讓自己的腦袋也不靈光了，兔子的氣味和濺出的鮮血還是會把狗群直直引入雷族的營地。

「我們還是要移開兔子，」他立刻做出決定，「那樣也許會拖延一點時間，但我們得回去警告全族，大家都得離開營地。」

他們豎起耳朵，聆聽身後是不是有狗群的聲音，同時衝進森林跑向營地。不久他們找到的兔子就已經超過他們叼得動的數量。火心凝重地想，虎星一定打了一整晚的獵才抓到這麼多隻。

「把兔子都放在這裡。」他們距離深谷還有一段距離時，沙暴提議道。她大口喘著氣，身體兩側不斷起伏，一隻爪子也扯裂了，但眼神卻異常堅定。火心知道只要自己開口，沙暴會一直跑下去。「如果狗群找到一頓大餐，就會停下來吃。」

「好主意。」火心說。

「直接把兔子放到洞口可能更好，」白風暴開口，眼裡滿是深切的擔憂，「這樣或許狗群根本就不會進入營地。」

「說得也是，」火心回答，「但現在沒時間了。狗群可能已經出來了，我們可不想碰上牠們。」

白風暴點頭同意。他們把那堆兔子放在小路醒目的地方，然後全力衝刺。火心的心臟狂跳，他早該知道這位宿敵和威脅森林的黑暗勢力有關。大概只有星族才知道虎星究竟是如何得知蛇岩那邊住著狗群，而虎星竟想利用狗群來毀滅他憎恨的雷族。火心衝進樹林，同時也擔心現在要阻止虎星可能已經太遲了。

他在深谷頂端停下腳步。「大家散開，」他對戰士下令，「確保領土附近沒有獵物。」

他們一會兒左一會兒右地衝下深谷，雲尾一馬當先，就在營地入口不遠處，火心看到雲尾忽然停下腳步，凝望著地上的什麼東西。

「不！不！」他發出震耳欲聾的嚎叫，火心一陣毛骨悚然。

「不！」雲尾再次嚎叫，「火心！」

火心衝到這位戰士身邊。彷彿面對著敵人一般，雲尾四肢僵直地站著，全身毛髮直豎，一雙眼睛定定地望著盤在腳前的一堆軟綿綿的虎斑毛。

「為什麼會這樣，火心？」雲尾發出哀號，「為什麼是她？」

火心知道原因了，但狂怒和悲痛使他說不出話來。「因為虎星要狗群先嘗嘗貓血的味道。」他粗聲粗氣地說。

躺在他們面前的那隻死貓是斑臉。

第二十五章

雲尾和沙暴把斑臉的屍體帶回營地，但沒時間舉行哀悼式了。顯然斑臉一大早單獨出來狩獵，而其他貓現在才發覺她過了好久都沒回來。埋葬她的事進行得非常倉促，由雲尾和斑臉的兩個孩子蕨掌和灰掌負責，火心召集全族集合。

火心站在高聳岩下方，等候其他族貓集合時，他們回來了。雲尾來回地跑，尾巴憤怒地揮動。

「我要剝了虎星的皮！」他信誓旦旦地說，「我要把他的內臟從這裡一路灑到巨岩。火心，你可別忘了，他是我的！」

「你也別忘了，你得聽我的話行動，」火心告訴他，「現在我們得先應付狗群，虎星的事以後再擔心。」

雲尾沮喪得發出嘶聲，露出一口利齒，但他並沒繼續爭論。

族裡其他的貓在火心身旁圍了一圈，各個

飽受驚嚇，不發一語。煤皮從藍星的窩裡出來，跛著腿迅速走向他。

「藍星在睡覺，」她說，「等我們想好計畫再告訴她比較好，你覺得呢？」

火心點點頭，一面猜想等族長發現對虎星的所有畏懼都是真的之後，她會有什麼反應。這可怕的真相是不是會把她給逼瘋？火心把恐懼拋到一旁，轉頭對族貓說話。「各位，」他開口，「今早我們發現領土裡有一群狗住在蛇岩的洞穴裡。」

貓群裡響起一片低語，還夾雜著幾聲挑戰的嚎叫。火心猜想他們大概不相信他，但更糟的消息還在後頭。他忍不住看了暗紋一眼，這位黑灰色戰士一臉莫測高深的表情，火心猜不透他到底知道多少。

「虎星一直在餵狗群，」他繼續說，盡力想使自己的語氣保持平靜，「他還一路放死兔子，想把狗群引到我們的營地。大家都知道這條路線的盡頭是什麼。」他對領土外頭埋葬斑臉的地方點了點頭。

一陣哀號聲響起，他得用尾巴示意，才能讓大家安靜。他不禁注意到金花聆聽虎星所做的事時，一直低頭蜷伏著，他的目光直覺地望向兩位新任的見習生。褐掌一臉驚恐地望著火心，但棘掌卻遮住臉。火心不知道他是不是也一樣驚恐，還是他心裡正暗暗欽佩自己的父親能做出這麼大膽的計畫。

等他的聲音可以蓋過群貓，火心又繼續說：「我們必須截斷這條路線，但死兔子已經在那些地方放了一整晚，狗群還是會循著兔子留下的氣味找來這裡。我們全部——長老、小貓、每一隻貓都必須離開，絕不能讓來到營地的狗群看到。」

更多驚慌的聲音響起，但卻是低沉而憂慮的低語。那隻上了年紀、曾經也極為美麗的玳瑁母貓花尾大喊著：「我們該去哪裡？」

「到陽光岩，」火心回答，「一到那裡，就爬上附近最高的樹上。如果狗群追來，他們會以為是在岩石堆裡追丟了氣味，不會去找你們的。」

他欣慰地發現，儘管大家仍蜷伏著哀慟斑臉的死，但在他下達明確的命令後，他們逐漸安靜下來。斑臉的孩子蕨掌和灰掌緊緊依偎著對方，一臉驚惶。火心感謝星族，這天的天氣雖然陰鬱且有涼意，卻很乾燥，族裡也沒有病貓或太過幼小而無法跋涉的貓咪。

「那狗群呢？」塵皮問，「我們要怎麼對付牠們？」

火心猶豫了，他知道他手下的戰士無法正面迎擊這群狗。虎星一定很肯定這點，否則他也不會想把狗群引入營地。**星族救救我**，他暗自祈禱。彷彿戰士祖先聽到他的禱告似地，一個念頭閃進他的腦中。「對了！」他喊，「我們來偷改那條路線！」身邊所有的貓都呆望著他，他又大聲重複：「我們來偷改那條路線！」

「什麼意思？」沙暴問，一雙綠眼睛睜得大大的。

「就是這個意思。虎星想把狗群引入我們的營地，好，那我們就讓他這麼做；等狗群抵達，我們全都蓄勢以待——把牠們引進峽谷。」

在四喬木附近，也就是雷族領土的另一邊，河水在陡峭的絕壁間冒著泡沫洶湧奔流。水流湍急，水面下還藏著尖利的石頭。如果貓都會在那裡溺水，狗為什麼不會？

「我們必須引狗群來到峭壁邊緣，」火心繼續說，這個計畫的細節也逐漸在他腦中成形，

「我需要跑得夠快的戰士。」他深綠色的目光掃過身邊的族貓。「灰紋、沙暴、鼠毛和長尾。塵皮，還有我自己，這樣應該夠了。其他貓都在營地入口集合，準備離開。」

被點名的族貓一一奉命行事，火心看到蕨掌和灰掌從後方走到群貓前面。

「火心，我們想幫忙。」蕨掌哀求著，一雙飽受驚嚇又懇切的眼睛直視著火心。

「我要的是戰士。」火心溫柔地提醒她。

「但斑臉是我們的母親，」灰掌抗議道，「拜託你，火心，我們想為她做點事。」

「嗯，帶他們去吧，」白風暴開口，語氣沉痛，「憤怒會讓他們勇往直前。」

火心猶豫著，他看到這位白毛戰士眼裡深切的沉痛，點了點頭，「好吧。」

「那我呢？」雲尾質問，又猛力揮起尾巴。

「聽著，雲尾，」火心說，「我不能把最好的戰士全都帶去引誘狗群。你們當中有些貓必須照顧族裡其他的貓。」雲尾張嘴想要爭辯，但火心又繼續說：「我要你做的事情並不輕鬆。如果我們失敗了，你很可能得跟狗群，甚至可能得跟影族打。想清楚吧，雲尾。」看到這位戰士仍不太信服的樣子，火心繼續勸說：「你要找虎星報仇，那還有什麼比確保他的計畫失敗，讓雷族死裡逃生更好的呢？」

雲尾沉默了一會兒，扭曲的臉上滿是對失去斑臉的悲痛和憤怒。

「別忘了無容，」火心低聲說，「她現在會比之前更需要你。」

一提到他那位受傷的朋友，這位年輕戰士立刻直起身，將視線投向空地的另一邊，看著她在花尾和其他長老的引導下一跛一跛地走向入口，那隻完好的眼睛直直地瞪著前方，身體兩側因為驚恐而起伏著。

「好，火心。」雲尾聽起來堅決無比，「我這就去。」

「謝謝你，」他奔過空地跑向無容身邊時，火心在他身後喊道，「雲尾，就拜託你了！」

他看著族貓逐漸聚集，目光卻被群貓外某個移動的東西吸引過去。暗紋身後緊跟著棘掌和褐掌，正準備穿過荊棘籬笆的縫隙潛逃。

火心立刻衝過去，在他們穿過棘叢前趕上。「暗紋！」他斥責道，「你想去哪裡？」

這位黑灰色戰士回過頭，眼神警戒，卻大膽地面對火心。「我認為陽光岩並不安全，」他說，「我想帶他們去更好的地方，他們——」

「什麼更好的地方？」火心逼問，「如果你知道更好的地方，為什麼不告訴族裡其他的貓？還是你想帶他們去找虎星？」一股怒火湧了上來，他真想撲向暗紋，朝他狠狠揮一爪，但他強迫自己保持冷靜。「原來如此，影族族長當然不會希望自己的孩子被狗群吃掉。」他大聲說出剛剛想通的道理，「你是想在狗群過來以前，把他們先送到他那裡，對不對？我看你們在上次大集會時就全都計畫好了！」

暗紋沒有回答，但臉上的表情更陰沉了，而且他沒有直視火心的眼睛。

「暗紋，你真讓我不齒！」火心咬著牙說，「你明知道虎星意圖引誘狗群來消滅我們，卻從沒對族貓透露過一個字！你對雷族連一丁點忠心都沒有嗎？」

「那時候我又不知道這件事！」暗紋邊抗議邊抬起頭，「虎星叫我把他的孩子帶過去，但沒告訴我原因。我對星族發誓，我根本不知道狗群的事！」

從這位意圖不軌的戰士嘴裡說出「對星族發誓」的字眼，火心很懷疑有任何價值。他轉過身，面對兩位見習生，他們都睜大雙眼，驚嚇地看著他。「暗紋是怎麼對你們說的？」

「什——什麼也沒說，火心。」褐掌結結巴巴地說。

「只是要我們跟他走，」她弟弟補充，「他說他知道一個躲藏的好地方。」

「你們就這麼聽他的話？」火心的聲音嚴苛起來，「他現在是族長嗎？還是有誰派他當你們的導師，我卻不知情？你們全都跟我來！」

火心一個轉身，帶頭走過空地，來到族貓在營地入口的聚集區。看到暗紋、棘掌和褐掌都乖乖跟著自己，火心有些訝異。他知道自己遲早得跟這位黑灰色戰士算帳，但不是現在。

他來到其他族貓那裡，尾巴一揮，召來了蕨毛。「蕨毛，」他說，「我要你看好這兩位見習生。無論發生什麼事，都不要讓他們離開你的視線。暗紋只要敢嗅他們一下，立刻通知我。」

「是的，火心。」蕨毛一臉困惑地說，他推著兩位見習生走進貓群裡。

看到白風暴就在附近，火心朝他走過去，對暗紋歪了歪頭。「看好那傢伙，」他下令，「他身上的任何一根毛我都不信。」

然後他對選定要跑在狗群前面的戰士們說話。「如果你們今天還沒吃東西，我建議你們現在去吃一些，」他說，「你們需要用到所有的體力。再過不久我們就出發，但現在我得先去跟藍星談談。」

火心轉身往藍星的窩走去，他發覺煤皮在旁邊。「要不要我跟你一起去？」她問。

火心搖搖頭。「不。妳去幫忙其他貓準備動身，盡妳所能地讓大家保持冷靜。」

「別擔心，火心，」巫醫向他保證，「我會帶一些基本藥品，以防萬一。」

「好主意，」火心說，「叫刺掌幫妳忙吧。只要藍星一準備好，你們就可以出發了。」

火心望向藍星的窩，族長已經醒來，正在梳理身上的毛。「哦，火心啊？有什麼事？」

火心走進窩裡，點了點頭。「藍星，我們發現森林惡靈的真相了，」他小心翼翼地說，「我們知道那個『大夥兒』是什麼了。」

藍星直起身坐著，堅定的藍眼睛望著火心，聆聽他描述他和巡邏隊今早的發現。他愈說，她臉上的表情就愈驚恐茫然。火心再次害怕起來，擔心這個發現會使族長陷入永遠的瘋狂。

「所以斑臉死了。」聽完火心的話，藍星喃喃說著。然後她又苦澀地說：「很快族裡的其他貓也會像她一樣。星族派虎星來毀滅我們，現在星族更不會幫我們了。」

「或許不會，藍星，但我們絕不讓步，」火心堅持，盡量不要緊張，「妳必須領導全族到陽光岩去。」

藍星抽動耳朵。「那有什麼用？我們又不能住在陽光岩，而且就算在那裡，狗群也會一一獵殺我們。」

「如果我的計畫成功，就不需要在那裡待太久。是這樣的……」火心把自己希望能將狗群引進森林，並讓牠們在峽谷裡溺死的想法告訴藍星。

族長的眼神更茫然了，她盯著火心看不見的某樣東西。「所以你要我像位長老那樣到陽光岩去。」她說。

火心遲疑了一下。告訴藍星該怎麼做，遠比對雲尾下令還要困難。「像位族長，」他告訴她，「沒有妳的領導，全族都會緊張潰散。他們需要妳讓大家團結，何況，」他又說：「別忘了這是妳的最後一條命了。如果妳失去這條命，雷族沒有妳該怎麼辦？」

藍星猶豫著。「好。」

「那我們現在就走。」

藍星點點頭，帶頭走出窩。雷族貓——火心沒選擇與他同行的其他所有的貓——都已經聚集在營地入口。藍星走過去時，火心揮動尾巴召來白風暴。「待在她身邊。」他溫柔地說，「照顧她。」

白風暴點點頭。「火心，你可以相信我。」他與火心交換的眼神顯示，他很清楚藍星的神智有多脆弱。藍星率領群眾走出領土，白風暴與藍星並肩而行。

看到這位老而彌堅的白毛戰士站在藍星身邊，像是受到打擊似地，火心再度驚覺族長看起來有多虛弱。但貓群裡有了她，卻能讓其他族貓，尤其是長老們，放下心來。

當族裡最後一隻貓隨隊走出深谷後，火心轉身面對著留在原地的戰士，他們都蜷伏在蕁麻地燒焦的枝梗旁。他的目光與灰紋和沙暴的相遇，看到他們眼裡充滿決心和同等的恐懼。火心又想到上次大火漫燒時他帶領大家撤離領土，其中三隻貓再也沒有回來。

他知道現在想這段往事，只會讓自己更緊張。為了雷族，他得堅強才行。他走到戰士們面前，問道：「都準備好了嗎？我們走！」

第二十六章

火心在深谷頂端停下腳步，轉身對蕨掌和灰掌說：「你們兩個在這裡等。」他下令，「一看到狗群就朝峽谷直奔。沙暴會在後方，你們一看到她就爬上樹，等狗群嗅到她的氣味追過去以後，你們再跑向陽光岩。」

他看著這兩位見習生，他們眼裡燃燒著熊熊怒火，要替母親復仇的渴望使他們暫時忘記喪母的悲痛。火心只希望他們會記得該怎麼做，不要緊張，也不要想自行攻擊狗群，那樣會更糟。「雷族全靠你們了，」他加了一句，「我們都以你們為榮。」

「我們不會讓你失望的。」蕨掌承諾。

火心把他們留在那裡，然後帶著其他貓繼續往森林深處走。他豎直雙耳，聆聽狗群的聲音，但整座森林似乎都在一片令人窒息的沉默中等待著，這股沉默就像樹叢的咆哮或撞擊聲那樣不祥。他們從樹下走過，貓兒的呼吸聲和輕柔的腳步聲聽起來都異乎尋常地嘈雜。

不久火心再次停下腳步。「沙暴，妳在這裡等，」他說，「我不想讓那兩位見習生跑太遠。妳是雷族裡跑得最快的——妳必須遙遙領先狗群，其他貓才有逃生的機會。好嗎？」

沙暴點頭。「你可以信賴我，火心。」

她的臉短暫地在火心臉上擦過。沒時間道別了，但她對他的愛卻在那雙綠眼睛裡發著光，但火心只覺得對她一陣擔憂。

他硬生生地抽身走開，帶領其他戰士成一直線朝峽谷前進，每隔一段距離就留下一位：沙暴之後是長尾，然後是塵皮，然後是鼠毛，最後在河族邊界上的就只剩他和灰紋，他們在不脫離領土範圍內盡量靠近峽谷。「好，灰紋，」他停下來說，「你躲在這裡，如果一切順利，鼠毛會把狗群引到你這裡。他們過來時，你就往峽谷最陡峭的地方跑。我會在你前方，等著接力，做最後衝刺。」

「那一段會在河族的領土裡。」灰紋一副半信半疑的表情，「這樣豹星會怎麼想呢？」

「如果夠幸運，豹星根本不會知道這件事。」火心回答，一面想起河族族長曾出言威脅，如果灰紋敢踏入河族境內，就要置他於死地。「我們管不了這麼多了。你就躲在領土邊界，如果看到河族的巡邏隊，別讓他們知道你在這裡。」

灰紋點點頭，貼緊著地面，在棘叢的樹枝下爬行。「祝你好運。」說完他就消失了。

火心也回祝他好運，然後更加謹慎地在河族領土裡繼續前進。他沒看到河族貓，倒是聞到不少新鮮氣味，這表示他們的黎明巡邏隊已經巡邏過這裡。最後他在岩石腳下的山谷裡找到藏身的地方，坐下來等候。整座森林一片寂靜，只有峽谷裡依稀傳來急流的怒吼。

火心不禁想著，虎星現在在哪裡。他猜應該是安全地待在影族的營地裡吧，等著看自己的舊族支離破碎，然後就可以像吃腐肉的烏鴉那樣猛撲而下，將雷族的領土佔為己有，幸災樂禍地欣賞這場完美的復仇。

雲層仍遮蔽著天空，因此火心完全無法判斷時間過了多久，但一個接一個的心跳過去，他開始擔心什麼地方出了差錯。為什麼這麼久？是不是他的戰士被狗群抓到了？火心想像著沙暴的身體被殘忍地大口撕裂，四隻腳在堅硬的地面上磨蹭著，屈伸著爪子。他得強迫自己不要回去看發生了什麼事。**要是這是個滔天大錯呢？**他問自己。他是不是把族貓帶進更大的危險裡？

然後在河流的聲響之外，他聽到遠處傳來了吠叫聲。叫聲迅速接近，那股黑暗的勢力終於發出聲音了，狗群伸出舌頭逼近成為獵物的貓兒。那聲響愈來愈大，最後似乎充滿了整座森林；然後灰紋出現了，肚皮幾乎平貼著地面如閃電般急奔而來。

他身後不到三隻狐狸身長的地方就是狗群的首領，火心從沒看過那樣的狗。那隻狗超級大，比任何兩腳獸的寵物還要大上兩倍多，奔跑時肌肉在一身黑棕色短毛下強而有力地隆起，張開的大嘴裡露出陰森的利齒，舌頭垂在外面，對奔逃的灰紋一面張合著大嘴一面粗聲吠叫。

「星族救救我！」火心輕聲吶喊，然後從藏身處跳了出來。

他看到灰紋衝向最近的一棵樹，接下來就只能全力狂奔了。吠叫聲似乎加倍響亮，他可以感覺到狗群首領呼出的熱氣就在自己的腳後跟。

頭一次火心開始思考，當自己來到峽谷邊時該怎麼做。他本來是想在最後一刻閃到一旁，好讓來不及防備的狗群煞不住車，衝到峽谷底下。現在他才發覺這樣可能沒用，因為狗群比他想像得還要接近。

或許他必須親自跳下去。

如果這麼做能夠拯救雷族，那我義不容辭，火心堅定地發誓。

峽谷就快到了，從林間衝出來的火心，眼前除了自己和峭壁之間的平坦草地外，什麼都看不見。他在倉促間回頭一望，發現狗群遠遠落在後面，於是稍稍放慢腳步，好讓牠們追上。首領身後的狗群從林間衝出，吠叫時舌頭垂在嘴外。

「大夥兒，大夥兒！殺，殺！」這些字眼如利齒般鞭打著火心。

然後有個沉甸甸的重量從另一邊衝上來，把他撞得四腳朝天。他掙扎著想站起，卻徒勞無功，一隻大掌按住他的脖子，一個聲音在他耳邊響起。「想去哪裡，火心？」是虎星。

第二十七章

火心奮力掙扎想要脫身，猛踢後腿，想把敵人肚皮上的毛扒掉，但影族族長卻定著不動。他身上的惡臭湧進火心的嘴裡和鼻端，琥珀色的眼睛也直視火心的雙眼。

「替我向星族打聲招呼吧。」他咆哮著。

「你先請！」火心喘著氣。

虎星突然放開他，他吃了一驚，蹣跚地站起來。火心看到影族族長猛地一個翻身，跳上最近的一棵樹。他還來不及去猜究竟是怎麼回事，就聽到震耳欲聾的吠叫，感覺腳下震動起來。他跳著轉身，看到狗群首領朝自己逼近，淌著口水的大嘴張得老大。沒有時間逃跑了，火心緊閉著雙眼，準備去見星族。

尖利的牙咬上火心的後頸，他感到一陣椎心巨痛，那隻狗把他從地上叼起，然後左右猛甩，火心的四肢不受控制地亂晃。他在空中扭身，掙扎著想扒敵人的雙眼、頷骨或舌頭，但揮出的每一掌都落空了。森林在他眼前旋轉，他只聽到更大聲的吠叫，狗的臭味到處都是。

「星族，救救我！」火心發出恐慌而絕望的吼叫。這不只是他的死期，更是整個雷族的覆滅。他的計畫失敗了。「星族，祢們在哪裡？」

近處突然有聲吼叫。火心被摔到地上，胸口一下子喘不過氣來，咬住他後頸的牙齒也鬆開了。他茫然地抬頭往上看，看到一個藍灰色的身軀撞上狗群首領的腰窩。

「藍星！」他大喊。

族長衝來的力道把那隻狗搖搖晃晃地撞到峽谷邊緣。狗群首領的吠叫轉為驚恐的尖聲長嚎，巨大的腳掌在草地上亂抓，鬆軟的泥土在首領的重壓下崩落；牠掉了下去。但在落下的那一瞬間，首領張開的大嘴咬住了藍星的一條腿，也把她拉下峽谷。

緊跟在首領後方的兩隻狗來不及煞住，盲目地衝出峽谷，在嚎叫中下墜消失，其他的狗急忙停下腳步，兇猛的吠叫轉為悽慘的嗚咽。火心還來不及掙扎著站起，牠們已經從峽谷邊緣退開，逃進森林去了。

火心搖搖晃晃地來到峽谷邊緣，往下望。急流在他下方冒著洶湧的泡沫，在那一瞬間他瞥見狗群首領的一張大嘴在波濤間掙扎，然後又消失。

「藍星！」火心尖叫。族長來這裡做什麼？他把她跟族貓送去陽光岩了啊。

火心震驚得無法動彈，呆望著河水。突然他看到一個小小的灰色頭顱冒出水面，腳掌瘋狂地拍動著。藍星還活著！但湍急的水勢把她衝到下游，火心知道她很虛弱，沒辦法游太久。

這時候只能做一件事。嘴裡大吼著「藍星，撐著點！我來了！」他從峽谷的峭壁縱身一躍，跳進河裡。

大水像隻巨掌緊緊扣著火心的身體，把他一下子沖到這裡，一下子沖到那裡。冰冷的急流令他無法呼吸，他的四肢猛烈擺動著想要游泳，但水勢把他捲到水面下。在跳進水裡之前，他就沒看到藍星的身影，現在他除了身旁不斷冒泡的激流之外，他更是什麼都看不到。

火心把頭探出水面，大口地呼吸，湍急的流水把他掃向下游時，他盡可能地漂浮，然後在幾條狐狸尾巴外的前方看到了藍星。她的毛貼在頭上，嘴巴大大張著。火心用力踢水，縮短他們之間的距離，搶在藍星再次下沉之前，一口咬住她的後頸。

額外的重量把火心拖到水面下。火心所有的直覺都大喊著要他放掉藍星，保住自己的命。但他要自己堅持下去，強迫四肢繼續擺動，把溺水的族長帶上水面。有什麼東西撞了他一下，他差點抓不住她，他瞥見一隻狗在水裡翻滾，眼神因為驚恐而呆滯，那隻狗無助地在水裡掙扎，然後消失。

一個陰影突然罩上他們，然後又移開，原來水流把他們帶到了兩腳獸橋下，離開了高聳的峭壁。火心現在可以看到河岸了，他設法游過去，但身體卻累得發痛。沉重的藍星完全沒有動作，無法自救，但火心知道自己不能為了吸入更多空氣而把她放開。他的頭又沉入水中，感覺四周逐漸旋轉著進入了黑暗。

快失去意識的他再次使出全身蠻力，用腳掌踢水。但是當他再度浮出水面時，卻看不到河岸了，也完全失去方向感。他的身體開始因為緊張而僵硬，他知道自己就快淹死了。

突然間，藍星的重量減輕了。火心眨眼擠掉眼裡的水，看到另一顆頭從身旁的水面冒出，牙齒緊咬著藍星的身體。他認出那身藍灰色的皮毛，震驚得差點忘了游泳。

是霧足！

就在同一時刻，她聽到石毛的聲音在另一邊響起。「放開她吧，有我們抓著。」

火心照做了，讓石毛接手過去。兩隻河族貓在水裡把藍星推向岸邊。不需要再撐起這隻沉重的母貓，火心得以跟在他們身後掙扎著游水，最後終於感覺踩到了河底。腳下的河底平坦多了，火心被河水帶出兩側都是峭壁的峽谷，現在能夠踩著水走到河族那邊安全的河岸了。

火心咳嗽著把空氣吸入緊繃的肺腔，甩掉身上的水，四處張望想看藍星怎麼樣了。霧足和石毛已經把這位雷族族長側放在圓石上，水從她張開的嘴裡流出來，她並沒有動彈。

「藍星！」霧足驚喊。

「她死了嗎？」火心用沙啞的聲音問，然後蹣跚地走向他們。

「我想她——」

石毛的話被一聲大喊打斷。「火心！火心！小心點！」

那是灰紋的聲音。火心轉身看到虎星從兩腳獸橋上跑來，灰毛戰士緊跟在後。影族族長在岸邊轉了個彎，朝火心和兩隻河族貓走來，灰紋快步搶到這隻大虎斑貓面前，轉過身面對他。

「退後！」他咆哮道，「別碰他們。」

怒火使火心又有了力氣。他的族長就躺在岸邊，最後一條命已奄奄一息，無論她曾經說過或做過什麼，她仍是他的族長，他從來沒想過要她為雷族犧牲。這一切全都是虎星惹出來的！

火心跳到上游，站在灰紋身旁，影族族長在幾隻狐狸身長外停下腳步。顯然他在仔細衡量能不能一次打倒他們兩個。

火心聽到身後傳來霧足的驚呼。「火心！她還活著！」

火心對虎星露出牙齒。「你敢再往前一步，我就把你丟進河裡，讓你跟狗一起淹死，」他咆哮，「灰紋，別讓他靠近。」

灰紋點點頭，伸出爪子，虎星發出夾雜著狂怒和沮喪的一聲長嘶。

火心跑回藍星那裡，在她身邊伏下。她還躺在石頭上，不過火心可以看到她的胸口隨著每次不穩的呼吸而起伏。「藍星？」他輕喚著，「藍星，我是火心，妳現在沒事了，安全了。」

她眨著張開雙眼，目光停在兩位河族戰士身上。一時間她似乎認不得他們了，接下來卻睜大雙眼，但眼神軟了下來，閃著驕傲。「你們救了我。」她輕聲說。

「噓，別說話。」霧足對她說。

藍星似乎沒聽見。「我想告訴你們一件事……想請你們原諒我當初把你們送走，橡心對我保證過，說灰池會是你們的好母親。」

「她的確是。」石毛簡潔地說。

火心緊張起來。上次他們跟藍星說話時，這兩位河族戰士對她惡言相向，憎恨她所做的一切，現在他們會不會趁她無力還擊時對付她？

「我欠灰池太多了，」藍星繼續說，聲音微弱、氣如游絲。「我也虧欠橡心，他把你們教得這麼好。我看到你們長大，看到你們對收養你們的河族盡心盡力。」一陣顫抖通過她的身體，她沉默了一會兒，「如果我當初做了不同的決定，你們現在就會為雷族效力。原諒我。」

她粗聲地說。

霧足和石毛交換了一個不確定的眼神。

「她為這個決定受了很多苦，」火心忍不住插嘴，「請原諒她。」

兩位戰士又猶豫了一會兒，然後霧足低下頭，在她母親身上舔了一下，火心感覺四條腿因為鬆懈下來而顫抖著。「我們原諒妳，藍星。」她輕聲說。

「我們原諒妳。」石毛也說。

即使身體極度虛弱，藍星仍高興地發出呼嚕聲。看著這兩位河族貓蜷臥在雷族族長——他們的母親——身旁，生平第一次與她絮絮而談，火心覺得喉頭一陣哽咽。

灰紋狂怒的嘶聲使他轉過頭來，看到虎星往前踏了一步。這隻大虎斑貓的雙眼驚訝地圓睜，火心知道虎星到現在都還不知道誰是那兩隻被雷族送走的貓的母親。

「虎星，別再靠近了，」他咬牙說，「這不干你的事。」

火心轉向藍星，看到她闔上雙眼，呼吸變得輕淺而迅速。

「我們該怎麼辦？」他焦急地問霧足，「這是她的最後一條命，她這樣絕對到不了雷族領土的。你們兩位誰可以回去找你們的巫醫過來？」

「太遲了，火心。」回答的是石毛，他的聲音低沉而溫柔，「她已經在前往星族的途中了。」

「不！」火心抗議著。他在藍星身旁趴下，臉緊貼著她的臉，「藍星——藍星，快醒來！我們會找到幫手的——再撐著點！」

藍星又睜開眼睛，不是看著火心，而是望著某樣在他肩膀後方的東西。她的眼神澄澈而寧靜。「橡心，」她輕聲說，「你來接我了嗎？我準備好了。」

「不！」火心又抗議。他與藍星近來的摩擦全都不重要了，現在他只記得她是高貴的族長，充滿智慧又會鼓勵人；他在以寵物貓的身分加入貓族時，她曾經如何教導他。而最後星族對她依舊仁慈，她走出陰霾，為了拯救雷族犧牲了自己，她的死就像她活著的時候那樣高貴。

「藍星，別離開我們。」他哀求著。

「我非走不可，」族長輕聲說，「我已經做了最後的奮戰。」她喘著氣要說話。「我在陽光岩看到大家，強壯的幫助弱小的……那時我已經知道你和其他貓要去對抗狗群……我就知道我的族貓仍然忠誠。我知道星族並沒有拋棄我們。我知道……」她的聲音忽然沙啞，但掙扎著繼續說：「我知道我不能讓你單獨面對危險。」

「藍星……」火心的聲音在生離死別的痛苦中發抖，然而聽到族長說自己並非叛徒，火心仍然心頭一振。

藍星藍色的目光望著他，火心覺得自己幾乎能看到她眼裡閃爍的星光。「火能拯救雷族，」她輕聲說著，火心想起自己剛進入雷族時，曾經聽過的神祕預言。「你一直都不懂，對不對？」藍星繼續說，「甚至連你當見習生時，我替你取名火掌你都沒發覺。雖然在大火蹂躪我們的領土時，我也曾懷疑過自己，但我現在看清楚了。火心，你就是能夠拯救雷族的火。」

火心目瞪口呆地望著這位他敬愛的族長，他覺得自己就要變成石頭了。在他頭上，風把雲吹成一絲絲的，一線陽光透出，把他的毛照得火紅，就像好幾個月前，他首次來到雷族營地時那樣。

「你會成為偉大的族長。」藍星的聲音小到幾乎聽不見，「會是森林裡有史以來最偉大的一位。你將以火焰的溫暖保護族貓，以火焰的兇猛護衛他們。你將成為火星，成為雷族之光。」

「不，」火心抗議，「我做不到。藍星，沒有妳，我做不到。」

但已經太遲了。藍星輕輕地聲嘆了一口氣，眼裡的光芒消失了。霧足發出一聲低嚎，把鼻子靠在母親身上。石毛低下頭緊貼著她伏下。

「藍星！」火心絕望地喊著，但沒有得到回答。這位雷族族長已用盡她最後一條命，永遠與星族狩獵去了。

火心僵直地站起來。他覺得天旋地轉，必須把爪子插進土裡才能止住；一時間他怕自己會掉進天空裡。他全身的毛都豎著，感覺自己一顆怦怦跳的心就要蹦出胸膛。

「火心，」灰紋輕聲說，「噢，火心。」

這位灰毛戰士已經離開虎星，靜悄悄地走來，看著族長死去。火心看到他朋友琥珀色的目光，帶著像是畏怯的神情望著自己，當他們目光接觸時，灰紋低下頭，表達最高的敬意。火心驚恐得全身僵直，只想出言抗議；他想要他們那段歷久而輕鬆的友誼的安慰，而不是這種戰士對族長的正式禮節。

在灰紋身後，他看到虎星望著圍在岸邊的這群貓，眼中混雜著驚訝和憤怒。火心還來不及說什麼，影族族長就轉身跳開，跑上了兩腳獸橋，往自己的領土奔去。

火心讓他走了。他得先處理手下這群被追獵且飽受驚嚇的族貓，再來跟虎星清算舊帳。虎星那天做的事永遠不會被遺忘，不會被任何一隻雷族貓遺忘。「我們必須把其他貓找來，」他聲音嘶啞地對灰紋說，「我們必須把藍星的屍體運回營地。」

灰紋又低下頭。「是，火心。」

「我們也來幫忙。」石毛提議著站了起來，面對雷族的貓。

「這是我們的榮幸，」霧足也說，眼裡蒙著一層悲傷，「我想看著我們的母親在她的族裡安息。」

「謝謝你們。」火心說。他深吸了一口氣，站起身，甩了甩快乾的毛。他感到全雷族的重任都落到自己的肩上，然而過了一會兒，他似乎又能夠承擔那重量了。

他現在是雷族族長了。首領一死，狗群的威脅便從森林裡消失，他的族貓都在陽光岩那裡，安全地等著他。沙暴一定也在那裡。

「走吧，」他對灰紋說，「我們回家去。」

WARRIORS

貓戰士

系列叢書

貓迷們！還缺哪一套？

五部曲-部族誕生：
揭開貓戰士的起源以及部族誕生。
套書1~6集 定價：1500元

貓戰士漫畫版
每集定價290元

外傳系列：
以單一貓戰士為主角的故事。
1～16集 陸續出版中

荒野手冊：
帶領讀者深入了解貓族歷史。
1～4集 定價 930元

WARRIORS

貓戰士

系列叢書

貓迷們！還缺哪一套？

十週年紀念版首部曲：
講述冒險精神，步入貓族的世界。
套書1~6集 定價：1500元

暢銷紀念版二部曲-新預言：
描述愛情與親情之間的情感拉鋸。
套書1~6集 定價：1500元

暢銷紀念版三部曲-三力量：
加入摯人情誼與黑暗森林的元素。
套書1~6集 定價：1500元

暢銷紀念版四部曲-星預兆：
延續未完的情節，瓦解黑暗勢力。
套書1~6集 定價：1500元

國家圖書館出版品預編目資料

貓戰士首部曲 5, 危險小徑 / 艾琳・杭特（Erin Hunter）著；韓宜辰譯 . -- 三版 . -- 臺中市：晨星 , 2021.12
272 面；14.8x21 公分 . --（Warriors；5）
十週年紀念版（附隨機戰士卡）

譯自：A Dangerous Path
ISBN 978-626-7009-96-3（平裝）

873.59　　110016032

貓戰士十週年紀念版首部曲之Ⅴ

危險小徑 A Dangerous Path

作者	艾琳・杭特（Erin Hunter）
譯者	韓宜辰
責任編輯	陳涵紀
協力編輯	呂曉婕
文字編輯	游紫玲、曾怡菁、郭玟君、程研寧、陳彥琪、蔡雅莉、謝宜真
封面繪圖	十二嵐
封面設計	言忍巾貞工作室
創辦人	陳銘民
發行所	晨星出版有限公司 407台中市西屯區工業30路1號1樓 TEL：04-23595820　FAX：04-23550581 行政院新聞局局版台業字第2500號
法律顧問	陳思成律師
初版	西元2008年12月31日
三版	西元2024年04月15日（四刷）
讀者訂購專線	TEL：（02）23672044 /（04）23595819#212
讀者傳真專線	FAX：（02）23635741 /（04）23595493
讀者專用信箱	service@morningstar.com.tw
網路書店	http://www.morningstar.com.tw
郵政劃撥	15060393（知己圖書股份有限公司）
印刷	上好印刷股份有限公司

定價250元

（缺頁或破損的書，請寄回更換）

ISBN 978-626-7009-96-3